凶宅

三津田信三

角川ホラー文庫
20657

目次

一　引っ越し

東京駅のホームを新幹線のぞみ号が発車したとたん、日比乃翔太は小学校の遠足や家族旅行に出かけるときの、あの何とも言えないワクワクした気分を覚えた。

自分の知らない地に向かって進んでる——。

そう考えるだけで楽しくなった。もちろん、冒険旅行がはじまるわけではない。とはいえ十歳の少年にとって、見知らぬ土地への移住は、もうそれだけで十二分に刺激的だった。

昨日は入学以来ずっと通っていた小学校で、四年生の一学期の終業式をすませた。そして今朝、日比乃家は奈良の杏羅市へと引っ越すために、一家五人で新幹線に乗ったのである。

これまで住んでいた東京の国分寺の賃貸マンションから、新生活をはじめる杏羅の奈賀橋町の家まで、およそ五時間半の道程だと父親の昌之が言っていた。だから翔太は車中で、ジュール・ヴェルヌの『八十日間世界一周』を読むつもりだった。小中学生向きにリライトされた本で、すでに何冊もヴェルヌの小説には親しんでいる。それで今日という特別な日にふさわしいお話はと考え、奇想天外な旅行記の本書に決めた。東京駅までは車内が混み、とても読書できる雰囲気ではなかったが、それも新幹線の指定席に座ってしまえば別である。

しばらく車窓の風景を眺めたあと、新たな物語の世界に入る別のワクワクした気分を感じつつ、丁寧に本の一頁目を開く。

その瞬間、あの厭(いや)なドキドキ感に襲われ、彼はギョッとした。キュウッと胸のあたりが苦しくなって、何とも言えない不安な気分に陥り、いても立ってもいられなくなる。例の薄気味の悪い感覚である。

この症状にはじめて見舞われたのは、幼稚園に行くか行かないかのころ、三つ年上の姉の桜子(さくらこ)のあとを追って外へひとりで出た、あのときではないかと思う。

姉が向かったのは、よく近所の子どもたちが遊んでいる空き地だった。そこは住宅地の中にぽつんと取り残された妙に淋(さび)しい場所で、周囲に民家があるのに人通りがとても少ない、なんだか変な空間だった。

空き地で姉は友だちと、だるまさんが転んだをしていた。彼女が鬼になったらしく、隣接する民家の塀に顔を伏せ、

「だ、る、ま、さ、ん、が、こ、ろ、ん、だ」

と大きな声で唱えている。他の子どもたちは、塀から数メートル離れた地点から、姉の後ろ姿に向かって少しずつ進みはじめたところだった。

鬼は文言を唱え終わると、素早く振り返る。他の者はその前に、できるだけ鬼に近づこうと前に出る。ただし鬼が振り向いたら、そのままの格好で静止しなければならない。少しでも動いたのが鬼に見つかると、捕まって鬼の側に繋がれてしまう。全員がそうなる前に、誰かひとりが鬼の背中にタッチすれば、捕虜となっていた者もふくめて、みながいっせいに逃げ出すことができる。

このとき、すかさず鬼が「ストップ！」と叫ぶ。すると、その場で止まらなければならない。あとは鬼が塀から三歩だけ跳び、片手を伸ばして逃げた者のひとりに触ることができれば、そこで鬼の交代となる。

当時、どこまで翔太がルールを理解していたかは疑問だが、姉に向かって進む子どもたちの一番後ろにつき、自分も仲間に加わった。桜子は弟の存在に気づきながら、あえて知らんぷりをしているようだった。現に彼女が振り返ったとき彼が動いていても、他の子に言うように「――ちゃん、動いた」とは口にしない。それでも彼は、年上の子どもたちの中に入って遊べるのが楽しかった。

やがて、ひとりの男の子が姉の背中にタッチし、「わあっー」という歓声とともに他の子どもたちも逃げ出し、彼女が「ストップ！」と叫んだときである。

急に胸がドキドキしはじめた。全速力で走ったあとで経験する、心臓の鼓動が脈打つ感じではない。そんな肉体的なものではなく、まるで心の奥底から響いてくるような、はじめて体験する感覚だった。

「——はい、翔太。あんたが、次の鬼よ」

気がつくと桜子が横に立っていた。どうやら自分だけが逃げ遅れたらしい。姉は一番近い彼まで余裕で跳ぶと、難なくタッチしたらしい。

だが彼は、だるまさんが転んだどころではなかった。どう表現すればよいのか分からないが、とてつもない焦りを感じていた。

いつまでも、ここにいてはいけない……。

そのうち大変なことが起こる……。

何かが近づいて来ている……。

いつしか胸のドキドキ感が、恐ろしいものが自分たちに近づいている、どんどん迫っている気配へと変化していた。いや、そんなふうに彼自身が、無意識にすり変えていたのかもしれない。

「ちょっと翔太、鬼なんだから、早く塀まで行ってよ」

いつまでも動かない弟に、そのうち姉が怒り出した。

「まだ無理じゃない。翔太ちゃんには——」

リエちゃんと呼ばれていた姉の友だちが、やんわり鬼の免除を切り出してくれたが、桜子は納得できないとばかりに、

「みんなと遊ぶなら、弟もちゃんと鬼をやるべきよ」

「でも、まだ小さいし……」

「だったら、私たちと遊ぶにも、まだ早いってことじゃない」

「えっ、そんな……。可哀想でしょ」

「リエちゃんは弟も妹もいないから、そう言えるのよ。ううん、妹だったら私も――」

「……逃げなきゃ」

ぽつりと翔太がつぶやいた。

そこから彼は急に姉の手を取ると、ぐいぐい引っ張りながら家まで帰ろうとしたらしい。ただし本人は、このあたりのことをよく覚えていない。

「帰りたいんだったら、自分だけ帰ればいいでしょ」

当然だが桜子は突っぱねた。しかし、どうしても弟が手を離さない。どちらかと言えば大人しい性格で、喧嘩をすればたちまち泣き出す彼が、何度も何度も「帰ろう」と主張し続けている。ついに根負けした彼女は、仕方なくいっしょに帰宅したという。

空き地を離れるにつれ、翔太は奇妙なドキドキ感が薄れていくのが分かった。家に帰ったころには、すっかり普通に戻っていた。

姉は怒りもあらわに、母親の昧子にすべてを報告した。彼女は息子の具合を心配したが、どこも悪そうには見えない。いわゆる癇の虫かと思ったが、姉と違って赤ん坊のころから手のかからない物静かな子だったので、母は首を傾げたらしい。

その日の夕方、リエの母親から電話が入った。まだ子どもが帰って来ないのだが、何か知らないか……と。

二人が抜けたあと、かくれんぼ遊びになったらしい。そのとき鬼になった子どもが、どうしてもリエだけ見つけられない。そこで降参して、出て来るように言った。なのに姿を現さない。最後は全員で捜したが、どこにもいない。桜子と翔太のように先に帰ったのかもしれない。そう考えて子どもたちも帰宅した。その話を聞いたリエの母親が、日比乃家に電話してきたのだ。

二人が帰ったのが、かくれんぼ遊びのかなり前だと分かると、リエの母親はすぐ警察に連絡した。その後、夜通しで捜索が行なわれたが、彼女は見つからなかった。空き地に不審な痕跡は一切なく、何の手がかりも発見されなかったという。

結局リエは、そのまま行方不明になってしまった。

その後まったく何もなければ、翔太の記憶も薄らいでいたかもしれない。というのは彼が小学一年生のころ、友だちの吉川清の家に遊びに行ったとき、そこのお婆さんから気味の悪い話を聞いたからだ。

あの空き地では過去数十年の間に、数人の子どもの行方が分からなくなっている。それも女の子ばかりだという。ほんの今し方まで、友だちといっしょに遊んでいる姿を見られていたのに、ふと気づくといなくなっている……。という同じような状況で、子どもが消えているらしいのだ。

「まさに神隠しやなぁ」

そう言いながら吉川の祖母は、男の子だからと決して油断しないように、と怖い顔で二人に注意した。

あのまま遊んでいたら、行方不明になったのはお姉ちゃんだったかも……。

だるまさんが転んだをしていたメンバーの中で、女の子はリエと姉だけだったことを、吉川家で翔太は思い出した。と同時に、あのとき覚えた厭なドキドキ感がまざまざと蘇り、彼を震え上がらせたのである。

それから今日までの間に、同じような感覚に、翔太は二回も見舞われている。

二度目は某所のアーケード街を、母親と歩いていたときだった。いぶかる母をせっつき、慌ててその場を離れたことがある。だが特に何も起こらない。翌日も翌々日も、まったく普段と変わりがなかった。しかし一週間後に同じ場所で、包丁を手にした男が無差別連続殺人事件を引き起こすことになる。

三度目は父親の車に乗って、某国道を走っていたときだった。すぐに道を変えてと頼んだのだが、目的地がはっきりしているせいか、父親が聞いてくれない。物凄く焦ったが、このときも大丈夫だった。ただし一ヵ月後の同時刻に、十数台の車が玉突き事故を起こして、多数の死傷者が出ることになる。

この三度の奇妙な体験が、近い将来の変事を彼に知らせる予兆だったのかどうか、本人にもよく分からない。自分に予知能力があるとは、どうしても思えなかった。

翔太が電車に乗って某駅を通過した翌日、そこで飛び込み自殺があったと、のちに知ったことがある。だが、このときは事前に何も感じなかった。人が死ぬような事件や事故の起こる場所で、もしも惨事を前もって予知できるのなら、電車の中であの感覚に襲われたはずではないか。

そこで彼は考えた。ひょっとすると一度目は姉、二度目は母、三度目は父がいっしょにいたからではないだろうか……と。

今は家族全員がそろってる。

前に父親がレンタルショップで借りてきた、昔の日本映画「新幹線大爆破」の特撮シーンが、ふっと脳裏に浮かんだ。タイトルの通りに新幹線が大爆発する映像である。

まさか……。

この新幹線にも爆弾が仕掛けられているのか。それとも車両の故障で脱線するのか。もしくは指令室のミスで、反対方向から走って来る別の新幹線と衝突するのか。

次々と恐ろしい想像が頭の中を駆け巡る。家族を降ろすにしても、次の停車駅は名古屋になる。それまで待っていて大丈夫なのか。かといって、どうすることも彼にはできない。仮に名古屋へ無事に到着しても、何と言って両親を説得するのか。

パニックに陥りかけたところで翔太は、あの厭なドキドキ感を覚えた場所で、すぐに事件が起きたわけではない事実を思い出した。一度目は数時間後、二度目は一週間後、三度目は一ヵ月後である。

この新幹線では何も起きない？　少なくとも今日は？

少しだけほっとしたが、それでも名古屋を過ぎ、下車する京都駅に着くまで気が気ではない。楽しみにしていた読書も、さっぱり進まない。

もうすぐ京都だという車内アナウンスがあり、トンネルを抜けるとすぐ前方に京都タワーが見えてきた。

父は荷物棚から各自の鞄を下ろし、母は六つ年下の妹の李実に降りる仕度をさせている。姉は京都タワーの造形に対して辛辣な感想を述べはじめたが、翔太はそれどころではない。京都駅で何か恐ろしいものが待ち構えているのでは、と心配でたまらない。

「ちょっと、どうしたの。酔ったの」

弟から返答がないのを不満に思った桜子が、不審そうに顔を向けてきた。

「ううん、何でもない……」

「大丈夫なの？　薬ならあるわよ」

母からも声をかけられたが、そのとき新幹線がホームに到着した。

降りる人が多いため、なかなか通路を先へ進めない。心配する必要はないと思いながらも、下車するまで安心はできなかった。

ようやくホームに降り立つと、むっとする盆地特有の熱気に包まれる。本来なら不快なはずなのに、思わず翔太は安堵の溜息を漏らした。

京都駅からは私鉄に乗り換える。急行電車に乗って四十八分ほどで奈良県杏羅市の中心部に着く予定だ、と父があらためて説明する。特急を使うと三十五分に短縮されると知り、「特急にしようよ」と姉が主張し、「モモも特急がいい」と妹が無邪気に真似したものの、「ここは節約ね」という母の一言で却下された。翔太はといえば、ただ新幹線から離れられればそれで良かった。

ところが、杏羅行きの急行電車が発車して、京都の町並みから田畑の多い片田舎の風景へと車窓の眺めが変わりはじめたとたん、あの厭なドキドキ感に再び見舞われた。

新幹線じゃなかった？

翔太は焦った。しかも、こんなふうに少し時間が空いて、またあの感覚に襲われた経験はこれまでに一度もない。

どういうこと？

驚きと恐れが表情に出そうになる。それを必死に抑えながら、なんとか冷静に考えようとする。先ほどもパニックを回避できた。今度も可能なはずだ。

過去の三体験を振り返る。ゆっくりと頭の中で考える。すると、あの厭な感じを覚えたその場所で、まさにその地点で、必ずしも惨事が起きているわけではないことに気づいた。最初の空き地だけは不明だが、アーケード街も国道も実際に殺人と事故があったのは、彼が厭な感覚に囚われたところより、ずいぶんと先だったはずだ。アーケード街は入口と出口くらいの差があり、国道は何キロも走ったあとの地点になる。

新幹線は関係なかったんだ。きっと近い将来、この急行電車に何か悪い出来事が起こるんだ。

そう結論を出しかけて、待てよ——と思った。

ならば二回目の感覚だけで充分ではないか。これまでの経験から考えると、新幹線の一回目が浮いてしまう。

杏羅に着くまで、翔太は悩み続けた。新幹線では読書をしている振りをできたが、今は本を鞄に仕舞ってある。黙っていると両親や姉に不審がられるため、適当に話を合わせていたが、どうしても上の空になってしまう。

「大丈夫？」

とうとう母に小声で尋ねられた。

姉に比べると彼は小さいころから、あまり丈夫ではない。妹も元気なことから、よく父は「日比乃家は女性上位だな」と冗談を言う。けれど父親自身は健康なため、それは当てはまらない。自分だけが少し浮いている。そんな疎外感を幼少のころから、彼は感じ続けてきた。

「何か変なのよ。新幹線の中からずっと」

横から桜子が母に囁く。

「別に、そんなことないよ」

すかさず否定するが、姉はまったく信用していない。

妙なところで観察力があるため、昔から桜子には嘘をつきにくい。それも弟を思いやって見ているというより、たんにあら探しをしている感じを受ける。

幸い桜子は、直前まで話題にしていた新居の部屋割りについて、再び母とすぐに喋りはじめた。すでに東京のマンションで何度も検討しているはずなのに、本人は飽きたらないらしい。とにかく一番良い部屋を自室にしたいのだろう。

やがて、電車は伽陀石伊（がだいしい）という複数の路線が交わる中継駅を過ぎ、しばらく走ると線路が地下へと潜りはじめた。それから間もなくして、ようやく杏羅に到着した。

地上に出ると、いかにも地方都市らしい駅前の風景が広がっていた。ただし、あまり高くない建物の後方には、古（いにしえ）の都の時代から悠然と鎮座し続けている山々が、ひょっこりと顔を出している。

ここまで薄気味の悪い緊張を強いられ続けた翔太にとって、目の前の眺めには思わず安堵できる長閑（のどか）さがあった。

駅前で買い物をする母親を待ち、タクシーに乗る。歩けば二十数分の距離らしいが、父と翔太が一台目に、母と桜子と李実が二台目に分かれて、タクシーが出発した。

駅前の大きな通りを少し西へ走ってから、最初の交差点で北へ延びる道に入る。車窓には昔ながらの商店や現代的なコンビニエンスストア、また民家や集合住宅や寺などが流れていく。

そんな日本のどこにでもある町並みを、ぼんやりと翔太が見つめていたときである。またしても、あの厭なドキドキ感に襲われた。

一日に三度も……。

もはや尋常ではない状況だった。いや、そもそもこの感覚自体が普通ではないわけだが、これほど短時間に連続で体験したことなど、今まで一度もない。

厭だ……嫌だ……イヤだ……いやだ……。

すぐさま、そう強く思う。

怖い……恐い……コワい……こわい……。

とにかく、ひしひしと感じた。今すぐ東京に戻ったほうがいい——と、もう少しで隣の父親に言いそうになった。

とはいえ理由は説明できない。過去の三度の経験をふまえても、今回のことは本当に意味が分からない。新幹線、急行電車、タクシーと、まったく関係のない乗り物の中で感じている。

そこには何の共通点もないと考えかけて、ハッと翔太は身じろいだ。

三つとも引っ越し先の家へ向かっている……という点では、どれも同じ目的を持っていると言えるのではないか。

いくつか信号を過ぎ、橋を渡り、道は少しずつ下っていく。それが勾配（こうばい）のある坂道に転じたのは、前方に見えてきた交差点の向こう側からだった。タクシーは青信号のまま交差点を越えると、一気に坂を上がり出した。そして大きく左手に曲がる道の手前で、なぜか急に停止した。

坂道の左右を見やると、民家の間に延びている細い道が目についた。左手は道というよりも路地のようで、右手は車一台がやっと通れるくらいの幅しかない。そんなアンバランスな十字路で、タクシーは右折しようとしている。

曲がるんじゃない。

思わず翔太は念じた。東京に帰らなくても、右手の道にさえ入らなければ、どうにかなるかもしれない。

しかし、タクシーは右折した。母たちが乗った車も、もちろん続いて。

そこからはスピードを上げることなく、両側に民家の並ぶ道を、慎重にタクシーは進んだ。道沿いに建つ家々を眺めると、古い木造の家と真新しい外装の家が面白いほどに交ざり合っている。おそらく数年前までは、すべての家屋が年代物だったに違いない。そんな中で、リフォームをする家が出てきたのだろう。

もう何年か経てば、外観が新しくなった家ばかりが並ぶ、まるで新興住宅地のような光景になりそうである。それとも綺麗な家並みの中に、ぽつんぽつんと廃墟かと見紛う古びた木造の家屋が数軒だけ残る、なんとも歪な風景が現出しているだろうか。どちらの未来が待っているのか。

町並み変遷の過渡期のような眺めの、ちょうど半ばあたりまで来たところで、タクシーは左折しようとした。

曲がるな。

右折のとき以上に、強く念じた。だが、タクシーは止まらず、また引き返すこともなく、左手に折れてしまう。

曲がった先には、せまい道と新旧の交ざった民家という、まったく同じような景色が現れた。ただし道が左右に蛇行しているため、その先が少しも見通せない。まるで行き止まりの路地に入り込んだような、そんな息苦しさを感じる。

ところが、七、八軒ほど両側に民家が続いた後で突然、目の前が開けた。いきなり道の左右が田圃になったのだ。その向こうには畑と家々が見えており、まるで山奥に拓けた集落のような眺めである。

そこから道はまっすぐ延びると突き当たりで左へ、しばらく進んで右へと一度ずつ折れ曲がり、こんもりと盛り上がった前方の山の上まで続いている。そんな風景が、パッと視界に飛び込んできた。

……蛇？

しかし翔太が反応したのは、山に対してだった。巨大な蛇が蜷局を巻いている、そんなイメージが浮かんだのだ。

どうしてだろう？

これまでにない経験である。はじめて訪れた場所で、そこで見た何かに、ここまで明確なイメージを持った覚えなど一度もない。

そのうえタクシーが田圃の中の道を走り出したとたん、胸がドキドキしはじめた。あの厭な感覚とは違う。けれども決して良い気分ではない。

手遅れになる……。

なぜかは分からない。ただ、この田畑の周囲に家が建ち並ぶ奈賀橋町という土地に入るや否や、どっと後悔に近い念を覚えた。

……閉じてる。

タクシーの中から町を見渡した彼は、次にそう感じた。

田畑を取り囲んで、ぐるっと円を描くように家並みが続いている。例外は翔太たちが向かっている北側の山だけで、あとの三方には民家が建っていた。おそらく数十年も前には、この閉じた世界がひとつの村だったのではないか。

たった今、そんな閉鎖空間に他所者の自分たちが侵入した。

翔太には、そう思えてならなかった。いや、入り込んだというよりも、むしろ出られなくなったというべきか。

自分には多分に空想癖がある。

それは彼も気づいていた。どちらかと言えば悪いほうに考え、神経質になり過ぎてしまう。

ここがレンタルDVDで観た「死霊伝説」のセーラムズ・ロットのような町でも、「死霊の町」のホワイトウッドや「呪い村　436」のロックウェル・フォールズのような村でもないことは、いくら彼でも分かっている。あれらは映画の中の、あくまでもお話なのだから……。

なのに行く手の光景を目にすればするほど、どんどん不安になるのは、いったいなぜなのか。

生い茂る樹木に覆われた山の麓(ふもと)の右手に、半ば廃屋のような一軒の家が建っていた。周囲の家より高台である立地といい、屋敷と呼ぶにふさわしい大きさと造りといい、この地がかつて村だったころの庄屋(しょうや)なのかもしれない。にもかかわらず朽ち果てたような雰囲気が、その屋敷には漂っていた。

そこから左手に移動した山裾(やますそ)には、小綺麗な二階建ての集合住宅が見える。上下に五つずつ並ぶ窓の大きさから、全十室の独り者用のアパートらしい。それが少し山を削るようにして建てられている。

廃墟屋敷と小綺麗なアパート、この二つの家屋だけが、この地で浮いているように映った。屋敷には数十年の、アパートには数年の歴史しかないはずなのに、なぜか同じ気配が漂っている。

なんか薄気味悪いなぁ。

二つの建物を交互に眺めていた翔太は、タクシーが道の突き当たりに近づいたところで、はじめて屋敷の前に何かいることに気づいた。

えっ……と思って目を凝らすと、ぽつんと誰かが立っている。よくよく見ると、着物姿の小柄な老婆だった。着物の色が地味なためか、ほとんど背景に溶け込んでおり、近くに来るまで認められなかったらしい。

その老婆がタクシーを見つめていた。凝視していた。

引っ越して来る人が珍しいのかな。

と考えたが、単なる好奇心ではすまない何かを、老婆は全身から発している。それが眼差しから読み取れるほど、彼女の眼光は鋭かった。

タクシーが左折して直進し、アパートの前を通過する。そこから、右折して山の斜面を上がりはじめたときである。

またしても翔太は、あの厭なドキドキ感に見舞われた。今日だけで、もう四回目になる。どう考えても尋常ではない。

厭だ……怖い……嫌だ……恐い……イヤだ……コワい……いやだ……こわい……。

渦を巻く二つの感情に、たちまち包まれる。ここまでくると彼も、もはや受け入れるしかなかった。

これが恐ろしい予兆であることを……。

今しも前方に見えてきた、自分たち一家が引っ越すあの家に、どうやら何か忌むべきものがあるらしいことを……。

二　家

山の坂道を三分の一ほど上がったところで、タクシーは右折した。

すると目の前に、樹木を伐採したあと斜面を「L」の字に削り取り、綺麗に均して宅地用に開発した土地が現れた。手前から奥へと四つに分けられた区画が、左手の崖側に並んでいる。地方に行けば見られる、大して珍しくもない風景である。

ところが、眼前の光景を目にした瞬間、翔太は強く感じた。

なんか変じゃないか。

台形に近い格好の山の、ちょうど左右中央に、タクシーが上って来た坂道が、ほぼ山頂まで延びている。その道がはじまる右手にアパートがあり、三分の一ほど上がった地点から横に入った脇道が、今、翔太たちがいる場所になる。

さらに三分の一ほど上ったところの右手にも、どうやら宅地用に開発された土地が見えている。いずれは山頂も、まだ斜面のままの坂道の左手側も、同じように開発するつもりなのだろう。住宅建設のことを何も知らない素人でも、いや子どもでさえ、それくらいは予想できる眺めだった。

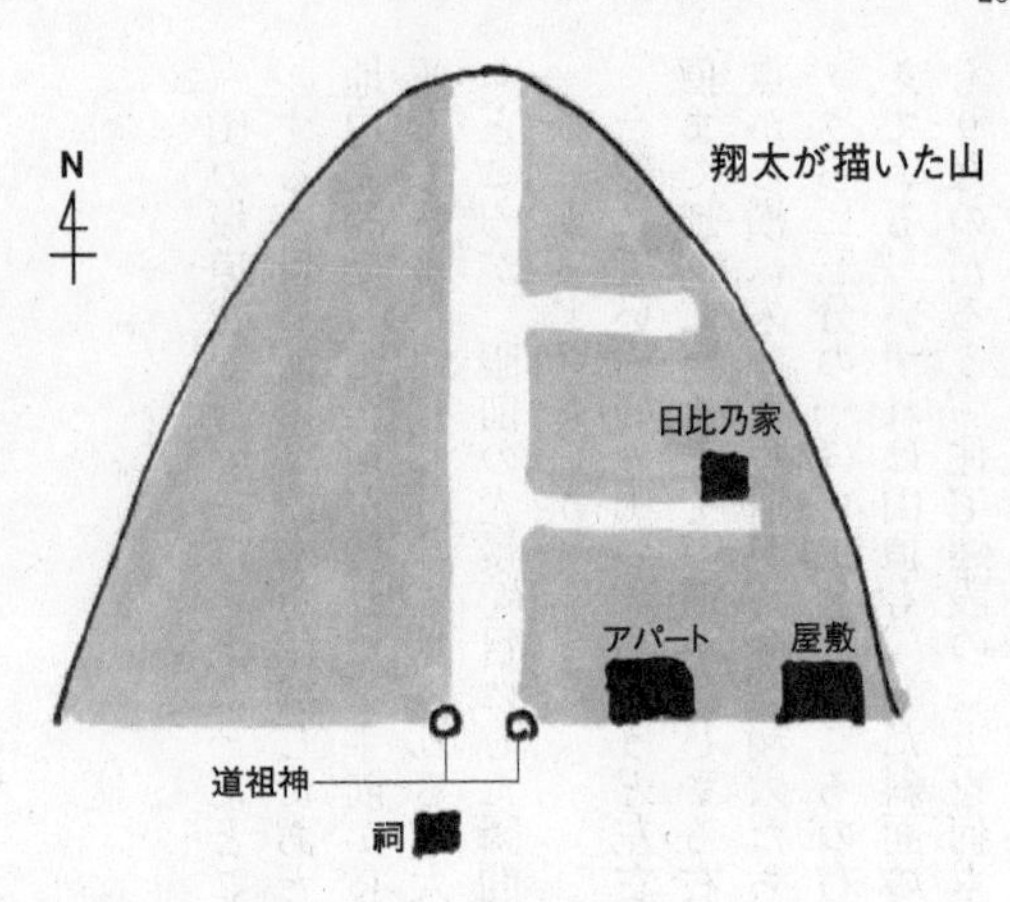

にもかかわらず、その最初の試みと思われる宅地において、完成しているのは一番奥の一軒だけなのだ。つまり今日、日比乃家が引っ越す予定の家だけしか、そこには建っていなかった。

もっとも坂道に近い区画では地面が掘られ、その隣では基礎工事が終わり、三番目では家の骨組みが出来上がっている。ただし三つとも現在の状態で、急に放置されたように見えた。これから家が建つようには、どう転んでも思えなかった。

すぐ側に家族がいるのに、家の前でUターンして去って行くタクシーを、翔太は心細そうに見送った。あれを呼び止めて、みんなでこの場を離れるべきだと、まだ彼が感じていると、

「郊外の住宅地って、言葉をかえれば田舎のはずれってことか」

さっそく桜子が、辛辣な感想を述べ出した。あのときと同様、姉は少しの危険も覚えていないらしい。それを言えば母も父も同じだったわけだが。

新居は両親が下見をして決めたため、子ども三人が見るのは今日がはじめてである。引っ越し先は、綺麗な一戸建ての家だと教えられていた。だから桜子は、少し郊外の整備された住宅地をイメージしたのだろう。それなのに実際は、田圃の中を通って山の中に辿り着いたのだから、彼女が黙っているはずがない。

「少し立地の問題はあるな」

あたりを見回してから父は、ひとまず桜子に同調してから、

「でも、こんな立派な家に住めるんだぞ。そのことについてお嬢さんは、いかがお思いかな」

「そりゃ、まぁね」

桜子は満更でもない顔つきをしている。引っ越し先が決まったとき、自分の部屋が持てると誰よりも喜んだのは彼女だった。それを父も覚えていたらしい。

「白くて綺麗な家ねぇ。まだ新しいの」

「築三年と聞いてるけど、そうは見えないな」

二人の会話に、母も嬉しそうな口調で、

「まるで新築みたいね。この前に見たときより、新しくなってる気がするわ」

「モモも、このお家、だーい好き！」

乗り物疲れからか、タクシーを降りたときは不機嫌だった李実まで、いきなり元気にはしゃぎ出した。

「山の中に家があるようだろ。ここなら探険もできるぞ」

ひとり翔太だけが黙っていると、父に声をかけられた。

野球やサッカーという男の子なら誰もが好きになるスポーツに、彼は昔から興味がない。運動が苦手というよりも、一定のルールの中で球を打ったり投げたり蹴ったりする行為が、どうしても面白いとは思えなかった。それよりも山や森を歩いたり、海や川で泳ぐほうが、もっと楽しいと感じていた。

反対に父親は運動好きである。息子ができたら、休日にキャッチボールをするのが夢だと、結婚前に言ったらしい。母親から聞いたことがある。そこで去年までは翔太も、そんな父に付き合っていた。しかし無理をしていることがバレてからは、一度もやっていない。

桜子は歓迎したくない環境ながら、翔太には満足のいく場所に違いないと、きっと父は思ったのだろう。その見立ては正しかった。ここが普通の地であり、まともな家であればだが……。

「隣の三軒は、どうして建ってないの」

母たち三人が家の周囲を見ている間に、それとなく骨組みだけの隣へ移動して、まず一番気になっていることを、父に質問した。

「それは――」

もしかすると最初は、適当に誤魔化すつもりだったのかもしれない。だが父は、彼の顔を目にして思い直したのか、

「どうも家主さんが、資金不足になったらしくてな。それでこんな中途半端なまま、工事も投げ出してしまったわけだ」

「山の上のほうも、ちゃんと開発するはずだったのに？」

「えっ……ああ、よく気づいたな。不動産屋の話では、この山まるごとが新興住宅地になる予定だったらしい」

「お金がどれほどかかるか、こういうのって最初に計画するんでしょ？」

「もちろん」

「だったら、いくらお金が足りなくなったからって、この家だけなんて……」

「まぁ何だ。色々と事情があるんだろう。本当は分譲だったのを、どうやら賃貸に変えたみたいだしな。いいじゃないか、おかげで格安の家賃で借りられるんだから」

半分は本気で父が、そう思っていると分かった。だがあとの半分は、父自身も何か引っかかっているらしい。それを探ろうとしたとき、

「お父さん、鍵（かぎ）はぁ？」

桜子の声が聞こえた。見ると母たち三人が、玄関前のポーチに立っている。

「家に入るか」

翔太が描いた家

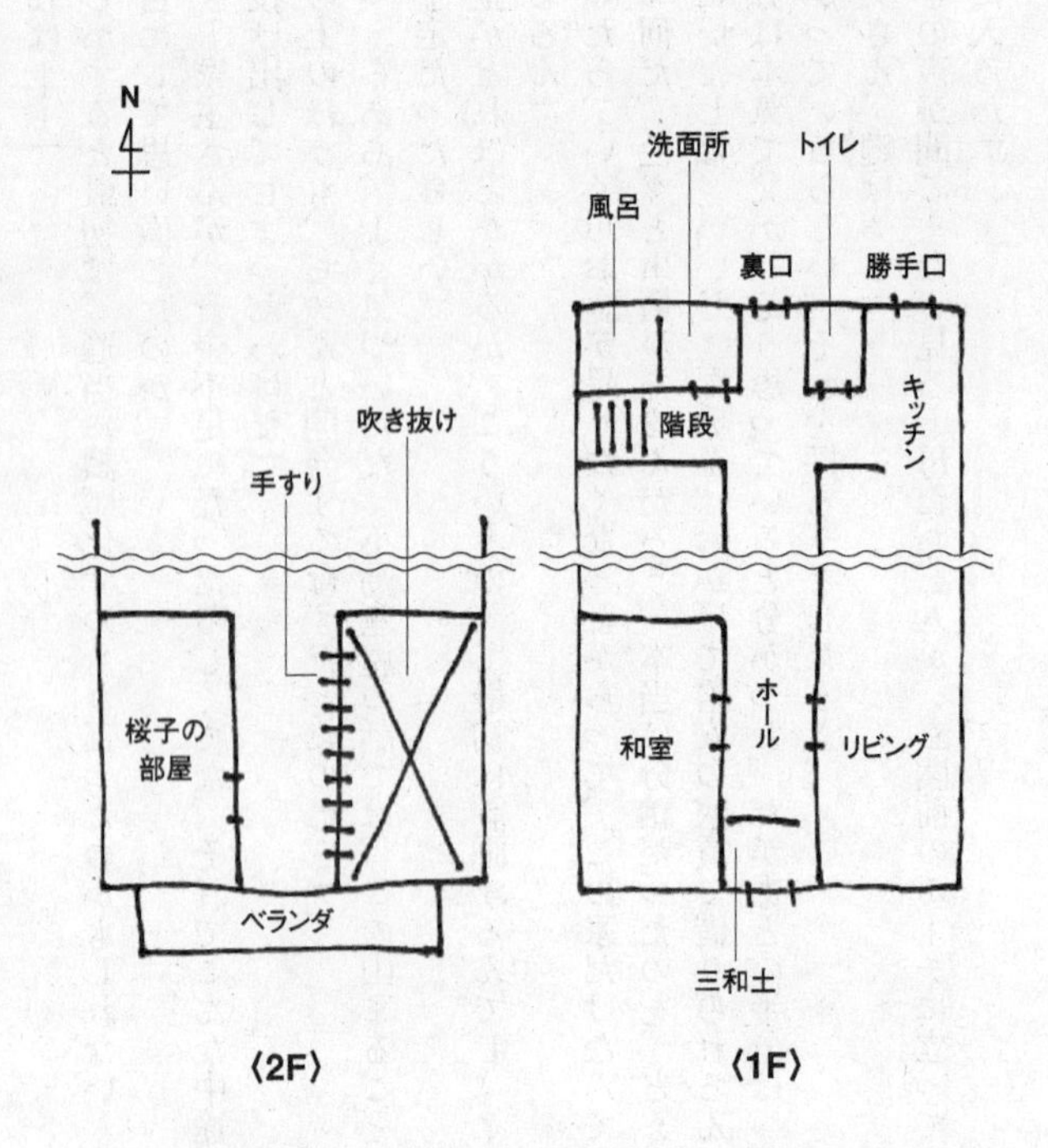
N
洗面所
トイレ
風呂
裏口
勝手口
キッチン
階段
吹き抜け
手すり
ホール
桜子の
部屋
和室
リビング
ベランダ
三和土
〈2F〉
〈1F〉

父にうながされ仕方なく歩き出すと、

「お姉ちゃんが勝手に決める前に、自分の部屋を選んでもいいんだぞ。もちろん二人が同じ部屋を希望したら、ジャンケンになるけどな」

そう小声で囁かれた。放っておけば桜子の好みが優先されるのが目に見えるため、父なりに忠告したのだろう。

南向きの玄関の扉を開けるとタイル張りの三和土で、左手に下駄箱がある。靴を脱いで上がったところがホールになり、右手に扉が、左手に襖が見える。右の扉を開けるとリビング兼ダイニングの空間が、北側へと広がっていた。

「表の南側に応接セットを置いて、食卓は奥ね」

母が指差すダイニング空間のさらに向こう側は、キッチンになっている。

「うわぁー、吹き抜けじゃない」

桜子の歓声につられて上を仰ぐと、リビングになる予定の広間のほうは天井がとても高く、その西側には二階の廊下の手すりが見えている。

ホールに戻って襖を開けた先は、予想通り和室だった。南と西にそれぞれ窓が、北には押し入れがある。西の窓からは隣家の骨組みが臨めたため、思わず翔太は目をそらした。

もう一度ホールに出て奥へと進む。途中、右手にはダイニング空間に通じる扉が、左手には物入れの棚が設けられているため、そこからホールが廊下へと変化する。せまい日本家屋ならではの工夫である。

廊下は先で左右に分かれ、左手には階段が、右手の奥にはキッチンに通じる扉のないアーチ状の出入口が見える。階段の手前の扉は洗面所のもので、そこから隣の浴室に行くことができる。またキッチンの手前の扉はトイレだった。

つまり東西に延びる廊下の西から順に、階段の上り口、洗面所の扉、トイレの扉、キッチンの出入口となる。階段の上り口とキッチンの出入口は東西の両端にあり、向かい合う格好である。

この廊下の真ん中の北側に、洗面所の扉とトイレの扉の間に、短い廊下があった。左は洗面所の、右はトイレの壁である。あとは床と天井があるだけの、本当にただの廊下が北へと延びており、その先に扉が見えている。

「これは？」

どうしてか翔太は、この廊下が物凄く気になった。

「裏口だな」

父が答えながら扉を開けて外へ出ると、すぐ目の前に崖が迫っていた。

建築基準法を満たすだけの距離が家との間にあるはずなのに、非常に近く感じる。崖崩れを防止するために、コンクリートの擁壁になっているが、あちこちに水が染み出たような跡がある。その眺めが妙に気色悪い。おまけに亀裂の入った箇所もあって、そこから黒くて大きな植物の根がぞろりと垂れ下がっていた。

「なんか陰気ね」

桜子はちらっと見ただけで、さっさと戻ってしまった。

「粗大ゴミを一時的に置く場所だな」

とってつけたような意見を述べる父に対して、

「ゴミといえば、ここまで収集車は来てくれるのかしら」

母は現実的な心配を口にしている。

「ねぇ、そんなとこで話してないで、早く二階に行こうよ」

「モモも、早く二階が見たーい！」

桜子が廊下の角から顔を出し、李実が母の腕をつかんだ。

だが翔太だけは靴下裸足（はだし）のまま、外へと出ていた。裏口から右手のほうを覗（のぞ）いたところ、隣のトイレの窓の向こう側に、もうひとつ扉を認めたからだ。

「あっちにも扉があるよ」

彼が指差すと、廊下を戻りかけていた父が振り返り、

「ああ、キッチンの勝手口だろ」

まったく気にした様子もなく、当たり前のように応（こた）えた。

確かに位置的にはそうなる。マンションに住んでいたとき、母は新聞の折り込みの住宅広告をよく見ていた。何度もいっしょに眺めた覚えがあるが、たいていキッチンには勝手口がついている。それは家の横か後ろか、どちらかに面しているのが普通だった。

だから、この勝手口も別におかしくはない。

変なのは、この裏口なんだ。

どう考えても必要とは思えない。すぐ近くにキッチンの勝手口があるのに、わざわざ廊下を作ってまで裏口を設ける理由が、まったく見当たらない。

こんな余裕があれば、普通は物置きにするんじゃないかな。

母は住宅広告の間取りを見ながら、いつも収納スペースを気にした。「部屋の数は関係ないの」と訊くと、いかに上手く物を入れる工夫がなされているか、そこを一番にチェックするのだという。

こんな廊下と裏口は、やっぱり無駄ってことじゃないか。

おそらく父も、きっと違和感を持ったに違いない。ただし翔太が考え込むくらい、それほど妙だとは思わなかったのだろう。

「翔ちゃん、靴下が汚れるでしょ」

そのまま佇んでいると、廊下の角から顔を出した母に注意された。

「お姉ちゃんたち、もう二階に上がってるわよ」

最後に擁壁の崖を見上げてから、翔太は足の裏を素手ではたきながら、ようやく家の中へ戻った。

「ほら、早く行かないとお姉ちゃんが、勝手に自分の部屋を決めちゃうから」

父と同じことを言いながら、母は彼を二階へうながした。どちらも姉には聞かれないように気をつけているのが、なんだか面白い。

途中で一度だけ折り返して階段を上りきると、左右に廊下が延びている。ちょうど一階の玄関から続く廊下の真上を、南北に走る格好である。

廊下の左すなわち北の突き当たりの扉がトイレで、その近くの東側にある扉が裏の部屋へ、階段の下り口から斜め右手に見える扉が中の部屋へ、右すなわち南の突き当たりの西側にある扉が表の部屋へ、それぞれ通じている。

一階の和室の上が表の部屋、ダイニングの上が中の部屋、キッチンの上が裏の部屋といった塩梅（あんばい）である。

すでに桜子は、表の部屋と中の部屋のどちらを自室にするか、それで大いに悩んでいるらしい。

表の部屋には南向きの窓があって陽当たりが良いうえに、ベランダまである。もっともベランダは家の二階の南面いっぱいに、つまり東西にわたって延びている。そのためリビングからも見上げられる二階の廊下の南端にも、ベランダに出られる扉があった。とはいえ自室の窓の外に、ベランダが存在することに変わりはない。それと部屋の前の廊下から一階を見下ろせるのも面白い。

一方の中の部屋には、そこまでの豪華さはなかった。東向きの窓から見えるのは、鬱蒼（うっそう）と茂った山の樹木くらいである。ただし南側に両開きの窓があり、そこからリビングを見下ろすことができた。この両開きの窓が、とても格好良く映る。そんな窓があるのは家の中ではこの部屋だけのため、よけい特別なものに思えてしまう。

桜子は散々迷ったようだが、結局は翔太の予想通り、自室を表の部屋に決めた。

「お前はいいのか」

少し心配そうな顔で父に訊かれた。母も同じような表情で見ている。李実までが心配顔なのが微笑ましい。

黙ったまま彼がうなずくと、

「それじゃ、翔太は真ん中の部屋にするか」

「リビングが見えて面白いわよ」

「奥の部屋がいい」

そう答えると、二人は顔を見合わせた。さすがに戸惑ったようである。

「この子は昔から、くらぁーい雰囲気が好きなのよ」

それでも桜子が口をはさむと、父も母もなんとなく納得したらしい。確かに奥の部屋から見えるのは、北側の擁壁と東側の鬱蒼と茂る樹木だけである。決して見晴らしが良いとは言えない。

ただし、あるものが樹木の隙間から目に入った。実はそれが臨めたからこそ、あの部屋に決めたのかもしれない。仮に桜子が表の部屋を選ばなかったとしても、きっと彼は奥の部屋に入っていただろう。

翔太の目に入ったもの。それは山の麓に建つ例の廃墟屋敷だった。

三　片づけ

引っ越し会社のトラックが着いたのは、その日の夕方だった。予定よりも遅れたらしく、とりあえず荷物をすべて家の中に運び込んだところで、日が暮れてしまった。

幸い終業式が金曜で、引っ越しが土曜だったため、翌日の日曜は父が出社する必要がなく、ほぼ一日かけて荷物の整理を終えることができた。

土曜の夜と日曜の朝は、母が杏羅の駅前で買っておいたパンやカップ麺ですまし、昼と夜はピザと寿司の宅配を頼んだ。

「ここって、配達のエリア外じゃないの」

電話をかける父に桜子が冗談を言ったが、父が携帯電話を切って注文が通ったことが分かるまで、実は誰もが半信半疑だったかもしれない。

ピザも寿司も支払いは、父から代金をあずかった翔太がした。

昼のピザ屋の配達員はハキハキとした体育会系の青年で、特に問題はなかった。しかし夜の寿司屋は、ひょろっとした顔中がニキビだらけの、まだ少年という言葉が当てはまりそうな出前持ちで、あからさまに家の中を気にしている様子だった。どこから来たのか、何人家族か、なぜ引っ越して来たのか、ずっと住むつもりでいるのか、と根掘り葉掘り執拗に訊いてくる。

戸惑いながらも彼が正直に答えていると、出前持ちの少年は急にニャッと厭な笑いを浮かべて、

「ここに住んだ人はみな、うちのお得意さんになってくれるんや。けどな、長く続かへんのもいっしょでなぁ」

リビングには聞こえない小声で、重大な秘密を打ち明けるように囁いた。

おかげで翔太は大好きな穴子や玉子巻きを食べても、ほとんど味わうことができず、家族との会話も上の空だった。

長く続かへん……とは、どういうことなのか。

しばらくすると寿司屋のお得意をやめるという意味か。でも当の寿司屋の人間が、そんな事実をわざわざ新しい客に教えるはずがない。それに少年の口調は、明らかに客側に問題があるような感じだった。

また、すぐに引っ越してしまうから？

素直に考えると、そうなる。しかし誰もが何か理由があって、ここへ移って来たわけだ。大して住まないうちから、この家を出て行くだろうか。それとも再び引っ越さざるを得ない出来事が、ここでは起きるとでもいうのか。

翔太は訳が分からなくなった。

ビールで顔を赤く染める父に、まだ片づけがあるから飲み過ぎないようにと母が注意している。桜子はテレビのチャンネルを切り替えながら「東京より局が少ない」とぼやき、李実はワサビ抜きの寿司をほおばるのに忙しい。つまり四人とも完全に、この家の中で寛いでいた。

「前に住んでいたのは、どんな人たち？」

さり気なく口にしたつもりだが、やはり唐突だったらしい。父も母も、そして姉も訝しそうに彼を見ている。

「うちと同じような家族だったと聞いてるけどな」

「それにしては、とても綺麗に使ってあるわよ。本当に新築みたいだもの」

父の言葉を受けて、母が家をほめた。

「建てられて三年の間、その人たちがずっと住んでたの」

「いや、一家族じゃないだろ。不動産屋の話でも、数家族の出入りがあった感じだったからな」

「みなさん、この家を、とても大事にしたのね」

「何を気にしてるわけ」

ずばり桜子に訊かれ、思わず翔太は口籠った。

「さっきの寿司屋の出前持ちに、変なこと言われたんじゃないでしょうね」

姉の鋭さに彼が舌を巻いていると、父がびっくりした表情で、

「そうなのか。何か言われたのか」

「いくら翔太がのんびりしてるからって、お金を払うのに、やけに時間がかかると思ったのよ。それで覗(のぞ)いてみたら、あのニキビ面とこそこそ話してるじゃない。あいつ、私のこと嫌らしい目でじろじろ見たんだから」

あのとき、リビングから桜子が顔を出していたとは知らなかった。だが、話の内容までは聞こえなかったらしい。

「翔ちゃん、どんなことを言われたの」

心配そうな顔を母に向けられ、とぼけることができなくなった翔太は、すべて正直に打ち明けた。

ところが――、

「なぁーんだ。そんなの当たり前じゃない」

まず桜子が、さも馬鹿にしたような反応を示すと、父も苦笑を浮かべながら、

「お前の考え過ぎだ。まぁ中には早々と引っ越した家族もあったかもしれないが、ほとんどは自分たちから出前を取るのを止めたんだろうな」

「どうして？」

翔太の問いに横から桜子が、

「決まってるでしょ。他人(ひと)の家の中を覗き見するような、そんな気持ち悪い店員のいる店から、誰がまた出前なんか取ろうと思う？　お得意さんが長く続かないのは当然よ。

問題は、あいつにあるんだから」

　そう言うと姉の興味は、あっさりテレビに戻った。

「これから出前は、もう頼まないほうがいいかしら」

「そうそう寿司を取ることもないだろ。どうしても必要になったら、いくらでも別の店があるんじゃないか」

　困惑した表情の母に、何でもないと言わんばかりに父が返事をする。それで出前持ちの少年の件は、さっさとけりがついてしまった。

　夕食後も引っ越しの片づけを続けたが、どうにか一時間ほどで終えられた。リビングとダイニングとキッチンは、桜子も翔太も手伝った。各自の部屋の細かい整理は、明日から追々やっていけば問題ない。

　二階の部屋は結局、表が桜子、中が両親の寝室、奥が翔太と決まった。

「モモのお部屋はぁ？」

　李実がすねたので、母が一階の和室を一応あてがった。そこは岡山に住む父方の祖母の多江と、福岡で暮らす母方の祖母の喜和子の、どちらかが泊まりに来たとき、「お祖母ちゃんの部屋」になる予定だったのだが、妹は二人の祖母が大好きだったので素直に納得した。

　京都と奈良は盆地のため、冬は底冷えがし、夏は酷暑であると聞いていた。だが、こんなに低くても一応は山中に当たるせいか、夜になると涼しくなった。荷物の整理でドタバタと動き回る身に、これは有り難かった。

とはいえ汗はかくので、翔太は風呂を使ってさっぱりした。それからリビングで寛ぐ父と母に「おやすみなさい」の挨拶をして、自室へ引き上げた。李実はとっくに両親の寝室で眠っている。桜子は観たいテレビがあるらしく、彼と入れ替わるように風呂に入った。

自分の部屋を持つのは、はじめてである。マンションでは桜子と同室だった。きっと姉も弟と別れられて嬉しいに違いない。

引っ越しの当日は、長距離の移動と荷物の整理で疲れたのか、すぐに寝入ってしまった。二日目も朝から晩まで身体を動かしたので、ぐっすり眠れると思った。しかし一向に睡魔が訪れず、妙に目が冴えている。何が眠りを妨げているのか。考えられる理由は二つあった。

ひとつは、寿司屋の出前持ちが口にした言葉である。父と桜子の意見は、確かに筋が通っている。とはいえ二人とも、直接あの少年と話したわけではない。彼の口調にふくまれた微妙なニュアンスも、ゾッとする厭な薄笑いも、実際に聞いたわけでも見たわけでもない。翔太から相手の台詞を教えられ、それを単に解釈しただけである。だから問題はこの家に住む家族にではなく、当の寿司屋の店員にあると判断した。

でも、やっぱり逆じゃないかな。

あの少年は、「せっかく引っ越して来たのに、ここには長くいられませんよ。お宅との付き合いも、おそらく短いですよ」と言わんばかりだった。そうなることを彼が知っているかのように……。なぜなら過去の例から彼には予想がつくから……。新しい住人たちの身の上に何かが起こると分かっているから……。

何か……。

良くないことが……。

忌まわしい出来事が降りかかる……。

この家に着くまで、あの厭なドキドキ感に四回も見舞われた。これは尋常ではない。例の感覚そのものが普通でないわけだが、それにしても度が過ぎる。もはや非常事態と言えるのではないか。

もうひとつは、山の麓の廃墟屋敷である。昨夜と今夜、この部屋から見下ろしてみたのだが、まったく明かりが点らない。日が暮れてから何度も覗いているのに、一向に光が漏れてこない。

それだけのことだが、夜になっても明かりが見えない……という事実が、なぜか怖かった。少なくともあの老婆が住んでいるはずなのに、どうして電気をつけないのか。山側とは反対の部屋で生活しているからか。屋敷が大き過ぎるので、その明かりがここからでは目に入らないのか。

そう思いながらも翔太の瞼の裏には、真っ暗な屋敷の中の、広い座敷の中央に、あの老婆がじっと動かぬまま座っている姿が、ぼうっと浮かんでいる。

眠ろうとしても少年の言葉が脳裏に響き、老婆の姿が網膜にちらつく……。

何の関係もないように見えて、就寝を邪魔する二つの理由が奥のほうで、ずっと底のほうで、実は繋がっている気がして仕方がない。

今回ばかりは、自分が積極的な行動に出なければいけない。そう彼は感じていた。何と言っても家族の――、
命がかかってる？

という懼れを覚えたとたん、夏の夜にもかかわらず、ゾワッと全身が粟立った。ますます目が冴えてしまう。

ようやく翔太が眠れたのは、かなりの深夜だった。そのため休めたと思ったら、すぐ妹に起こされた。実際は数時間の睡眠を取っていたわけだが、本人はほとんど眠った気がしない。

「お兄ちゃん、いつまで寝てるの」

「お母さんが、早く朝ご飯を食べなさいって。片づかないからって。いーっぱいやることがあるんだって」

李実はベッドの上によじ上ると、ちょこんと座った。

「お父さんは？」

「とっくに会社よ。部長さんなんだから、たーいへんなの」

父の昌之は、大阪に本社のある教育系の出版社の東京支社で営業課長をしていた。出

版社といっても書店向けの書籍を出しているわけではなく、年齢や修学年に合わせた子どもの教材を作っている会社である。関東エリアでの販路拡充の成績を認められ、今回の人事異動で本社への栄転が決まり、営業部長に昇進した。

とはいえ関西で結果を出せば、いずれは東京支社に戻るらしい。そのため父は単身赴任も考えたようだが、何年先になるか分からないうえ、本社で出世する可能性も充分にあるため、家族で引っ越すことに決めた。

「お姉ちゃんは、朝から自分の部屋を片づけてる。昼からはお友だちと会うんだって。メル友のカリンちゃんと、トモちゃんと——」

問題は桜子だった。今年の春、中学に入学したばかりである。高校受験も考えなければならない。しかし本人は、関西に行きたがった。憧れている大学が京都にあるからということらしい。

昼から会う友だちというのは、パソコンのコミュニティで知り合い、それから姉のメール友だちになった数人のグループである。事前にお互いの母親同士が電話で連絡を取り合い、それぞれの身元をはっきりさせている。父から会っても良いという許可が出ていたので、彼女は楽しみにしていた。

自分でも妙だと思うのだが、家族の中で気兼ねなく相手ができるのは妹だけ、という意識が翔太にはある。

父は小学生のころから運動が好きで、ずっとスポーツをしている。そういう意味では体育会系なのだが、少なくとも家ではまったくその片鱗を見せない。母によると職場が完全に運動部の乗りのため、逆に家庭では出ないのだろうという。

それでも父が息子に、男の子らしい力強さを求めているのは、なんとなく幼いころから感じていた。決して野球やサッカーなどのスポーツを強要することはなかったが、そういう遊びを彼としたがった。子どもと遊ぶためにというより、父自身が好きだからという理由のほうが、間違いなく大きかったと思う。

父さんの期待に応えられない。

いつしか翔太はそんなふうに考え、知らぬうちに父との間に距離を感じるようになっていた。それが自分の勝手な思い込みに過ぎないのは、誰かに指摘されなくても分かっている。だが、どうしても父には負い目を覚えてしまう。

母はおっとりしている。友だちのお母さんがガミガミ怒ったり、ヒステリックに叫ぶのをはじめて聞いたとき、本当に驚いた。それほど母はのんびり屋である。ただし、だからこそ怒ると怖い。分かっていて悪いことをしたときや、正当な理由なく約束を破ったときなど、母の雷が落ちる。父とて例外ではない。めったにないことだが、そんなときは素直に謝るのが一番である。

普段の母はとても甘えやすい。ただし翔太が物心ついたときから母と彼の間には、いつも姉がいた。母が彼にかまうと、その倍の時間を桜子は母にまといつく。そのため彼は心から満足できるほど、これまで母に甘えた記憶がない。やがて妹が生まれると、そんな機会はますます減った。父とは別の理由だったが、母との間にも妙な距離感を覚えていた。

姉の桜子は自己中心的だった。もっとも単なるわがままとは違う。今、自己主張をしても大丈夫か、おのれを全面に出すことで不利益を被らないか、どうすれば自分の我を通せるか、といった判断をその場の状況に応じてするのだ。そういう意味ではとても外面が良く、どんな環境でも世の中を上手く渡っていけるタイプである。

自分が姉という立場を演じたいと思えば、翔太を猫可愛がりした。弟の面倒などみたくないと感じれば、あくまでも邪険に扱った。その時々で接し方が違うため、幼いころの彼はかなり振り回された。その結果、やがて姉に対して苦手意識を持つようになってしまう。

ハキハキした言動とボーイッシュな容貌の桜子に比べ、翔太は大人しく男にしては色白だったため、親戚連中が姉と弟の性が逆だったら良かったのに、と秘かに陰口をたたいていることを彼は知っている。

妹の李実は、いかにも末っ子という感じである。父にも母にも桜子にも、そして翔太にも甘え上手だった。特に兄である自分に、妹は一番なついていた。いや、そう無意識に望んでいるのだろうか。ただ、ふと彼は思うことがある。家族の中でひとりだけ浮いている兄を見るに見かねて、妹が救いの手を差し伸べているのではないか……と。

それにしても、この異邦人のような感覚は何なのか。

普通なら、自分は他所からもらわれてきた子どもである、自分だけ父親か母親のどちらかが違う、と考えるところだろう。しかし、そんなことは少しも思わない。もちろん自分だけが特別な人間なのだ、という不遜な勘違いもない。

とにかく違和感がある。それだけ……。

「もう、お兄ちゃん！　ちゃーんと起きてる？　寝ぼけてるんじゃないの」

ぼうっとしている翔太に、しびれを切らしたのか、

「あのねー。のーんびり寝てるのは、お兄ちゃんだけよー」

そう言うと李実は、さっとタオルケットの中に両手を入れ、翔太の腋の下をくすぐりはじめた。

「や、やめろ。分かった……。お、起きるから——」

「お母さんがね——」

朝食を彼がすませないと片づかないという母の言葉を、妹が繰り返す。

「うん。そうだな」

生返事をして着替えていると、

「あんまり眠れなかったの」

「まぁな」

「ひょっとして昨日の晩、お兄ちゃんの部屋にも来たの」

李実が妙なことを言い出した。

「誰が。お母さん？」

「違うよー」

否定しながらも、うかつに喋(しゃべ)ったことを後悔するような表情を見せている。

「なら、父さんかお姉ちゃんか」

今度は無言のまま首を振った。

「へぇ、だとしたら僕が行ったんだな。こんなふうにして――」

両手を前に突き出し、彼がフランケンシュタインの怪物のような歩き方で迫ると、李実はキャッキャッと喜びながら部屋中を逃げ回った。

「よーし、捕まえたぞぉ。さぁ、白状するんだ。いったい昨日の晩、誰がモモの部屋に来たんだ？」

そのとたん彼女の笑みが、すうっと薄れた。あとには困ったような顔があった。

「兄ちゃんにも言えないのか」

「……だって。内緒にしなきゃいけないって……」

「言われたのか」

こくんと李実がうなずく。

「どうして？　なぜ喋っちゃいけないんだ？」

「秘密だって……。これはモモとヒヒノの……」

「ヒヒノ？」

しまった――という表情を李実は浮かべたが、逆に決心がついたのか、

「いーい？　お兄ちゃんだけに教えるんだからね。絶対に内緒だよ」

そう念押ししたうえで話しはじめた。

昨日の夜、彼女が両親の寝室のベッドに入っていると、この山に棲んでいるというヒヒノが部屋に来た……という話を。

四　山

少し遅めの朝食をとったあと、翔太は部屋の片づけをした。

段ボールのガムテープを、ジーパンに吊るしたキーホルダーの小さな剣で切り、次々と蓋を開け中身を取り出していく。この剣を買うとき、母は難色を示した。ただ剣といっても刃に鋭さは全然なく、こんなときくらいしか使い道がない。だからこそ母も、彼が持つのを許したのだろう。

しばらく片づけを続けたが、どうしても李実の話が気になって、あまり作業がはかどらない。そのうち、まったく手がつかなくなった。

「ちょっと散歩してくる」

母に声をかけ、翔太は家を出た。李実は部屋の片づけが終わった桜子と機嫌良く遊んでいたので、そのままにしておく。

ヒヒノとは何か。

最初は小さい子どもによく見られる、空想上の創られた友だちだと思った。自分にも覚えがあるし、〈日比乃〉の名字に似ている〈ヒヒノ〉というネーミングも、いかにもそれっぽかったからだ。

ところが、李実の話を聞いているうちに、どうも違うような気がしてきた。

ヒヒノはこの山に棲(す)んでおり、新しく引っ越して来た家族に挨拶(あいさつ)がしたかった。ただし、その家で一番幼くて可愛い子どもにしか姿は見えない。また、自分の存在を大人たちに知られると、ここには棲めなくなるから絶対に会ったことを喋ってはいけない。もし約束を守れるようなら再び遊びに来る。

李実の話をまとめると、こうなる。

人間かと訊(き)くと、そんなものだと答える。男か女かと問えば、男だという。どんな顔をしているのか、身体つきはと尋ねれば、かなり悩んでから山男のようなものだと応じる。妖怪(ようかい)や妖精だと思うかとうながすと、違うと即答したあとで、やっぱり分からないと困った表情を浮かべた。

ヒヒノという名は、それが自ら口にしたらしい。なぜヒヒノというのか、どんな意味があるのか、李実にも見当がつかないという。そもそも質問する気など、彼女には少しもなかったのだろう。

すべて李実の空想とするには、ためらいを覚える。幼稚園の年少組の子どもが思い描く友だちにしては、いささか奇妙過ぎないだろうか。

翔太が家を出たのは、ヒヒノが棲むという山を見るためだった。もちろん会えるとは思っていない。そもそも実在しているのかどうか、大いに疑わしかった。とはいえ山にある何かが、李実に影響を与えたのかもしれない。だから散策もかねて見て回ろうと考えた。

ところが、家を出て少し歩いただけで、またしても他の三区画が気になった。もっとも気持ち悪さが先に立ったため、あまり敷地には近づかなかった。道路側から距離を空けて、あくまでも観察するだけに留めておいた。

すぐ隣は、基本的な家の骨組みが出来上がった状態で放置されている。風雨にさらされて木材が変色した様は、さながら一軒の家が朽ち果て、とうとう骨だけになりながらも、なおも建ち続けているように映る。しかし実際は、完成する前に朽ちたわけだ。そのため壁や天井のない屋内に、家の無念さが立ち込めていそうで、なんとも薄気味の悪い雰囲気が漂っている。

そんな家の骨もどきを眺めているうちに、なぜか絞首台のイメージが脳裏に浮かび、彼をゾッとさせた。

その隣は基礎工事が終わり、いよいよ柱や梁（はり）などの骨組みに取りかかる、いわゆる躯（く）体（たい）工事に入ろうかという段階で、急にストップしたように見える。

あれ？

慌てて二区画先の隣へ移動した翔太は、そこで気になるものを目にして、思わず近くまで歩み寄った。

家の土台となるコンクリート部分が、やけに黒っぽい。それも全体にではなく、上部は濃いのに、下部に行くほど薄くなっている。

まるで、火事の跡のような……。

と感じたとたん、出来上がった二軒目の家の骨組みが、めらめらと炎に包まれ燃えている光景が、まざまざと眼前に映った。

……焼けたんだ。

とっさに翔太は確信した。それで基礎工事部分のみが残った。ただしコンクリートの表面が煤けて焦げた跡だけは、三年間も風雨に洗われながらも消えずに残った。そういうことではないのか。

でも、どうして火事が起きたんだろう。

建築現場に火の気があるのかどうか、もちろん翔太には分からない。とはいえ建てられている最中の家から火が出るなど、どう考えても不自然ではないか。

放火？

しかし、この一軒だけに火をつけるのも妙な話である。そのころ右隣の家に、今と同じ骨組みは出来上がっていなかったのか。奥の家は、まだ完成していなかったのか。ここだけ工事が進んでいたのか。

けど、それって変だよ。

家造りに対する何の知識もない翔太でさえ、おかしいと感じた。普通なら奥から順番に建てるか、四つの区画を同時に進めるのではないだろうか。

現状だけで判断すると、やはり奥から順に建てはじめたように見える。それが、やがて三軒目、二軒目、一軒目と支障が出はじめ、なかなか工事がはかどらなくなった。なのに四軒目だけは、その間にも見る見る出来上がっていく。そのうち父が言っていたように資金が底をついたのか、または何か別の理由で、施主は他の三軒の普請をあきらめてしまう。その結果が、この今の光景なのではないか。

そんなことを子ども心に考えながら、翔太は基礎工事さえ終わっていない一軒目の敷地の側に立つと、目の前の奇妙な穴の中を覗いた。

ここが住宅予定地だったと知らなければ、この中途半端な大きさと深さの穴の用途がまったく分からず、きっと首を傾げていたに違いない。実際その大きな穴は、ぽっかりと空いた何もない空間に過ぎなかった。人為的に掘削された痕跡が辛うじて認められるだけである。

よく雨水が溜まって、池にならなかったな。

素直にそう思った。だが、よく見ると底が泥濘んでおり、とても水はけが悪そうである。足元にあった大きな石を投げこんでみると、ゆっくりと沈みはじめた。

底無し沼みたい。

周囲には雑草のひとつも生えていない。山の中の地面に、こんな穴を掘ったまま放置しておいたら、たちまち雨水が溜まって草木も茂り、やがては池か沼になるのが自然ではないか。でも、ここは穴のままで残っている。

三軒目から一軒目まで目にして、あらためて翔太は気色悪さを覚えた。しかも、それぞれの場所から感じる忌まわしさが、すべて違っている。

三軒目は絞首台……、二軒目は火災……、一軒目は底無し沼……。

なんなんだ、ここは？

家まで走って逃げ帰りそうになったが、そこが四軒目だという事実を思い出し、ゾッとした寒気を首筋に感じた。

ただの連想じゃないか。

直立する柱から絞首台を、焼け跡のような黒ずみから火災を、窪地の泥濘から底無し沼を思いつくのは、別に不思議でもない。あとは見た目の薄気味悪さが手伝って、そんなふうにイメージしただけではないか。

そう強く自分に言い聞かせると、翔太は足早に坂道へ向かった。

タクシーで上がったときは短いと感じた坂も、こうして見下ろしてみると妙に長く、傾斜もやや急に感じる。自転車で下るには、ちょっと怖いかもしれない。

それにコンクリートで舗装された坂道が、今にも山肌からボロボロと剝がれ落ち、帯状の地滑りを起こしそうに見えて仕方ない。固くて丈夫な舗装路の上に立ちながら、なぜか足元に不安を覚えてしまう。

下り坂を目にしているせいだと思い、翔太は上り坂に顔を向けた。そのとたん、ふと妙な気持ちになった。

……呼ばれてる。

何にかは分からない。ただ、見下ろした感覚より見上げている今のほうが、どうしてか気分がいい。

ゆっくり坂道を上りはじめると、その心地良さが次第に増していくのが、もろに肌で感じられる。

すでに午前中から日差しはきつかったが、一向に汗をかかない。そう言えば家の中もひんやりとして、夏だというのに過ごしやすい。関西は暑い、特に京都と奈良は猛暑だと聞いていたのが、まるで嘘のようである。

山の中だから？

確かにそうだが、それほどの効果が本当にあるのだろうか。山といっても、せいぜい少し大きな裏山といった感じなのに。

そんなことはない。

すぐに否定する声が聞こえた。坂の上から響いたようにも、自分自身で発したようにも思える。いずれにしろ、その声が正しい。

きっと昔から、ここは特別な地として存在しているのだろう。つまり選ばれた山なのだ。そのため空気は清々（すがすが）しく澄みわたり、人間が住み良いのも当然なのだ。それほど素晴らしい場所に建つ、しかも一軒しか完成していない家で暮らせるとは、自分たち家族はなんと幸せなのか。いや、おそらく日比乃家も選ばれたのだ。

……誰に？

とっさに翔太は疑問に思ったが、あっさり答えが分かり安心した。

もちろん、この山に。

いつしか麓から三分の二ほどのあたりまで、坂道を上っていた。右手には下の四区画と同じように、山を切り開いて脇道が延びている。ただし舗装はなされていない。しかも土道の左手、つまり山側はまったく削られておらず、宅地開発が完全に止まっているのが分かる。せっかく通した道も今や鬱蒼とした雑草に覆われ、もはや足を踏み入れることも困難になっていた。

自然に戻ったんだ。

これが文字通り自然な姿なのだ、と翔太は感じた。よけいなことを人間がしても、決して山は受け入れないのだ、と彼は悟った。

坂道の残り三分の一を、再びゆっくりと上りはじめる。

そこからは道の舗装にひび割れが走り、その間から雑草の生えている光景が、あちらこちらで目につき出した。明らかに長年の間、まったく車も走らず、人っ子ひとり上がって来ていない証拠である。

やがて、いきなりコンクリートの舗装が途切れて道がなくなり、気がつくと翔太は山の天辺に着いていた。ここまで道を延ばして来たものの、突然「やーめた」と投げ出したみたいな、なんとも唐突な終わり方である。

目の前には、背の低い草木の生い茂った原っぱのような空間が、ぽつんと小さく広がっている。選ばれた山の頂上にしては、やけにあっさりとして物淋(ものさび)しい。もっとも前方には鬱蒼たる樹木の濃い群れがあり、意外な奥深さを秘めているようにも映る。

舗装の途切れた足元から、原っぱの向こうの黒い森へと、一本の細い細い山道が延びている。もっと雑草が繁茂すれば、たちまち隠れて消えてしまうような、ほとんど獣道と言ってもよい筋である。それが辛うじて見えている。あたかも彼を導くように、すうっと奥の薄暗い森へと続いている。

……行かなきゃ。

あの黒い森の中から呼ばれてるから……。

舗装された道から一歩、足を踏み出したとたん、翔太は足の裏に違和感を覚えた。それは妙に柔らかく感じる土と雑草の感触で、まさに無機物から有機物の上へ移った、そんな感覚だった。まるで何かとてつもなく巨大で忌まわしい生き物の皮膚の上に、じかに乗ったようで、物凄(ものすご)くおぞましい悪寒が靴底から伝わってきた。

だが、それも一瞬だった。すぐに足元が地面と同化し、歩くにつれ全身が山に包まれる高揚感に、あっという間に見舞われた。

この山の奥の奥の奥へ、とても深いところへ……。

自分の身体が入り込んでゆく、誘われ引き込まれてゆく、という感じがある。もう二度と決して戻って来られない場所へと。

　でも、いいや。

　ほんの少しあった躊躇も、二歩、三歩と進むうちに、すうっと薄れて消えていく。頭にあるのは、目の前の黒い森の中に入りたい。その願いのみである。あとのことは何も考えない。考えていない。考えられない。

「お兄ちゃーん！」

　そのとき坂道の下から、大きな声が聞こえた。

　とっさにお兄ちゃんとは誰だと思ったが、なぜか振り向いたほうが良いような気がする。物凄く怠くて辛かったが、あらん限りの気力を振りしぼり、なんとか踵を返す。そして二、三歩ほど戻ったところで、ひとりの幼女が目に入る。坂道の途中から、こちらを見上げている女の子が――。

　……もも み？

　妹の名前を思い出すや否や、翔太は我に返った。と同時に足の裏がうねった。

　地面が蠕動している。揺れているのではない。無数の虫が地表のすぐ下にいて、それがいっせいに蠢いているような気色悪さである。

「うわぁっ！」

　口から飛び出した悲鳴と共に、彼は原っぱからコンクリートの舗装面へと、一気に跳んでいた。

　そこで図らずも見下ろした坂道は、山から伸びる長い長い舌のようだった。あたかも麓から何かを吸い上げている、または山から何かを吐き出している、そのどちらにも見えたが、ゾッとする眺めであることは間違いない。

「いってらっしゃーい！」

その坂道を下り切ろうとしている桜子に、李実が手を振っていた。どうやら姉を見送りに、そこまで出て来たらしい。

そのおかげで、僕は助かったのか……。

恐る恐る振り返ると、異様な雰囲気を漂わせた黒い森が、原っぱの向こうに蹲っていた。新しく引っ越して来た一家の中で、他の家族よりは勘の鋭そうな少年を、ずるっとひと呑みしようとばかりに、真っ黒な大口を開けている。

ここが、きっと分かれ目だったんだ。

ぷっつりと舗装の途切れた坂道の端を見つめながら、翔太は悟った。この境界線を越えてしまったら、もはや自分の意思で戻るのは難しくなり、ふらふらっとあの森の奥へと足を踏み入れてしまう。そして二度と再び戻って来られなくなる。

僕たち家族は、とんでもない場所に住んでしまったんじゃ……。

引っ越しの当日に、四度も覚えた例の厭なドキドキ感は、やはり正しかったのではないか。一日でも早く、ここから離れるべきではないだろうか。

「お兄ちゃん」

妹の声に慌てて振り返ると、二つ目の脇道のあたりまで、いつしか李実が坂道を上がって来ていた。

「そっちに行くから」

もう黒い森には目を向けず、翔太は急いで坂を下った。

「お姉ちゃんは、出かけちゃったよ」

「うん。あのなモモ、約束して欲しいんだけど――」

そう言ったあと翔太は、絶対にひとりで山の上に行ってはいけないと、かなり強い口調で妹を諭した。きっと「どうしてなの？」と反論されると思っていたが、

「この坂、とってもしんどいもの。あんな上まで、モモ行けないよ」

あっさり応じてくれたので、ひと安心した。

この山の天辺に立ってみたい、という酔狂な考えは、まず父も母も桜子も思い浮かべないだろう。心配なのは李実だけである。だから念のために彼は、山頂には蛇がうじゃうじゃいて怖かった、という作り話もしておいた。ここまで脅しておけば、まず大丈夫に違いない。

李実と手をつないで坂を下りながら、翔太は一心に悩んだ。このことを両親に、どう説明すれば良いのか。

父も母も迷信深くはない。それでも正月は、ちゃんと神社へ初詣（はつもうで）に行く。盆には家族全員で、父親の実家がある岡山と母親の実家がある福岡の寺に、それぞれ一年交代で墓参りをする。でも特定の宗教を信心しているわけではない。そういう意味では、ごく一

般的な現代の日本人である。

そんな両親に対して、いったい何と言うのか。

あの家の中で幽霊を見たとか、この山の上で化物に会ったとでもいうのなら、まだ話はしやすい。だが今あるのは、彼の感覚だけである。いざ言葉にして説明すると、かなりあやふやになってしまう。自分が感じている厭さ、危なさ、忌まわしさの、おそらく十分の一も伝えられないと思う。

きっと父も母も、自分で幽霊や化物を目撃し、それが家族に禍いをもたらすと判断しない限り、ここから立ち退こうとは絶対に考えないだろう。

下の脇道まで下りて来たので、翔太は左手に曲がると、そのまま家を目指した。とりあえず李実と少し遊び、昼食をすませてから、今度は山の麓を散策する。それが彼の立てた計画だった。

とにかく今は、そうして周辺を見て回るくらいしか、自分にできることはない。この山について、あの家について、どんなことでも構わないから、変な、妙な、歪なところを見つける。耳を傾けた両親が驚くと同時に恐れ、ここから出て行くことを真剣に考えるほどの何かを、どうにか探し当てるのだ。

そんな決意をしたところで、二階のベランダに母が出ていることに、ようやく翔太は気づいた。

「ほら、お母さんが――」

あそこにいる——と李実に声をかけようとして、玄関から出て来た母の姿が、ふっと目に入った。

「お母さーん！」

すぐに李実が手を振り、母のほうへと駆け出して行く。

だが翔太は、その場に立ちすくんでいた。我が家のベランダに佇む謎の人影を、ひたすら凝視しながら……。

五　人影

昼食のあと、翔太はベランダに出てみた。

正直かなり怖かった。ただし、まだ日中である。リビングが吹き抜けのため、ベランダに通じる廊下の扉の前に立つと、キッチンで片づけをする母の気配が伝わってくる。調べるなら今しかない。扉を廊下側に開けっ放しにしておいて、彼は思い切ってベランダに出た。

とはいえ怖いものは怖い。そこで翔太は、これは単純な算数の問題なのだと、必死に自分に言い聞かせた。そうやって、できるだけ冷静に考えようとした。

山の天辺から家に戻る脇道の途中、彼が呆然とベランダの人影を見つめていると、母を目にして走り出した李実が転んだ。とっさに駆け寄り助け起こし、服の汚れを払ってから顔を上げると、もう人影は消えていた。

あのとき母は、桜子を送って行った李実の帰りが遅いので、心配して外に様子を見に出たらしい。ベランダに人影が見えたのは、その直前である。よって当たり前だが、あれが母であったはずはない。

父は朝から会社に行っている。桜子も出かけてしまった。李実は翔太といっしょに外にいた。母だけが家の中だった。その母が玄関から外へ出たのだから、あのとき家には誰もいなかったはずなのだ。

家族は五人、うち四人が家の外にいて、残ったひとりが玄関に出た。にもかかわらずベランダに誰かがいた。どう考えても、ひとり多い。

訪問者の有無を、それとなく母に確かめてみた。すると引っ越し以来まだ家族の他には何人（なんぴと）も、この家の中には入っていないと分かった。もちろん、ピザ屋と寿司屋の宅配員は別である。

なのに二階のベランダに……。

今、自分が同じ場所にいるのだと思ったとたん、さぁっと二の腕に鳥肌が立った。たちまち背筋に、ブルッと震えが走る。算数の問題だと自分を誤魔化してみても、やっぱり怖くてたまらない。

それでも勇気を振りしぼり、翔太はベランダの隅から隅まであらためた。だが、どこにも妙な痕跡（こんせき）はなく、おかしなところも見当たらない。ただ何もない細長い空間が、東西に延びているばかりである。

そう言えば、あの人影は……。

母よりも身長が低かったかもしれない。それに、かなり奇妙だった。本当に影だけのように映った。でも、あのとき彼が歩いていたのは一軒目の区画、例の底無し沼のあたりである。あそこから三軒先の家の二階を臨んだのに、ベランダに立っている人物の容姿がはっきりしないのは、やはりおかしい。決して逆光ではなかった。母の姿は普通に見えたのだから……。

あれがヒヒノだったのか。

ふと、そう思った。常軌を逸した考えではあるが、今のところ納得のいく解釈はそれしか思いつかない。ヒヒノが李実を訪ねて来たが、彼女は家にいなかった。だからベランダに出て、妹を捜していたのかもしれない。

それじゃ、山で僕を呼んだのは……。

誰だったのか。ヒヒノは山に棲んでいる。李実と手をつないで坂道を下りながら翔太は、ついさっき自分は山の天辺で、彼に呼ばれたに違いないと理解していた。もちろん何の根拠もない。ただ、そうとしか考えられなかったからだ。

ところが、ベランダの人影もヒヒノと見なさない限り、ちょっと説明がつかない。彼の存在を認めてしまうことになるが、そのほうがまだ納得できる気もする。

その日の午後、翔太は山の麓を見て回る予定を取り止め、ほとんど李実の相手をして過ごした。

「ご近所さんを見てきたら」

「自転車で町まで行かないの」

母は妹と遊んでくれる彼に感謝しつつも、暗に自分の好きなことをしなさいと二度も仄めかした。さっそく友だちに会いに出かけた桜子に比べ、夏休み中このまま彼が家に閉じ籠るのではないかと、おそらく心配したのだろう。

「うん。明日はそうする」

とにかく彼は、李実が心配だった。夜だけでなく日中もヒヒノが出るのであれば、山の天辺の黒い森の奥へと、いつ妹が誘い込まれてもおかしくない。家族がいっしょでない限り、絶対に山の上には行かないようにと、あらためて彼女に強く言い聞かせた。

東京にいたときと同様、父の帰りを待たずに夕食となる。もっとも今夜は会社で父の歓迎会があるため、はじめから帰宅そのものが遅いと分かっていた。

食卓の話題は、もっぱら桜子の新しい友だちについてだった。二学期から通う緑葉中学校の生徒が、メル友のカリンの友だちにいるので、明日また会う約束をしたという。実際に転校する前に、もう姉は学校の友だちまで作ろうとしている。

二人が通う小学校も中学校も、夏休み中の登校日がないため、本当なら同級生と顔を合わせるのは、二学期の始業式が最初となる。

それをお姉ちゃんは、早々と――。

桜子の行動力と運の良さは、やはり翔太も少しうらやましい。運を引き寄せるためには、自ら動く必要がある。それが分かっていても、なかなか行動に移せない。そんな自分が、たまに嫌になる。

そうだ、お姉ちゃんに相談してみようか。

まったく今まで考えもしなかったが、この奇っ怪な話を受け入れられるのは、父や母よりも間違いなく姉のほうだろう。小説や映画のホラーが好きなだけでなく、幽霊の存在も彼女は否定していないのだから。

でも、今はなぁ……。

ただし桜子は、目の前に夢中になる何かがある場合、よほどのことがない限り他のものに興味を示さない。まして少し空想癖のある弟の話なのだ。姉に打ち明けるのなら、具体的に提示できる証拠を見つけてからでないと、きっと無駄になる。

翔太は寝る前に、東の窓から廃墟屋敷を見下ろした。日が暮れて以降、機会があれば屋敷をチェックするのが当然になっている。しかし、まだ一度として明かりを目にしたことがない。

とてつもなく奇妙な山、禍々しい黒い森、薄気味の悪い家、放置された隣の三区画、謎めいた老婆、おぞましい廃墟屋敷、正体不明のヒヒノ、無気味な人影……。

そういったものが、ぐるぐると脳裏で回り、渦を巻き、混じり合っている中で、いつしか翔太は眠りに落ちた。

おかげで翌朝、目が覚めたとき寝汗をびっしょりかいていた。彼の部屋だけ暑かったのかと、母が訝ったほどである。でも実際は逆に肌寒いくらいで、北側の窓を開けていると、山頂から擁壁を伝って吹き下りてきた山の冷気が、すうぅぅすうぅぅ……と部屋の中に侵入して来る。そんな実感があるのに、大量の汗をかいてしまった。べっとりとして気色の悪い厭な汗を……。

母に言われて、翔太は朝からシャワーを浴びた。浴室から出て洗面所で身体をふき、それから新しい下着をつけると、さっぱりして気分が良くなった。

こうやって変なものも、すべて洗い流せればいいのに。

彼が洗面所を出ると、例の裏口に通じる廊下の角を、ちょうど曲がる父の姿が目に入った。

あれ、お父さん？

と思ったが、そんなはずはない。父なら、とっくに会社だろう。それとも昨夜は呑み過ぎたため寝坊したのか。いや、父に限ってそれはない。しかも転勤したばかりの会社で、昇進したばかりの父が、早くも二日目から遅刻するなど考えられない。

だったら誰……。

嫌だ覗きたくない、と翔太は思った。だけどキッチンには母が、ダイニングには桜子と李実の気配がしている。すぐ側に家族がいる。大丈夫だ。そう自分に言い聞かせ、ひょいと廊下の角から顔を出してみた。

……誰もいない。

ためらった時間を加えても彼が覗く前に、この角を曲がったばかりの者が裏口から出て行くのは、まず無理だろう。第一それなら扉の開閉する音が聞こえたはずだ。よほど静かに開け閉めしたのなら別だが、すると今度はよけいに時間がかかってしまう。

それでも念のために、家の裏を確認しようと、彼が廊下の奥まで進んだときだった。扉の上半分にはめ込まれた曇りガラスに、急に人影が映った。

「ひぃぃ……」

低く短いながらも悲鳴が漏れる。にもかかわらず翔太は次の瞬間、自分でも信じられない行動に出ていた。

バッといきなり裏口の扉を開けたのだ。

扉が外へと開いていくとき、とても時間が長く感じられた。実際は一、二秒のことなのに、まるでスローモーション映像を見ている気分である。今にも扉が誰かに当たって止まり、その感触が自分の手に伝わってくる。そんなふうに身構えたものの、何の障害もないまま、完全に扉は開き切ってしまった。

ノブをにぎる寸前まで、確かに曇りガラスには人影が映っていた。なのに家の裏はがらんとして、まったく何の気配も感じられない。

またしても、あれを見た……。

昨日、二階のベランダにいるのを目撃した人影が、今度は家の中に現れ、それが裏口から外へと出て行ったのだろうか。

「翔ちゃん、ご飯よぉ」

母に呼ばれるまで翔太は、裏口の扉に手をかけて開け放したまま、ただ呆然と立ちつくすばかりだった。

朝食後、一階の和室で――妹に言わせると彼女の部屋で――遊びはじめた李実の相手をしながら、さり気なく彼は探りを入れはじめた。

「昨日の夜、寝る前にヒヒノは来たのか」

すると妹は、何を当たり前なことを訊くのだという顔で、

「普通の夜は、無理に決まってるでしょ」

「えっ……。それじゃこの前は、特別な夜だったのか」

「そうよ。お兄ちゃん、そんなことも知らないんだ」

「うん、だから教えてくれよ。何が特別なのか」

李実は少し考える仕草を見せながら、

「でも……喋っちゃいけないって、ヒヒノに言われてるもん」

「兄ちゃんにはいいだろ」

「うーん……」

「それじゃ、次の特別な夜はいつなんだ？」

「えーっと……」

視線を宙に漂わせつつ、何かを数えているような様子があって、

「四日あと」

「二十六日の土曜日か」

この前は二十日の日曜日だった。ヒヒノは週末にならないと休みがもらえない、まる

でサラリーマンみたいだとおかしくなったが、すぐに違うと考え直した。昨日の昼と今朝の人影があるではないか。

「昨日さ、山から下りて来た兄ちゃんと、家に戻ったときだけど」

再び遊びはじめた李実に、なおも質問を続ける。

「お母さんが玄関から出て来て、モモが走り出しただろ」

「すぐに転けたんだよねー。でもモモ、泣かなかったでしょ」

本当は両目に涙を溜めてウルウルしていたのだが、声を上げて泣かなかっただけ、妹も成長しているのは確かである。

「ああ、えらかったな。あのとき二階のベランダに、誰か出てなかったか」

「ううん、誰もいなかったよ」

「そうか……」

「だってお兄ちゃん、もうお姉ちゃんは出かけたあとだったんだよ。二階に誰もいるはずないでしょ」

「そうだな。兄ちゃん、ちょっと勘違いしてたみたいだ」

どうやら李実には、あの人影が見えなかったらしい。彼よりも身長が低いぶん、目に入らなかった可能性もあるが、あの位置からは家の全景が眺められた。見逃したとは思えない。白っぽい壁を背景にして、黒っぽい人影が立っていたのだから。

待てよ、ということは……。

あの人影は、ヒヒノではないのか。李実に見えなかったのなら、そういうことにならないか。人影はヒヒノとは違う。では、いったい何者なのか。

ヒヒノは、この山に棲んでいる。

あの人影は、この家に棲んでいる。

そんな考えが、ふと浮かんだ。と同時に、ヒヒノは妖怪のような存在だが、人影は幽霊ではないのかと感じた。前の学校の図書館で読んだ妖怪と幽霊に関する本に、それぞれが出没する場所の紹介があった。あれに照らし合わせると、そんなふうに考えることができる。

妖怪が存在するのかどうか、正直なところ翔太にはよく分からない。だが、あの本によると、田舎の山や川や野原など、昔ながらの自然が残っている土地には、妖怪がいるという。この山もまさにそうだ。そこに人間の手が入ったため、あの黒い森の奥から出て来たのかもしれない。そう見なすと一応の説明はつく。

幽霊については、妖怪よりは存在している可能性が高いような気がした。妖怪写真は見たことがないけど、心霊写真はテレビや雑誌で何度も目にしている。もちろん本物かどうかは知らない。ただ、死んだ人間が何かの理由で化けて出るという現象は、いかにもありそうではないか。

ということは……。

この家で過去に、誰かが死んでいるのではないか。それも幽霊になって化けて出るような、特別な死に方をしている。そうとでも考えない限り、あの人影は……。

「――お兄ちゃん！」

ハッと翔太は我に返った。李実が少し怒った表情で、こちらを見ている。

「いっしょに遊ばないんなら、あっちに行ってよ。ここ、モモのお部屋なんだからね」

「ああ……」

いつしか考え込んでいたらしい。引っ越し以来、たえず何か考え事をしているような気がする。

「何して遊ぶ？」

「もういい！　モモ、ひとりで遊ぶから」

言葉とは裏腹に兄が上の空であることを、妹は敏感に察していた。

「うん、そうだな」

気のない相槌を打ちつつ、ひとり和室を出る。

リビングでは母が掃除をしていた。もう桜子は出かけたという。これで自分も家を離れれば、母と李実だけになる。母はやることがいっぱいあるため、妹はひとりで遊ばなければならない。東京でもそうだった。ただ、ここで同じことをしても大丈夫なのだろうか。

李実が遊んでいるところへ、あの人影が現れたら……。

彼女には見えないからといって、安全とは限らない。むしろ存在を認められない分、相手に何をされても気づかない危険がある。それにヒヒノよりも人影のほうに、とても忌まわしい何かを感じてしまう。

そのときリビングの掃除を終えた母が、

「昼から買い物に行くけど、どうする？」

と訊いてきた。もちろん李実は連れて行くという。

ならば自分も昼から出かけようと決めた。それまで妹の側にいればいい。これから毎日、彼女を気づかい続けるのは無理だが、どうしても今朝は放っておけなかった。

翔太は和室へ戻ると、さっと襖(ふすま)を開けながら、

「モモ、兄ちゃんと――」

遊ぼうか、と言いかけて絶句した。

李実のすぐ後ろに、あの人影が座っていた。

六　友

翔太は昼食をすませたあと、二人より先に家を出た。

「行ってらっしゃい。お母さんたち、三時ごろには戻ってるから」

母は見送ってくれたが、李実は彼のほうを見向きもしない。リビングから廊下には出て来ているのに、わざと背中を彼に向けている。

無理もない。午前中、機嫌良く遊んでいたのに、いきなり兄に和室から連れ出されたからだ。しかも面白いものがあると、強引に呼ばれた彼の部屋に何もなかったため、かんかんになって怒った。

母に知られるとややこしくなるので、翔太は必死で李実をなだめた。ただ、なぜ和室から自分の部屋に連れて来たのか、彼女が納得する言い訳を思いつかない。よって妹の怒りもなかなか治まらなかった。

あのとき彼の頭には、とにかく李実を和室から逃がすこと、それしかなかった。

妹が遊んでいたのは、両親がこの家を下見したあと、思いつきで新たに購入した和箪笥（だんす）の前だった。その彼女の真後ろに、真っ黒な人影が座っていた。身体を斜めに傾けた不自然な格好で、まるで李実にもたれかかるようにして……。

翔太が慌てて和室から連れ出したのも当然である。おかげで妹には大いに腹を立てられたが、彼女さえ無事であれば、どんなに非難されても彼は良かった。

どうにか事なきを得たのは、それでも李実が「お兄ちゃんがモモに悪いことするわけがない」という信頼感を持っているからだろう。確かに日ごろの彼からは考えられない行為だった。彼女も幼いながら、これは何かあると感じたのかもしれない。

とはいえ笑顔で送り出せるまで、妹の機嫌も元には戻っていないらしい。母と買い物に行くことで治ればよいのだが。もっとも、ああして廊下に出て来たのは良い徴候だった。本当に怒っていたら、姿さえ見せなかったに違いない。

そう考えると、翔太の心は少し晴れた。もし李実が口をきいてくれなくなったら、たとえ一日だけでも大いにこたえる。自分でも滑稽だと思うが、妹に対する親愛の情が月日を経るごとに、ますます深まってゆく気がする。

前の学校のクラスにも、弟や妹を可愛がる同級生はいた。しかし、そんな友だちも時には、自分より幼い子どもの面倒をみるのを嫌がった。いくら仲が良くても、それなりに喧嘩もした。

ところが、翔太は違った。どんな状況であろうと、李実を邪険にしたことは一度もない。ただし自分が妹想いだとは、実はあまり感じていない。どう表現すれば良いのか。とにかく彼女を守らなければ……という気持ちは昔からある。

そして今まさに、そんな状態に李実はいた。父にも母にも、姉にも相談するのは難しい。しばらくは彼が気をつけるしかない。

坂道に出たので振り返ると、二階のベランダに人影が見えギョッとした。

だが、すぐに李実だと分かりほっとする。試しに右手をあげて振ってみた。すると彼女は両手で振り返してくれた。もうこれで安心だと、たちまち気分が楽になった。

山の天辺には顔を向けずに、坂道を下る。今にも後ろから何かに呼ばれそうで、背後が気になる。これから家を出るたびに、こんな思いをするのだろうか。いや、それよりも帰りはどうなるのか。坂道を上がっている最中、ずっと頭は垂れたままなのか。うなだれながら帰路につくのか。

なんだか情けないなぁ。

そう思っているうちに、坂道を下り切っていた。

まず目に入ったのは、正面の少し右手にある小さな祠だった。タクシーの中から見た覚えはない。坂道に差しかかる直前まで、廃墟屋敷とアパートに気を取られていたからか。しかも車が坂を上がりはじめたとたん、あのドキドキ感に囚われたのだから、周囲の景色など目に入らなかったらしい。

切妻造りの屋根と両開きの格子戸を持つ祠は、岡山の祖母といっしょに観たテレビの時代劇で、田舎の道端に祀られていたものと非常に似ていた。ただし、時代劇の祠の中には地蔵が安置されていたが、こちらはどうも違うようだ。石仏には変わりないが、格子戸越しに覗いても、地蔵でないことだけは翔太にも分かった。

ためらいがちに振り返ると、ちょうど坂がはじまる道の両側に、それぞれ石像が立っている。これも見逃していたらしい。引っ越しの当日は仕方ないとしても、たった今も素通りしたのは、どうにも妙である。

道の両脇に立つ石像は、福岡の祖母が教えてくれた〈道祖神〉ではないか、と彼は考えた。

道祖神とは昔、疾病や悪霊が村の中に入って来ないように、村境や峠、また辻や橋などに立てられた、いわば見張り番のような神様である。そのため当然、像の正面は外を向いていなければならない。この場合は山の方角である。なのに目の前の石像は、向かい合わせになっている。お互いに相手の顔を見る格好なのだ。二つの石像の間を通過しようとする者を、まさに阻止せんとしているようである。

まるで通せんぼをしてるみたい……。

もしかすると、これは村から山に入るのを禁じた印ではないのか。それとも逆に、山から何かが下りて来ないように見張っているのだろうか。

翔太が村と思ったこの土地は、今では奈賀橋町になっている。しかし祠も道祖神も祀られたのは、ここが村と呼ばれたくらい昔だったのかもしれない。何十年も前、岡山と福岡の祖母が〈戦前〉と呼ぶ時代よりも、もっと前のいつか。

あっ、ずれてないのかも――。

祠と坂道を見ているうちに、そんな気がしてきた。

コンクリートの坂は、山を宅地開発する目的で、おそらく数年前に作られた。それに比べて昔の道はもっとせまく、ちょうど祠の前から延びていたのではないか。新たに幅のある舗装路を通すために、右側の道祖神は移動させられたのかもしれない。

正面に祠を祀り、左右に道祖神を配す山道……。

翔太に宗教学や民俗学の知識が、もちろんあるわけではない。いわゆる霊感なども一切ない。例の厭な感覚の経験があるだけだった。それでも目の前の坂道に、何とも言えぬ禍々しい雰囲気が漂っていることが、彼には分かった。

祠の前にしゃがむと、翔太は一心に祈った。

どうぞ李実を守って下さい。家族を助けて下さい。ここに住んでいる間、なんとか安全に過ごせますように。

そうやって熱心に拝んでいたとき、ふと背後に気配を感じた。

……後ろに何かが立ってる。

ゾワッと項が粟立った。山頂から長い舌のような坂道を伝って、それが下りて来たのだと慄いた。

とはいえ正体は分からない。彼を呼んだ黒い森の奥にいるものか。でも坂道の下では道祖神がにらみをきかせている。悪いものが通れないように見張っている。それなのに石像を越えて祠の前まで来られるだろうか。

振り向きたくなかったが、このまま身動きもせずに、じっとしているのも怖い。必死に自分を勇気づけながら、恐る恐る翔太が振り返ると――、
ひとりの少年が立っていた。

彼を目にしたとたん、とっさにジャガイモを連想した。丸刈りの、でこぼこした、色の浅黒い坊主頭から、畑で採れたばかりの、土にまみれたジャガイモを思い浮かべた。しばらく洗濯とはご無沙汰のような汚れた服装が、よけいにジャガイモらしさを出している。歳は同じくらいだろうか。

二人とも相手の顔を見つめるばかりで、お互い微動だにしない。

この近所に住んでいる子だろうか。見知らぬヤツがいるのに気づいて、からみに来たのかもしれない。もし難癖をつけられたら、どうしたらいいのか。

次第に高まる不安感に、翔太がいても立ってもいられなくなっていると、

「……よおっ」

ようやく相手が声を出した。ただし、その口調に敵意は感じられない。

「やぁ……」

ほっとしながら返事をして、翔太は立ち上がった。

ジャガイモ少年は、そんな彼の頭の天辺から足の先までを、じろじろと無遠慮に眺めている。とはいえ、その瞳に反感の色は少しもない。

二人の少年は、とても対照的だった。綺麗で清潔そうな服を着た色の白い、どこか垢

抜けたように見える翔太に対し、一方のジャガイモ少年は、すべてにおいて逆である。

でも、彼らには何の関係もない。

「山のあそこの家に、引っ越して来たんやろ」

「うん。先週の土曜日に」

「どっから来たん？」

「東京の国分寺――ってとこ」

「知らんな。言うても、東京に行ったことないからな。大阪くらいや」

「京都は？」

「いいや。行く用事がないもんなぁ」

「そんなものだよね」

ほぼ同時に二人の顔に、微かな笑みが浮かんだ。

ジャガイモ少年は仲南幸平という名前で、二学期から翔太が通う穂沙小学校の四年生だと分かった。つまり彼とは同級生になるわけだ。

「学校はどんな感じ？」

「大阪の小学校よりは、ええと思うで」

幸平は一年生のとき、今の小学校に転校して来たという。その一ヵ月ほど前に、両親が離婚したせいらしい。

あっけらかんとした口調だったが、どう応じて良いか分からずに、翔太が困って口籠

っていると、

「大阪におったとき、ろくに親父は家に帰って来んかった。俺が行っとった小学校の友だちにも、同じような親を持つヤツが、何人もおった。けどこっちの小学校には、ほとんどおらんみたいやからな」

お前が気にする必要はないとばかりに、冷めた様子で付け加えた。

「それじゃ、ここに親戚(しんせき)がいるわけじゃないの」

「おふくろの実家は和歌山やけど、あの家に行ったんは、小さいころの一度だけやからなぁ」

自分の両親を「親父」「おふくろ」と呼ぶ幸平が、翔太には格好良く思えた。ただ、この土地にたまたま引っ越して来たのであれば、山のことを訊(き)いても無駄かと少しだけがっかりした。

そんな彼の気持ちなど知るよしもない幸平は、

「家賃が一番安いとこいう条件で、おふくろが探してきたんが、ここやったんや」

そう言いつつ後ろのアパートを振り返った。しかも続けて、あの廃墟屋敷に顔を向けて指差しながら、

「もっとも大家が、あんな状態やからな」

驚くべきことを口にした。

「えっ……。このアパートの大家さんて、あの家の人なの？」

「そうや。自分とこといっしょやで」

「ええっ！　あの山の家も？」

「なんや、知らんかったんか。ここらへんの土地は、みーんなあそこの家のもんやったらしいで」

「昔は、この土地の庄屋(しょうや)さんだったとか」

「しょうやさん？　なんやそれ？」

　岡山の祖母と観た時代劇の話をすると、幸平は意外そうに、

「へぇ、えらい渋いもんを、翔太は観るんやな」

　いきなり名前で呼ばれてびっくりしたが、嫌な気は全然しない。むしろ恥ずかしいような、こそばゆいような気分である。

「こ、幸平ちゃんは、どんな番組を観る？」

「うち、テレビないんや」

　一瞬、彼が何を言っているのか理解できなかった。友だちでテレビがない家など、これまで見たことがなかったからだ。

　またしても、どう応(こた)えたものかと翔太がまごついていると、

「うち、来る？」

　言うが早いか、幸平がアパートに向かいはじめたので、慌ててあとを追う。

　山の坂道の右手から、〈コーポ・タツミ〉は東の方向へと細長く建てられていた。坂

道に面する西側の壁には、上下に五つずつ十室分の郵便箱と二階へ通じる階段がある。各部屋の玄関は山側に、窓は反対の南側という造りだった。

翔太が郵便箱に目をやると、二〇一号室に〈仲南〉と手書きの名札が見えた。あとは一〇一に〈飯野〉、一〇三に〈紅林〉、一〇六に〈大仁田〉とある。ちなみに一〇四と二〇四は欠番だった。他は空室なのかと思ったが、なぜか二〇六号室の名札が真っ黒に塗りつぶされている。

気持ち悪いな。

思わず眉をひそめた。空室であれば、そもそも名札がないはずだ。しかし、二〇六号室には名札がある。にもかかわらず、それに記された名前が黒々と消されている眺めは、とても厭な感じを受ける。

「この部屋は？」

彼が二〇六号室の郵便箱を指差すと、幸平はちらっと目をやっただけで首を振り、

「気にせんでええ」

と答えただけで、さっさと階段を上がりはじめた。

近所迷惑な困った住人がいるのかもしれない。日比乃家が住んでいた国分寺のマンションでも、そんな入居者の話を聞いたことがある。

階段を上がって二階の廊下に入ったとたん、周囲が急に暗くなった。北側に面しているうえ、手すりの向こう側には鬱蒼と茂った山の樹木が、すぐ近くまで迫っており、ま

るで自然の壁のようだった。そのため、ほとんど日の光が射し込んでいない。

「あれ……。ちょっと待ってな」

幸平がズボンのポケットに手を突っこみ、やや慌てたように鍵（かぎ）を捜しはじめた。

翔太は樹木の隙間から我が家が目に入らないかと、視線を北東に向けかけて、薄暗い廊下の奥に、誰かがいることに気づいた。とっさに見やると、二〇六号室の前と思えるあたりに、ひとりの女が立っていた。

とりあえず軽く一礼しようとして、翔太は固まった。その女が、どうにも変だったからだ。

身体は山側を向いているのに、首だけがこちらを見ている。物凄（ものすご）く無理な姿勢で首をねじり、ずっとこちらを見つめている。ひたすら翔太を凝視している。

「おい！　早（はよ）う入るんや」

囁（ささや）くように低い、それでいて叱咤（しった）するような声がした。見ると二〇一号室の開いた扉の内側から、幸平が必死に手招きしている。

ハッと我に返った翔太が玄関に飛び込み、すぐさま幸平が扉を閉めて鍵をかけると、頭上でチリリッと鈴が鳴った。見上げると、いくつものお守りが暖簾（のれん）のように、扉口の上の梁（はり）からぶら下げてある。

「魔除（まよ）けみたいなもんや」

当たり前のような説明に彼が驚いていると、すたすたと室内に入った幸平が、を、苦笑しながら指差した。

「ほら、ここにもあるやろ」

玄関から延びる短い廊下の先の、部屋の出入口の梁からも下がっているお守りの群れ
玄関のせまい三和土(たたき)で、サンダルを脱いで上がると、すぐに短い廊下になる。右手にはキッチンとトイレ、左手には洗濯機が置かれた洗面所と風呂場(ふろば)があり、廊下がそのままキッチンにもなる作りだった。

奥はフローリングの四畳半と、六畳の間が続いていたが、二つの部屋の境目の引き戸の上にも、ずらーっとお守りが吊(つ)り下がっている。

玄関の扉の裏と二つの部屋の引き戸の前には、まさに暖簾のようにお守りが下げられていたのである。

「そんなとこに突っ立ってんと、こっちに入りや」

六畳間から声をかけられ、廊下に佇(たたず)んでいた翔太は、ようやく身体を動かした。

「おふくろとは、ここで寝るんや。それで寝てる部屋が、もっとも影響を受けやすい聞いて、玄関だけやのうて、部屋の入口にもお守りを吊るしたわけや」

「お母さんが？」

「ああ。おふくろにアドバイスしたんは、店の常連やいう占い師の、インチキ臭いおばはんやけどな」

幸平の母親は、日中は地元スーパーのレジで働き、夕方からは怪しげな呑(の)み屋でホス

テスをしているという。「怪しげ」と表現したのは、もちろん彼自身である。

それにしても就寝中に影響を受けるとか、占い師のアドバイスとか、いったいどういう意味なのか。

そんな疑問が翔太の顔に出たのか、幸平は大きく溜息（ためいき）をつくと、

「占い師のおばはんが言うには、山から何や気色の悪いもんが、こっちに下りて来るらしいんや」

七　長箸村

気色の悪いもの……。

山から下りて来る……。

べちゃっと濡れた冷たい布を、首筋に当てられたような震えに、いきなり翔太は襲われた。自分とよく似た感覚に囚われた人がいるらしい。そう思ったら、とてつもなく怖くなった。

「その占い師は、ここに来たの」

「このアパートに住んで、一年くらいしたときかなぁ。おふくろが呼んだ。夜の仕事から帰って来たら、坂の上に変なもんがおる……って、そのころよう言うてたんや。あと廊下が気持ち悪いって。ただ、キッチン、前の部屋、この部屋と奥に入って来たら、だんだんましになるらしい」

「それで店のお客さんの、占い師に相談したんだ」

「茹田いう小太りのおばはんで、駅の南町商店街で占いの店を出しとる。店いうても、ほら、小さい机だけあって、そこに座っとるんがあるやろ。ああいうのや。でも、おふくろによると、ちゃんとした霊感を持っとるって」

「ここに来た苅田さんは、何て言ったの」

「早う出るようにって。引っ越したほうがええって」

「…………」

「せやけど、この広さで今の家賃のアパートなんか、他にあらへん。おふくろが無理やって言うたら、とにかく山側にお守りを下げんといかんて、そう忠告されたんや」

「…………」

「郵便箱、さっき見たから分かるやろ。ここに住んどる人、あまりおらんのや。入っても、すぐ出て行くから。今おる人も、ちょっと変わった者ばかりでな。一〇一の飯野は出張が多いから、月に一度くらいしか帰ってきいへん。一〇六の大仁田は仕事場にしてるとかで、朝来て夕方には帰りよる。去年の秋に引っ越して来た一〇三の紅林だけは、普通に会社勤めしとるんやけど……」

そこで幸平はいったん口を閉じると、意味ありげな眼差しで翔太を見つめながら、

「それが、だんだんおかしなっとるいうか……」

「どういうこと？」

「何かあったわけやないんや。ただ、前に比べると陰気になったいうか、影も薄うなったような感じで……。紅林については、俺もそう思うんや」

一階の住人の情報は、母親から聞いたらしい。彼女が夜の店の客引きを身近で行なっ

たため、男性の入居者については詳しくなったという。

「十室あるのに、埋まってるのは半分の五室で、六人が住んでるわけか」

「ほんまに住んどると言えるんは、まぁ四人やけど」

「二〇六号室の人は？」

こうなるとその四人のうちに入るらしい、先ほどの女性が気になる。郵便箱の塗りつぶされた名札、外廊下に立ちつくす姿、こちらを凝視する態度……と、すべてが奇妙である。

「さっきの女の人は、あの部屋に住んでるんじゃないの」

そう翔太が問いかけると、たちまち幸平の顔がゆがんだ。

「香月希美さんは大学生で、ここに俺らが引っ越して来た次の年の春に、杏羅女子大に入学したんや。頭のええ大学やで。それで休みの日なんか、俺とも遊んでくれて、とても優しい人やったのに……」

「ここでの生活が一年、二年と経つうちに、次第におかしくなった？」

なんとなく事情を察した翔太が、ふと考えついたことを口にすると、辛そうな表情で幸平はうなずき、再び大きく溜息をついた。

「おふくろが、苅田のおばはんの話をしたんやけど、香月さん、そういうことは信じてないみたいで。俺も、どうすることもできんかった」

「………」

なぐさめの言葉をかけなければ、と翔太は思った。しかし、どう言えばよいのか、まったく台詞が浮かんでこない。

するると幸平が、ハッと何かに気づいたように、

「いきなりこんな話して、びっくりしたやろ。ごめん……。気持ち悪いわな、いくらなんでも……。せやけど翔太も、なんや自然に受け入れたような気がしてな。ちょっと俺も驚いてんねんけど」

どうしよう……と翔太は迷った。だが、自分でも思いがけないことに、

「あのね」

引っ越し当日に覚えた厭な感じから今朝の和室の人影まで、一気に打ち明けていた。しかも、あの厭なドキドキ感の体験までさかのぼって。

「す、すげえなぁ……」

途中まったく口をはさまなかった幸平は、翔太の話が終わったとたん、半ば恐れ半ば感心したような表情を見せた。それでもすぐに隣の部屋に行くと、

「喉、渇いたやろ」

麦茶を入れたコップを持って戻り、すっと差し出した。

「ありがとう」

そう言われるまで翔太は、自分がどれほど喋り続けていたのか分かっておらず、確かに喉はカラカラだった。

「お前、やっぱり頭ええな。最初に見たとき、すぐそう思うたんやけどな」

「えっ、どうして？」

「坂道のとこの祠とか、その道祖神とかいうヤツの役目を、ちゃんと当てたやないか。茹田のおばはんが、同じようなこと言うてたからな」

「そ、そうなの」

ちょうど飲んでいた麦茶を、もう少しで翔太は吹き出すところだった。

「ここに来たあと、茹田のおばはん、色々と調べたらしいんや。それを店に来たときに教えてくれたって、おふくろが言うとった」

茹田の話をまとめると、こうなる。

この奈賀橋町は昔〈長箸村〉と呼ばれていた。田畑を中心に、そのまわりを民家がぐるりと取り囲んでいる集落だった。村の庄屋は代々〈辰巳家〉が務めており、ほとんどの土地は同家が所有していた。ただし、そこには村の北に位置する〈百々山〉もふくまれている。この山には恐ろしい蛇神様が棲むと昔から伝えられ、いっさい人間の入山が禁じられてきた歴史があった。そんな御山を祀り、蛇神様を鎮め、入山者に目を光らせるのも、辰巳家の役目だった。

ところが、戦後の農地改革により、辰巳家はこの地の利権をほぼ失ってしまう。しかも皮肉なことに、改革には山林の所有権がふくまれていなかったため、もっとも手放したいはずの百々山だけが残ることになる。

そのうえ、辰巳家は戦後なかなか跡取りに恵まれず、没落の一途を辿りはじめた。そして五年前、ついに百々山の裾野を開拓して〈コーポ・タツミ〉を建て、さらに四年前には山そのものを宅地化する計画を押し進めた。

辰巳家で最年長者だった扇は、御山に手をつけることに最後まで反対した。しかし、背に腹は代えられないとばかりに、婿養子や娘たちが強引に開発計画を断行してしまった。

ただし、工事は普通では考えられないほど難航した。最初に取りかかったのは山の右半分だった。だが、なぜか頂上にはいっさいの車両が上がれない。その下の二段目は脇道だけは通せたものの、何度も崖崩れが起きて肝心の擁壁を築けない。辛うじて三段目のみ宅地化に成功した。という有り様である。

ところが三段目も、四つの区画ごとに住宅の建設に取りかかったところ、ひとつ目はあまりにも水はけが悪くて基礎工事さえ進まず、二つ目は骨組みの段階で二度も原因不明の火災が発生し、三つ目は鳶職の者が三人も足場から落ちる事故が立て続けに起こり、と不可解な出来事が続発した。そのためどうにか家を建てられたのは、四つ目の区画のみだった。

それだけではない。時を同じくして辰巳家の者が、なんとも奇っ怪な状況で次々と死亡しはじめた。

ある者は朝食時、煮た里芋を喉に詰まらせて窒息死した。

ある者は蔵の中で、蛇に首を巻かれた状態でショック死した。

ある者は夕刻時に、辰巳家の前の田圃の中に顔を突っ込み溺れ死んだ。

ある者は山の三つ目の区画の家の骨組みから、ぶら下がって首を吊った。

ある者は町のマンションの建設現場近くで、上から落ちてきた鉄骨の下敷きになって圧死した。

ある者はタクシーに乗っていた際、急カーブでいきなりドアが開いて道路に落ち、後続の車に轢かれた。

かように信じられない状況下での死が相次ぎ、六人もが命を落とした。その結果、百々山の開発は完全にストップする。そして辰巳家で今も暮らすのは、一番年長者の扇だけになったらしい。

「……あのときの、お婆さんか」

翔太が引っ越しの当日に見た、例の奇妙な老婆が辰巳扇であり、あの廃墟屋敷が辰巳家だったわけだ。

そう幸平に訊くと、彼はうなずきながらも自分の頭を指差しつつ、

「けど扇婆は、ここがおかしなっとるからな」

「そうなんだ。なんか変な人だなぁ、とは思ったんだけど。でも、そんなふうに家族が死んでしまったら、おかしくなって当たり前か」

「まぁな。あんとき俺は、そのへんの事情を知らんかったから、えらい葬式の多い家や

など、のんきに驚いとった」

「次々に死んだのって、どれくらいの間で？」

「一年半……。いや、二年くらいはあったやろか」

「……あのさ」

翔太が言いよどんだにもかかわらず、いち早く幸平は彼の気持ちを察したらしく、

「山の家について、苅田のおばはん、何も言わんかった。おふくろが相談したんは、アパートの部屋のことやからな」

「そうだよね」

「町の昔や辰巳の家まで調べたんは、おばはんのサービスいうより、たんに自分の好奇心からやと思うで」

「…………」

「ただ、山の家でな――」

言いかけて幸平がためらったため、

「何？　構わないから言って」

すかさず翔太がうながした。それでも少し躊躇したようだったが、

「救急車やパトカーが、山へ上がって行ったん、俺、見てるんや」

「誰かが死んだの」

「それが、よう分からへん」

とても困った表情を幸平が見せた。

「これまで二つか三つの家族が、あの家で暮らしたはずやねんけど、そんとき誰かと友だちになったわけやないからなぁ」

「同じ年代の子が、たまたまいなかったのか」

「いや、おったよ」

「えっ……」

「それに小学生の子どもがおったら、みな穂沙小学校に通うからな。同じ学年でのうても、また同じクラスにならんでも、学校の行き帰りはいっしょになるんや」

「じゃあ、気が合わなかったとか」

「そこまで深い付き合い、誰ともしてへんから……」

訳が分からなかった。これまでは言いにくい話題も、あっけらかんと口にしていた幸平が、妙に奥歯にもののはさまったような言い方をするのも、かなり妙である。

もっと突っ込んで訊くべきかどうか、翔太が迷っていると、

「ふうっ」

あきらめたような溜息(ためいき)をはいたあと、どこか開き直った様子で彼が続けた。

「まぁ今回も、そのうち問題になるやろうから、先に言うとくけど。山の家に住む家庭の子は、しばらくすると、たいてい親に注意されるんや」

「何て」

「下のアパートの子とは、あんまり仲良うなったらあきませんーーってな」

「どうして？」

「考えられるんは、おふくろの夜の仕事がバレるいうか、同級生の母親たちから伝わるんやないかと思う。あとは俺が、いつも汚らしい格好してるから……」

「なんだよ、それ」

翔太は自分でも驚くほど、とても腹が立った。

「友だちになるのに、その子のお母さんの仕事が、いったいどんな関係があるっていうのさ。それにーー」

続けて服装のことに触れようとして、小汚い感じがするのは確かだけど……と、つい考えてしまった。

「あっ、翔太お前、やっぱり俺が汚うしとるって今、思うたやろ」

「えっ……ううん、そ、そんなことない」

「嘘つけ。ちゃんと顔に出とる」

「そっちこそ、適当なこと言ってるだろ。顔になんか出てるわけないもの」

そこで二人は、にらみ合った。

ああは言ったものの、幸平の指摘は正しかった。自分の顔が赤くなっているのが、翔太にもよく分かったからだ。

馬鹿野郎……。どうしてよけいなこと考えたんだよ。

仲南幸平が、みすぼらしい格好をしているのは事実である。でも、だからといって翔太が、彼の服装を気にしていたわけではない。まして、それで彼を嫌いになったりはしない。

そう言いたかった。自分の気持ちを説明したかった。けど、今になってどんな言葉を口にしても、言いつくろっているようにしか聞こえないではないか。

せっかく友だちになれたのに……。

もはや翔太は、泣き出さないように我慢するのが精一杯だった。

「お前……」

「…………」

「ほんまに正直やな」

「えっ……」

「けどな、親は自分の子どもが、どんな子と遊んどるか気になるんや。なるべくなら問題のない、ええ家の子と友だちになって欲しいと、やっぱり思うもんなんや」

幸平が言っていることの半分は理解できたが、あとの半分はピンとこない。そう伝えると、彼はニヤニヤと笑いながら、

「お前は頭がええけど、まだまだ人生経験が不足しとるなぁ」

「自分も同じ十歳じゃないか」

「その十年が俺の場合、すげぇ濃いんよ」

「へぇ」

　そこで翔太も少し笑った。すると幸平のニヤニヤ笑いが、満面の笑みへと変わった。

だが、すぐに悟ったような顔つきになると、

「まっ、何ぞ言われたら、そんときのこっちゃな。今から気にしてても、しゃあない。あの祠の前で、翔太とは友だちになってんもんな」

「うん。そうだよ」

　ようやく翔太に、ほっとした安堵の表情が浮かんだ。

　それを見た幸平の顔が、再び大きな笑みに包まれた。しかし今度も、それほど長くは続かず、とても困った様子で、

「せやけどなぁ。山の家に住んだからいうて、どんな悪いことがあるんか、よう分からんとしか言えんのが、ほんまのとこなんや」

「幸ちゃんのお母さんは、何も言ってないの」

　呼び方を「幸平ちゃん」から「幸ちゃん」に変えたが、本人は特に気にしたふうもなく、

「おふくろは、山の家の住人には興味がないみたいや。自分らとは違う世界の人が住むとこやと、きっと思ってるんやないかな」

「つまり、過去にどんな家族が住んでいて、誰か死んだ人がいないかどうか、ほとんど知ってそうにないってこと？」

「おそらくな。香月さんなら、少しだけ付き合いがあった思うけど」

と言いかけたところで幸平は、

「でも翔太、まさかお前……」

慌てる相手に、翔太は冷静にうなずきながら、

「家の中で見た人影が、あそこで死んだ人の幽霊じゃないかって、僕は考えてる」

「……そうか」

「だから知りたいんだ。その人が、どんな状況で、なぜ死んだのかを」

八　黒くて長いもの

　山の家の過去の住人について知りたいのなら、大家である辰巳扇に訊くのが本当は一番早いはずだった。しかし幸平によると、まともな会話は望めそうにないらしい。

　コーポ・タツミと山の家の管理は、駅前の不動産会社があつかっている。そこなら詳細は分かるはずだが、いきなり子どもが訪ねて行って質問しても、果たして答えてくれるかどうか。

　あとは奈賀橋町の誰かに尋ねるしかない。ただ幸平に近所付き合いはいっさいなく、もちろん翔太も同じである。

「俺らに協力してくれるとしたら、香月さんしかおらんのやけど……あれではな」

　残念というより、無念そうな顔を幸平はしている。

「一階の人たちは？」

「うーん……。なんで知りたいんか、根掘り葉掘り訊かれるやろなぁ。それに、おふくろに伝わってしまう」

「怒られると思う？」

「たぶん……。他所の家のことに、首を突っ込むなって」

「その家に住んでる、僕が頼んだと説明しても？」

「そしたら、翔太の色々な経験を話さんといかんやろ。家の中の人影のことも。そんな話を聞いたら大変やで、うちのおふくろは」

「でも、幸ちゃんのお母さんも、ここが変だって感じてるわけだから……」

「せやからこそ、よけいなもんに関わるなって、きっと怒るわ。何もせんかったら、このまま無事に生活できるんやからって。茹田のおばはんの言うこときいて、ああやってお守りを下げてから、少なくとも部屋の中では大丈夫そうやからなぁ。お前とは付き合うなって、下手したら言い出すかもしれん」

お互いが良いアイデアを思いつかないうちに夕方となり、翔太は帰らなければならなくなった。

「明日は、どうする？」

「午前中は、おふくろの世話があるから、昼から遊ぼうか」

「分かった。じゃあ、一時くらいに来るよ」

母親の世話とは何か、気になったが訊かなかった。それに、なんとなくだが想像できそうだった。きっと幸平は尋ねて欲しくないに違いない。

二〇一号室を出たところで、ちらっと廊下の奥に目をやる。誰もいない。さすがに一日中は立っていないらしい。

そんな翔太の思いを察したのか、

「一晩中、廊下にいるときもあるんや」

ぽつりと幸平がつぶやいた。自分にはどうすることもできない悔しさと淋しさが、その声音からは感じられた。

幸平は坂道の下まで見送りに出てくれた。そのうえ翔太が脇道に入るまで、ずっとその場を動かなかった。坂の途中と下で、二人は手を振って別れた。

僕は家族が待つ家へ帰る。彼は誰もいない部屋に戻る。

ふと翔太は二人の境遇を対比してしまい、何とも言えない気持ちになった。幸平に同情しているのかと考えたが、自分でもよく分からない。ただ、そういった感情は彼に対する侮辱ではないだろうかと、しばらく悩んでから反省した。

家では、すでに桜子が帰宅していた。母は、姉よりも先に彼が帰ると思っていたようで、どうやら少し心配していたらしい。案じていた李実の機嫌は完全に治っており、しきりに新しい町の様子を彼に報告した。

夕食の席で、桜子が楽しそうに友だちの話をすると、今日はどこに行ったのかと母に訊かれた。隠す必要もないので、幸平と友だちになったことを伝える。

「そう、良かったわね。学校に行く前に、しかもご近所で友だちができて」

「どんな人ぉ？」

喜ぶ母の横で、好奇心もあらわに李実に訊かれた。

「うーんと、関西弁を喋る面白い子だよ」

「お笑いの人みたいにぃ？」

「そうそう。もっと濃いけどな」

「ここは関西なんだから、当たり前でしょ」

二人のやり取りを、桜子が一言で封じてしまう。

「近いうちに、遊びに来てもらいなさい」

息子に新しい友だちができたことを喜びながら、いったいどんな子か、やはり気になるのだろう。母がそう言った。

だが、すかさず桜子が慌てて、

「来週の火曜日は、絶対に駄目だからね！」

その日に、例のメル友だった数人を家に呼んでいるらしい。夏休み中に全員の家に、みんなで一回ずつ遊びに行く予定なのだという。

「そのうち連れて来るよ」

とりあえず応えると、それで母は満足したようだった。桜子は自分の予定とさえ重ならなければ、弟が誰を連れて来ようと興味はなく、李実はお笑い芸人が見られるものと思い込み、すっかり楽しみにしている。

問題は、実は幸ちゃんだったりして――。

さばさばしている性格に見えるが、山の家の住人に対してだけは、特別な感情を持っているのではないか。これまでの住人との関係と、彼の母親の考え方とが、幸平に良くない影響を与えているかもしれない。そんな彼が、素直に招待に応じるかどうか。

　まっ、無理に呼ばなくてもいいよな。

　この家に来ないからといって、幸平との付き合いが変わるわけではない。母は何か言うだろうが、人見知りが激しいとか恥ずかしがり屋だとか説明して、いくらでも誤魔化せるだろう。もし通じなかったら、そのとき何か対策を考えれば良い。

　夕食後、二階の自室に戻った翔太は、いつものように窓から廃墟屋敷を見下ろした。ただし今夜は、これまでと見方が違っていた。

　この土地が長箸村だったころから庄屋を務めた……。

　百々山を開発してから次々と六人もの家族が死んでいった……。

　そのため今では扇という頭のおかしな老婆だけが暮らしている……。

　あれは辰巳家の屋敷なのだ。

　そう思って眺めると、相変わらず明かりのひとつも点らない家が、ますます無気味に思われてくる。真っ暗な座敷であの老婆が、ジッと身動きもしないで座っている姿が、たちまち脳裏に浮かび上がる。

　気がつくと、顔から汗をしたたらせ、喉がカラカラに渇いていた。

　一階に下りてキッチンへ向かう。洗面所の前からトイレへと廊下を進みながら、裏口のほうを覗く。扉の曇りガラスは真っ黒で、たとえ人影が映っても分からないほど、外の闇を張りつかせている。

慌てて目をそらした翔太はキッチンに入ると、冷蔵庫から麦茶の入ったペットボトルを出してガラスのコップに注ぎ、一気にすべてを飲み干した。

リビングでは母と桜子と李実が、テレビのクイズ番組を観ているらしい。今度はコップに半分ほど麦茶を入れたところで、彼は少し迷ったが、そのままダイニングを通ってリビングへ行くことにした。

キッチンとダイニングには、小さな明かりしか点っていない。それに比べてリビングは、とても明るく輝いている。いかにも一家団欒の場にふさわしく、皓々と光り輝く空間がそこにあった。

にもかかわらず右手のほうが、妙に薄暗く感じられた。ちょうど二階の廊下が見えるあたりが、どんより淀んでいるように映る。

吹き抜けだから隅々にまで明かりが届かないのか、と思ったが何かおかしい。第一すでに四晩、このリビングで翔太自身も過ごしている。これまで、そのあたりが特に暗いとは感じなかった。なのに今は、そう思えてならない。

変だなぁ。

ダイニングを移動しながら、気になる場所から目を離さないでいると、紐のようなものが目に入った。二階の廊下の手すりから、ぶらんと一階に垂れている。

何だ、あれ？

黒くて細長いものは、紐というよりもロープと言ったほうがいいかもしれない。最初は引っ越しのときのゴミが、あんな形で残ったのかと考えた。だが、すぐに否定する。今日まで母が気づかないわけがない。それに今夜の夕食のとき、あんなものは絶対になかった。それは間違いない。

とても厭な気分を覚えながら、翔太がゆっくり近づいて行くと、突然それが揺れはじめた。

ぶらん……ぶらん……。

エアコンはついていない。窓は開いていたが、ほとんど風がない。

ぶらん……ぶらん……ぶらん……。

にもかかわらずそれは揺れている。

ぶらん……ぶらん……ぶらん……ぶらん……。

その様子が、なぜか楽しそうに見える。

ぶらん……ぶらん……ぶらん……ぶらん……ぶらん……。

と急にそれが、にゅうっと持ち上がった。まるで蛇が鎌首を上げるように。

「あっ……」

翔太は小さく叫びながら、ダイニングとリビングの境目の手前で立ち止まり、幸平から聞いた苅田という占い師の言葉を思い出した。

――この山には恐ろしい蛇神様が棲むと昔から伝えられている。

その瞬間、彼は記憶の中の忌まわしい光景にも、同じように黒くて細長いものが存在していたことに、ようやく気づいた。

二階のベランダに立つ人影の前の手すりから、黒くて細長いものが垂れている……。

裏口から消えた人影の先にある擁壁に、黒くて細長いものが這っている……。

和室で目撃した人影の首から和箪笥まで、黒くて細長いものが伸びている……。

そのとき目にしていながら、無気味な人影のほうにばかり注意がいき、記憶の片隅に留めたままだったのだ。それが今、黒くて細長いものだけが現れたせいで、まざまざと記憶の奥底から蘇ってきたらしい。

蛇神様?

この黒くて細長いものが、そうなのか。つまり人影は、百々山の蛇神様の祟りによって死んだ者たちの、その幽霊ということになるのか。

……祟り。

そう自然に受け止めていた。人間が侵してはいけない山に手をつけたため、辰巳家の人々が矢継ぎ早の死に見舞われたのだとしたら、同じ山の中の家に住んでいる者に、まったく影響が出ないわけがない。

とりあえず大丈夫なのは、いつまでなのか。

家が建てられてから三年が経つと、父が言っていた。その間、ここで何家族が暮らしたのか。それが分かれば、おおよその見当がつけられるかもしれない。

「何してるの、そんなところで」

母に声をかけられ、翔太がソファのほうを向くと、桜子と李実も不思議そうに彼を見ていた。もっとも姉はすぐテレビに戻り、妹は彼が持っているコップに気づいたのか、自分も麦茶を飲みたいと言い出した。

「持って来てやるから」

そのままでは母に何か言われそうだったので、急いでキッチンに戻る。そのときちらっと二階の廊下のほうをうかがうが、もはや黒くて細長いものはなくなっていた。

「あたしも麦茶！」

後ろから桜子の声がした。

「お母さんは？」

翔太が訊くと、「それじゃ、お願い」と母が応じる。

盆の上に四つのコップを並べ、冷蔵庫からペットボトルを出して麦茶を注ぐ。そうしながら、どう母に切り出すかを考えた。

「ありがとう」

翔太が麦茶を持って行くと、母が盆を受け取りながら礼を言った。

「この家、綺麗に使われてるって、喜んでたよね」

「ええ。新築みたいで、気持ちいいでしょ」

先ほどからの彼の言動に、母は少し戸惑っている様子である。それでも、ごく普通に

答えながら、

「うちも、ちゃんと綺麗に使わないとね」

「うん。分かったか、モモ？」

「モモは、汚してないもん！　注意しなきゃいけないのは、お兄ちゃんじゃない」

とっさの機転で李実を会話に巻き込んだのは、やはり正解だったようで、母の顔に笑みが浮かんだ。

すかさず翔太はさり気なく、

「でも、前に何家族も住んでたんでしょ」

「不動産屋さんの話だと、三家族って言ってたわね」

三年で三家族なら、ほぼ一年で住人が代わっていることになる。すぐに次の借り手が現れるとは限らないため、三家族の滞在月数の平均は、おおよそ十ヵ月というところだろうか。

「入れ替わりが早くない？」

「そうねぇ。きっとお父さんの、お仕事の都合でしょう。任期が一年間で、そのあとは別の地域へ、また引っ越したのよ。うちは一年ということはないから、まだいいわね。お姉ちゃんの高校受験もあるし」

「三つの家族が、すべて一年でっていうのは、妙じゃないかなぁ」

「えっ……ああ、たまたま重なったんでしょ。何らかの事情で、引っ越し数ヵ月で出て行った家が、実はあったかもしれないし。それにしても、翔ちゃん――」

母に突っ込まれる前に、彼は適当な言い訳をしてリビングをあとにした。

三年間で三家族が次々と住み代わっている事実について、母は特におかしいとは感じていない。それは、おそらく父も同じだろう。まして住人の回転の早さの原因が、この家に、この山に、この土地にあるとは、まったく考えてもいないに違いない。

無理もないか。

両親は、あの厭なドキドキ感とは無縁だ。無気味な人影と黒くて長いものを目にしたわけでもない。百々山に棲む蛇神様の伝承も、辰巳家を見舞った連続死の災禍も、コーポ・タツミで起きている怪異も、まったく知らない。

この家がおかしい……なんて思うはずないよな。

リビングから出て廊下を歩きながら、翔太は考えた。

平均十ヵ月としても、蛇神様の障りが家族に出るのは、もっと早いかもしれない。つまり父か母がこの家の異常に気づき、引っ越しを決意して実行するころには、すでに手遅れになっている可能性もある。

……まずいぞ。

ゆっくり階段を上がりつつ、彼は悩んだ。

かといって今、この家の危機を訴えても分かってもらえるはずがない。何か明確な証拠がいる。もしくは誰か大人の証言が必要だ。

占い師の苅田さん――。

良いアイデアに思えたが、うさん臭い人だと両親に判断されたらお終いである。それに幸平の話しぶりから、彼自身は母親ほど、苅田という人物を信用していないようである。そんな人物に、こんな大切な役目を任せられるだろうか。

とりあえず明日、幸ちゃんに相談しよう。

その夜は、もう窓から辰巳家は眺めなかった。引っ越しの日に、新幹線の車内で読むはずだった『八十日間世界一周』を手に取り、ベッドの上に寝転がる。最初は山や家のことが気になって、なかなか集中できなかったが、そのうち物語の中へと呑み込まれ、いつしか彼も主人公たちといっしょに世界を駆け巡っていた。

就寝までの数時間、この家で翔太にはじめて訪れた、それは貴重な安らぎの時だったかもしれない。

翌日、午前中は李実の相手をして過ごす。どこで遊ぶか迷ったが、結局は自分の部屋にした。和室は人影が、リビングは黒くて長いものが出る。桜子の部屋が使えないのは当たり前として、その前のベランダにも影はいた。かといってダイニングで遊ぶわけにもいかない。あと残るのは両親の寝室と彼の部屋である。

いや、寝室にはヒヒノが来たんだった。

ヒヒノと人影は、いったいどう関係しているのか。それに黒くて長いものは、本当に蛇神様なのだろうか。

ともすれば怪異のことを考えて上の空となり、何度も李実に叱られた。

「お兄ちゃん、やる気がないんだったら、もう遊んであげないからね」

それは困るので、なんとか熱中しようとする。しかし、どうしても意識がそれてしまう。おかげで昼食の時間を迎えたころには、ぐったりと疲れていた。

一時になるのを待って、翔太が家を出ようとしたところ、

「モモも、お笑いの人と遊ぶぅぅ」

玄関で李実が駄々をこねた。そのうち家に連れて来るからと言ってもきかない。どうしようもなくなり、最後は母が妹をなだめているうちに、さっと飛び出して来た。

その勢いのまま家の前の道を走り抜け、坂を下り、コーポ・タツミの階段を駆け上がって、二〇一号室の前に立った。

一気に汗が吹き出す。しかし、なんと心地良い汗だったことか。

インターホンを押す。室内で「ピンポーン」と音が響く。確か最初の部屋の壁に、受信器があったはずだ。幸平は奥の部屋にいるのだろうか。なかなか出ない。それともトイレかもしれない。一向に返事がない。

おかしいな。

不審に思いかけたところで、扉の隙間に折りたたんだ紙のようなものが、はさまっているのに気づいた。取り出して開くと、とても下手な文字で、

ごめん。おふくろの用じで出かける。かえりは夕方になる。

　と書かれていた。はじめて見るが、幸平の文字であることは間違いない。きっと急に母親から、何か用事を言いつけられたのだ。

がっかりした翔太は、その場にぼんやりと佇(たたず)んでしまった。

やがて廊下の奥で物音が聞こえ、我に返った彼が視線を向けると、二〇六号室の扉がゆっくり開きはじめていた。

慌てて階段を駆け下り、コーポの敷地内から外へ出る。香月希美という女性が追って来るとは思わなかったが、できるだけ建物から離れておきたい。幸平がいないのなら、ここに留まる意味がない。

どうしよう、家に戻ろうか。でも、そんな気分じゃない。モモと遊ぶのも、さすがに今は勘弁して欲しい。だけど、ひとりじゃ……。

何をしてよいのか、翔太は分からなかった。もっとも幸平と喋(しゃべ)って素晴らしいアイデアが出るのか、と言えば疑問である。だが今や彼は、とても力強い存在だった。また彼と話すことで、頭の中が整理できそうな気もした。

あたりを見回した翔太の瞳(ひとみ)に、坂道の前の祠(ほこら)が映ったとたん、まずやるべきことが見つかった。

そうだ。お参りしよう。

これからは毎日、ここに参拝するべきではないか。何と言っても百々山の蛇神様を鎮めるために祀（まつ）られた、これは祠なのだから。

少しためらったが、サンダルのまま正座すると、翔太は一心に祈りはじめた。李実のこと、家族のこと、幸平のことを――。

どれくらい、そうしていただろうか。ほとんど祈りに没入していた彼は、いきなりハッと気づいた。

……後ろに何かがいる。

幸平ではない。昨日の気配とはまったく違う。もっと禍々（まがまが）しいものが、自分の背後に蟠（わだかま）っている。蠢（うごめ）いている。

見たくない……。

そう心底から思った。しかし、いつまでも祠のほうを向いて、このまま正座しているわけにもいかない。

ゆっくりと恐る恐る、少しずつ振り返った翔太の瞳に、あろうことか映ったのは、あの老婆だった。

九　老婆

廃墟（はいきょ）屋敷の辰巳扇が、翔太の真後ろに立っていた。

時代劇に出てくる女性のように髪の毛を結っているが、その形が大きく崩れているため、まるで巻貝の化物にしか見えない。身にまとった着物は高価そうだが、薄汚れてよれよれの状態で、ちゃんと着込んでいないために胸元がはだけていた。その着物の崩れた隙間から、くっきりと浮き出した肋（あばら）があらわになって、なんとも痛々しい。そのうえ裸足（はだし）のまま履いている草履は、左右がちぐはぐだった。

タクシーの中から眺めたときは、すぐに通り過ぎたので分からなかったが、あらためて目にした老婆の格好は、明らかに異様と言えた。

――扇婆は、ここがおかしなってるからな。

幸平の言葉を思い出す。いや、彼に教えてもらっていなくても、この有り様を前にすれば一目瞭然（いちもくりょうぜん）だろう。

「……こ、こんにちは」

それでも翔太は立ち上がると、軽く頭を下げた。

　東京でマンションに住んでいたとき、近所の人だと思ったら見知らぬ人でも挨拶をしなさい、と母に教えられた。その言いつけは、彼なりに守ってきたつもりだった。それがこの場でも、とっさに出たらしい。

　いくら変でも、この人は大家さんなんだから。

　という常識的な気持ちも一応はあった。そんな常識が通用する相手なのかどうか、大いに不安ではあったけれど。

「トウコちゃんは、元気け」

　ところが、いきなり訳の分からないことを訊かれ、翔太は面喰った。

「ト、トウコちゃん……って？」

「あんた、あの家に住んどるんと違うんけ」

　あの家とは、おそらく山の家のことだろう。そう思うのだが、どうも話が見えない。そのため彼が対応に困っていると、

「あんたはトウコちゃんの、兄さんけ、それとも弟け」

　扇婆に不思議そうな表情で、ジッと見つめられた。

「えーっと、そのう……」

　そのとき翔太は閃いた。以前あの家に住んでいた家族に、もしかするとトウコという名の少女がいたのかもしれない。

「トウコちゃんの名字は？　何ていう名前ですか」

「何をアホなことを言うとる。トウコちゃんの名前は、トウコちゃんに決まっとるけ」

「いえ、下の名じゃなくって、上の名前です。つまり名字が何と――」

「名前に上も下もあるけぇぇ！」

突然、扇婆が叫んだので、翔太はビクッと身体を震わせた。

名字を訊いただけなのに……。

と不満を覚えながらも、そのまま黙り込むしかなかった。

前の住人の名字が分かれば、色々と役立つに違いない。幸平とも話したように、あの家について一番詳しいのは、この辰巳扇である。彼女から情報を得られるなら、それに越したことはない。

とはいえ目の前の老婆は、かなり扱いにくそうだった。普通に喋っていたかと思えば急に怒り出す。上手くいけば有益な話を聞き出せるだろうが、その一方でどんな反応が返ってくるのか、まったく予測できない危なさも感じられる。

「トウコちゃんとは、仲が良かったんですか」

とりあえず無難に話を進めようと、翔太は考えた。

「……トウコちゃん？　あんた、トウコちゃんを知っとるんけ」

それに対する返答が、またしてもずれている。しかし彼は、この状況を利用することにした。

「山の家に住んでる、あの女の子でしょ」

「そうけ、そうけ。ほんまにええ子でなぁ」

「いつから住んでるんですか」

「いつ？　いつ……？　いつから……？　もう二年になるんけ」

もし二年前に引っ越して来たのなら、三家族のうち二番目に住んでいた家族の子どもなのかもしれない。

「トウコちゃんの前に住んでいたのは、どんな人たちでした？」

「前に住んでた……？　ああ、出て行きよったけ」

「どうしてです？」

「そりゃ――」

扇婆の顔が、いきなり歪んだ。

最初は日差しの厳しい中を出歩き、こうやって立ち話をしたことで気分が悪くなったのかと心配した。でも、すぐに違うと悟った。老婆の顔に現れたのが、明らかに恐怖の表情だと察したからだ。

「あぁぁぁぁっ、トウコちゃんが……」

何かを思い出したらしい扇婆の顔に、今度はありありと苦痛の表情が浮かぶ。

「だ、大丈夫ですか」

「来るけ」

「えっ？」

「あんたに、見せるものがあるけ」

すっと扇婆は近寄って来ると、いきなり翔太の右手をむんずとつかみ、すたすたと歩き出した。

「ちょ、ちょっと――」

待って下さいと言いたかったが、老人とは思えぬ強い力で引っ張られ、ズルズルと引きずられる格好で、あっという間にコーポ・タツミの前を通り過ぎていた。

助けを求めて周囲に目を向けても、人っ子ひとり見当たらない。絶望しかけたところで、辰巳家から少し離れて建つ南隣の家の門から、買い物に行くらしい主婦が、ちょうど出ようとしている姿を認めた。

「あ、あのう」

扇婆を刺激しないように、小声で呼びかけながら左手を振って、とにかく相手の注意を引いた。お隣さんが間に入れば、この場は治まるかもしれない。

ところが、その主婦は二人を目にしたとたん、くるっと踵を返すと慌てて家の中へ戻ってしまった。

そんな……。

あらためて辰巳家が、この町の人たちからどう思われているのか、それが分かって再び絶望的な気分になる。

呆然としたまま扇婆に手を引かれた翔太は、気がつくと廃墟屋敷に着いていた。

目の前には、隙間から雑草の覗く荒れた石段が延びており、その天辺には傾きかけた門柱が立っている。そこに辛うじて〈辰巳〉と読み取れるかすれた文字の、しかし元は非常に立派だったに違いない表札がかかっていた。

長箸村の辰巳家……。

かつては勢力を誇った庄屋の屋敷であるが、この石段と門を眺めるだけで、もう往年の繁栄など見る影もないことが如実に分かる。

ぐいぐいと扇婆に引っ張られ、ともすれば転びそうになりながら、翔太は危なげな足取りで石段を上った。

もはや覚悟を決めるしかない。どうせ逃げられないのなら、トウコという少女に関する情報を、少しでも聞き出してやろう。そう彼は決意した。

門を潜ったところで一瞬、扇婆が立ち止まった。ここは本当に自分の家なのか、と訝しむような表情を浮かべている。二人の前に広がる荒れ果てた庭を見て、ふと疑問に感じたのかもしれない。

だが、すぐに力強く歩き出すと、

「昔は、そこに柿の木があってなぁ。あそこには梅の木が、あっちには桃の木があったけ。いいや、そこやない。そっちは躑躅やったけ。そうそう畑もあった……」

玄関へと向かいながら、しきりに庭のあちらこちらを指差しはじめた。何の受け答えもしていないのに、翔太と会話しているつもりらしい。

「トウコちゃんは、西瓜が好きやったけ。縁側に座って、いっしょに食べたもんけ」

つまり二年ほど前までは庭もちゃんとしており、扇婆も普通の状態で、山の家に暮らす家族との付き合いもあったわけだ。

それにしても二年で、こんなになるなんて……。

荒廃ぶりの速さと凄まじさに、ふと翔太は自然以外の力の働きを感じた。とっさに身震いしたが、扇婆は気づくことなく、彼を屋敷の玄関まで連れて行くと、

「こん家が、辰巳家け」

とても誇らし気な口調で、まるで見得を切るように言った。

心持ち顔が赤く、上気しているように見える。玄関の前に立ったことで、ひょっとすると往年の辰巳家の栄華が、彼女の頭の中に蘇ってきているのだろうか。

「うちはな、百巳の本家に次ぐ家柄け。他にもタツミと呼ばれる家はようけあるけど、うちが一番け」

もちろん何の話かさっぱり分からない。ただ、玄関の〈辰巳〉という表札の横に、〈百巳〉と書かれた大きな額がかかっていた。

〈百〉と辰巳の〈巳〉で、ヒャクミなのかな。

扇婆が口にする本家だとか分家だとかいう言葉も、よく理解できない。それでも二つの家が親戚関係にあることは、翔太にも想像できた。あとは、やたらと何人もの人名が飛び出していたので、おそらく没落する前の辰巳一族について——あるいは百巳家だろ

うか――語っているのは間違いなさそうである。

扇婆は話に夢中になりながらも、玄関戸を開けようとしている。ただし建てつけが異様に悪いのか、ガタガタと揺れるだけで一向に開く気配がない。戸の上半分は普通のガラスで、下半分には曇りガラスが入っている。とはいえ、もはや上下の違いが分からないほど汚れており、おまけに無数の罅が走っている。

そんな戸を彼女が揺らすたびに、すべてのガラスが粉々に砕け散りそうで、見ているだけで冷や冷やする。家屋全体の朽ち具合からすれば、たとえ玄関戸のガラスが破れても、何の不都合もないのは確かだが、やはり割れないに越したことはない。

散々ガタガタと抵抗したあと、キィキィと飢えた餓鬼の腹が鳴るような音を出しながら、ついに玄関戸が少しずつ動きはじめた。それにつれ屋内とはいえ、とても昼日中とは思えない影が、その戸の向こう側に籠っている闇が、次第に目に入り出した。

ここには入れない。

絶対に入りたくない。

いや、入るべきじゃない。

いつしか翔太は、ブルブルと首を振っていた。玄関戸と格闘するため、とっくに扇婆は手を離している。今なら自由だ。

走って逃げろ！

そう自分自身が叫んでいる。にもかかわらず動けない。家の中の闇に魅せられたごとく、次第に開かれてゆく戸口から、食い入るように家内の暗闇を覗き続けるばかりで。

「さぁ、開いたけ」

扇婆が満面の笑みを浮かべ、顔中を皺(しわ)だらけにしながら振り向いた。

「入るけ。あんたはお客人やから、先に入るけ」

そう言って翔太の後ろに回り込むと、彼を先に立たせようとした。

逃げるなら、これが最後のチャンスかもしれない。すぐ背後に彼女がいるとはいえ、左右はがら空きである。前に進む振りをして横に飛び出し、そのまま門まで一気に走れば絶対に捕まらないはずだ。

——見せるものがあるけ。

しかし翔太は、先ほどの扇婆の言葉が気になっていた。あのときの会話から、それがトウコに関わる何かだと見当はつく。それが自分たち家族を助けてくれる、何か手がかりになりはしないだろうか。

ここまで強引に連れて来られながら、彼は一縷(いちる)の望みも持っていた。

「遠慮せんでもええけ。子どもはな、なーも気ぃつかうことあらへんけ」

身動きできないでいるのを、扇婆は遠慮と受け取ったようで、なおも家の中へ入るように勧めてくる。

とはいえ、この家には入りたくない。例の厭(いや)な感覚こそないものの、しきりに本能が囁(ささや)いている。入るんじゃないと止めている。

……どうしよう。

とほうに暮れそうになったとき、ある打開策が閃いた。相変わらず扇婆の顔には微笑みが浮かんでいる。もしかすると上手くいくかもしれない。

こんな場合に大人が口にしそうな台詞を、翔太は必死になって考えた。

「い、いえ……。お邪魔をしても何ですので、げ、玄関先で結構です。こ、ここで待たせていただきますので――」

こちらが遠慮して上がらないと勘違いをしているのなら、こういった断わり文句が通用するかもしれない。

「それでトウコちゃんの……それをですね、見せていただければ――」

要は扇婆ひとりが家の中に入り、トウコという少女に関する何かを持って来てくれれば問題ないと、翔太は閃いたのである。

ところが、彼の台詞を聞いたとたん、すうっと扇婆の顔から笑みが消えた。もともと皺の多い顔の眉間に、さらに物凄い筋が寄っている。笑っているときは顔全体に広がる感じだったのが、怒るとすべての皺が眉間に向かっているみたいに見える。しかも微笑みは顔だけの表現だったのに、今は彼女の全身から不快感が放射されていた。

「入るけ」

まったく抑揚のない声だった。だからこそ反射的に、翔太の身体も動いた。すかさず扇婆が背後から急き立て、そのまま押し込むような格好で、あっという間に彼を家の中へ入れてしまった。

すぐに後ろで、ピシャッと戸の閉まる音が響く。あれほど開けるときに手間取ったとは思えないほど、それは信じられない速さだった。

とたんに土間が真っ暗になる。背後から差し込んでいた陽の光が、ほとんど遮られている。玄関戸のガラスは、何の役目も果たしていない。

「さぁさぁ、上がるけ」

再び扇婆の口調に、愛想の良さが戻った。だが、どんな表情を浮かべているのか、まったく分からない。なぜか台詞と表情が、アンバランスのような気がする。仮に笑みを浮かべていても歓迎の意はなく、邪悪さだけが存在しているのではないか。

この人といっしょに、どうしてこの家に入ってしまったのか……。

今さらながら翔太は、とてつもない後悔の念に囚われた。だが、もはや逃げ出すことはできない。

後ろには狂女とも言える扇婆が、前には辰巳家の圧倒的な闇が、彼を捕らえようと待ち構えている。そう思えてならなかった。

十　廃墟屋敷

「さぁ、上がるけ」

扇婆の声音が、またしても抑揚をなくしはじめた。

意を決した翔太が、暗闇の中へ恐る恐る歩を進めると、爪先が何か固いものに当たった。びっくりして見下ろした目の前に、大きな沓脱石（くつぬぎいし）が横たわっていた。しかも足の踏み場もないほど、びっしりと丁寧に靴がそろえられている。いかに大家族であっても、こんなに必要はないという量である。そもそも普段から沓脱石の上に、こうやって靴は出しておかないだろう。

左右に目をやると、左手に靴箱らしい大きな棚が見えた。あの中から一足ずつ取り出して、沓脱石の上がいっぱいになるまで、暗闇の中で靴を並べている老婆の姿が、ふっと浮かぶ。とたんに彼の二の腕に、サァッと鳥肌が立った。

「何しとる。早（はよ）う上がるけ」

いきなり思わぬ方向から声をかけられ、身体がビクッと反応した。

声のほうに顔を向けると、いつの間に上がったのか、扇婆が床の上に正座してこちらを見つめている。ついさっきまで自分の後ろにいたはずなのに。

「さぁ、早う早う」

手招く口調には、いらだちが交じっている。

慌てて沓脱石に足をかけようとして、どれか靴を踏まないことには上がれないと気づく。いやその前に、この家にサンダルを脱いで上がれというのか。

「ここから、上がるけ」

そんな翔太のためらいを見取ったように、扇婆が沓脱石の端を指差した。そこには、先ほどまで確かになかった一足分の空間が空いていた。彼が靴箱に気を取られている隙に、一足分だけ靴を片づけたのだろうか。老婆の行動はまったく読めない。

……仕方ないか。

半ばはあきらめ半ばは覚悟を決め、サンダルを脱いで床の上へ足を下ろした。と、たちまち足の裏から、ゾッとする床の冷たさが伝わってきた。ブルブルッとした震えが、足元から上半身まで一気に駆け上がる。

「こっちけ。こっちへ来るけ」

その場で固まる翔太を急き立てながら、扇婆は先に立って歩き出した。

このとき彼の頭をふと過ぎったのは、足の裏を汚して母に叱られないだろうか、という心配だった。もっとも、そんな呑気な考えはすぐに吹き飛んだ。老婆のあとに続いて玄関から廊下へ進むには、さらなる勇気と決断が必要だったからだ。

真っ暗な洞窟(どうくつ)の中に足を踏み入れるほうが、まだましかもしれない。なぜならどれほど暗くても、それは自然の闇なのだから。しかし目の前に広がる――いや延びる闇は、昼日中の家屋の中に籠(こも)る漆黒だった。きわめて不自然な暗闇と言えた。

玄関から土間に入ったときに比べ、ずいぶんと目は慣れている。それでも家の中は、ほとんど真っ暗だった。電気が止められているのだろうか。外から見たとき、どこもかしこも雨戸は閉められていた。だから陽の光も、まったく射し込んでいない。

あっ、それでか。

なぜ夜になっても廃墟(はいきょ)屋敷に明かりが点(とも)らないのか。その謎がこれで解けた。電灯であれ蠟燭(ろうそく)であれ、どんな光でも雨戸が閉まっていては外に漏れるはずがない。

でも、どうして開けないんだろう。

毎日ひとりで屋敷中の雨戸の開け閉めをするのは、確かに大変かもしれない。ならば自分が生活する部屋だけを、ずっと開けておけば良い。すべてを閉ざす必要は、どう考えてもない。

そんなことを考えているうちに、翔太は何度も廊下を曲がり、いつしか屋敷の奥まで連れて来られていた。もう彼ひとりでは、とても玄関まで戻れそうにない。

足元から這(は)い上がって上半身まで震わせた寒気が、今では身体の隅々まで広がっている。外では夏の太陽が燦々(さんさん)と輝いているのに、まるで皮膚の内側から冷やされているように、全身が冷たくなってきている。そのうえ屋敷の奥へと入り込むにつれ、どこか湿ったような空気が、ねっとりと身体にまといつく不快感も覚えはじめた。身体は冷えているのに周囲は湿気ている……という状況が、たまらなく厭わしくて恐ろしい。

ここまで扇婆は、襖も障子もひとつも開けていない。そのため家の中が、この異様な世界が、どうなっているのか見当もつかない。ただ、外観の廃墟然とした雰囲気から比べると、少なくとも廊下を歩いている限り、その内部は案外まともに思えた。

最初は廊下の床を踏み抜く危険を覚え、足取りも慎重だった。しかし、ギシギシッと軋るところは数多くあるものの、床板そのものの陥没は見られない。暗がりの中でも襖や障子の汚れは認められるが、目立つほどの破れや穴はない。そういう意味では少し手を入れさえすれば、すぐにでも大家族が住めそうである。

もっとも、その妙に廃屋らしくない雰囲気が、実は怖かった。

この家の床板が割れ、襖にも障子にも大きな穴が開き、家具も壊れて畳がささくれ立ち、明らかに誰が見ても廃墟だと分かる様相を晒していれば、これほど恐怖は感じなかったかもしれない。

廃屋特有の気配から覚える怖さは、当然あっただろう。だが、それは場所や物件にかかわらず、廃墟という場が醸し出す共通の臭いとも言える。そこに見て取れるのは栄枯盛衰という人生であり、時の流れであり、人の運命なのではないか。逆にいうと、そういった様々なものの無数の残滓から構成されるのが、廃屋なのだ。

ところが、この家の中は違っていた。綺麗ではなく、片づいてもおらず、整っているわけでもないのに、何かがおかしい。どこかが妙である。

扇婆が住んでいるからか。ひとりでも人が暮らしているせいか。だから普通の廃屋とは違うのだろうか。しかし、どうもそれだけではなさそうな気がする。

そうじゃなくて、まるで……。

そう、まるで……。

老婆以外に棲んでいるものの気配があるような……。

しかも老婆が主でそれが従ではなく、まったく反対であるような……。

そんな存在を感じる。

たった今、通り過ぎたばかりの廊下の暗闇から、それがジィーッと自分の背中を見つめている。そんな気がして翔太の項が、ザワザワッと粟立った。

と突然、目の前を歩いていた扇婆が、近くの襖を開いて中へ入った。慌てて彼もあとを追ったが、そこは家具も何もないがらんとした座敷だった。

こんなところへ案内するために、延々と廊下を辿って来たのかと思う間もなく、老婆はもう次の襖を開けて隣の部屋へ進んでいる。同じように続くと、そこも何もないがらんとした座敷で、やはり老婆は別の襖から先へ進もうとしている。

どこまで行くんだ？

そうやって座敷から座敷へと辿っているうちに、わざと屋敷中を引きずり回されているような気がしてきた。いかに大きな屋敷とはいえ、あれだけ廊下を歩いて来て、今まで幾つもの座敷を通り抜け、そのすべてが家の奥を目指しているとしたら、もうとっくに外へと出ているはずだろう。

いや、違う。きっと同じ方向には進んでないんだ。

扇婆の異様な振る舞いに、思わず翔太の足が鈍ったところで、当の案内人の足がピタッと止まった。それまで少しも迷う素振りを見せず、暗がりの中でも確かな足取りでひたすら歩を進めていた老婆の足が、とある襖の前でようやく停止した。

「……ここけ」

ボソッとつぶやくように口にした言葉は、「ここだ」と言っているようにも、「ここか」と訊いているようにも聞こえる。

何か言葉をかけたほうがいいのかな。

その対応に翔太が苦慮していると、扇婆は少しだけ躊躇する素振りを見せたあと、その襖を開け放った。

「うっ……」

とたんに、むっとする異臭が鼻をついた。ここに来るまで家の中で嗅いだのは、埃っぽいか湿っぽい臭いだったが、襖の向こうから漂ってきたのは、何かが腐ったような、黴びているような、焦げているような、わざと色々な生活臭を混ぜて籠らせたような、そんな異臭だった。

思わず嘔吐しかけ、たまらず右手で鼻と口を押さえる。

気が遠くなりそうな物凄い臭いに怯みながら、それでも部屋の中を覗き込んだ翔太の瞳に、とんでもない光景が飛び込んできた。

何もない廊下と何もない座敷……という今までの眺めとはあまりにも異なる凄まじい情景が、そこにはあった。ひとり暮らしの独身男性の、もっとも汚れた酷い部屋でさえも、ここまでの乱雑さはないだろうと思われるほど、その部屋は散らかっていた。完全にゴミ捨て場と化している。いや、そんな表現では手ぬるいほどのゴミの山が、そこにはそびえていたのである。

しかも信じられないことに、ここが扇婆の部屋らしかった。その証拠に彼女の日常生活の生々しい痕跡が、あちらこちらに見受けられる。その事実が部屋の雰囲気を、よけいに異様で歪なものにしていた。

「あぁ……ここけ、ここけ」

翔太の驚愕をよそに、足の踏み場もない部屋の中へと、嬉々として入って行く老婆の姿を見て、彼は震え上がった。

この部屋の有り様そのものが、今の彼女の頭の中を、その精神世界を表しているようで、心底ゾッとする。眼前に広がる荒廃と無秩序と狂気に彩られた光景が、老婆の脳内世界かと思うと、立て続けに身震いが出た。

「何してるけ。さぁさぁ、入って来るけ」

襖越しに呆然と佇む翔太を、部屋の中から不思議そうに見つめながら、扇婆が手招きしている。

ここまで来たんだから……。

そう自分に言い聞かせ、翔太は一歩また一歩と足元に気をつけつつ、混沌の部屋へと分け入った。とても単に「入る」という感覚ではない。本当に分けながら入って行くしかなかったのだ。

それでも縁側の雨戸が開いていることに気づき、思わずホッとする。もしかすると陽の光がまともに射し込んでいるのは、屋敷内でここだけかもしれない。やはり自分の生活圏内では、さすがに扇婆も太陽が必要なのだろう。もっとも、そのために室内の物凄い光景が赤裸々に晒し出されていた。とはいえ誰がそれを気にするのか。彼女さえ住みやすければ、それで良いことになる。

でも、この部屋に通される客は迷惑だよ。

「まぁ、ゆっくりするけ」

翔太の心の中のぼやきとは裏腹に、扇婆の口からは歓待の言葉が出た。しかし、それだけではすまなかった。

「そこいらに座って、ちょっと待ってるけ」

そう言いながら、ごそごそと何かを捜している。そんな老婆の行動を、彼が訝しげに眺めていると、

「今、お茶を淹れるけぇ。そうそう、どっかに羊羹もあったけ」

とんでもない台詞を聞かされた。それまでに覚えた恐怖とは別の、まったく毛色の違う怖気に襲われた。

「い、いえ……お、お構いなく……。ほ、本当に……け、け、結構です」

翔太が必死に断わっていると、古着のように見える衣服の山の向こうから、ぬうっと扇婆の顔が現れた。

「…………」

そのとたん、彼は喋れなくなった。

無表情で無言のまま、死んだ魚のような眼差しで、ひたすら見つめてくる。怒っているようには見えないが、こんな目を向けられるくらいなら、いっそ不快感をあらわにされたほうが、どれだけましかもしれない。

「そ、そんなに……」

翔太は死に物狂いで喋りはじめた。

「の、喉も渇いていませんし……」

実際はカラカラだった。ともすれば声がかすれそうになる。

「お、お腹も……今、今ごろ食べると、夕飯が食べられなくなるって、は、母に怒られるんです。ど、どうぞ、本当に、お構いなく……。あっ、そ、それよりも……お婆さんの言っていた……ト、トウコちゃんの何か……を……」

目をそらすことなく、なんとか声をかけ続ける。どうにか扇婆の精神を正常に戻そうと、また目当てのトウコに関する何かを入手しようと、彼は必死だった。

茶を淹れられ、羊羹を出され、その飲食を強要されては大変だという思いが、もちろん大きかったのは言うまでもない。

すると少女の名を耳にしたとたん、扇婆の眼差しに変化が見られた。

「おおっ、トウコちゃんけ」

そうつぶやくと先ほどよりも精力的に、いっそう激しく部屋中を漁りはじめた。彼女のあまりの勢いに押された翔太が、つい襖まで後退したほどである。

「あったけ！」

しばらくして叫び声と共に、ゴミの山の中から老婆が立ち上がった。

誇らしそうに上げた右手には、手作りらしい布製の手提げ鞄が握られている。女の子の持ち物らしく、可愛い白ウサギのアップリケがついているが、かなり汚れてくすんでいるのは歳月のせいか、この部屋の影響か。

嬉しそうに鞄を差し出す扇婆の近くまで、翔太は苦労しながらも急いで歩み寄った。いつ彼女の気が変わるかもしれない。

「あ、ありがとうございます」

礼を言いつつ受け取るが、ぐにゃとした鞄の手触りに、思わず放り出しそうになる。よく見ると、全体の三分の二ほどが異様に変色していた。しばらく雨水にでも浸かっていたのかもしれない。

恐る恐る中を覗き込みながら、静かに右手を入れる。

出てきたのは、一冊のノートだった。水を吸ったのか表紙はたわんで変色し、頁もくっついている。

破らないよう慎重に表紙をめくった翔太は、「あっ」と小さく声を上げた。

それは池内桃子（いけうちとうこ）という少女が綴（つづ）った、恐るべき日記だった。

十一　日記

——7月30日（日）——

これから、日記をつけようと思う。毎日じゃないけど、なるべく書くつもり。

一年前の三年生の夏休みにも、日記をつけようとしたけど、あのときは、はじめてだったので失敗した。その日の天気とか、温度とか、朝起きた時間とか、そういったことを毎日ちゃんと書こうとして、いやになってやめてしまった。

今度は、そんなことを気にせずに、その日のことを、好きなときに書こうと思う。それが日記をつけるコツだと、お母さんが教えてくれたから、今度は続けるつもりだ。

それに今回はなんといっても、日記をつけるのに、ちょうどよいきっかけがある。

昨日、わたしの家族は、引っこしをした。とってもきれいな家で、おどろいた。大阪で住んでいた、あんなアパートとは全然ちがう。

こんな家に住みたいと、ずっと思っていた。自分の家だと友だちに言える、そんな家がほしかった。だから、うれしいはずだった。

でも、家を見ているうちに、変な気持ちになった。それがどんな気分なのか、うまく説明はできない。けれど、学校で予ぼう注射をされる、あの順番を待っているときのような、不安な気持ちに、ちょっとにているかもしれない。それとも走っていて、ころぶ前の「あっ、ころぶ」って思う、あのしゅんかんの、いやな気分のような気もする。とにかく、あまりよくない感じだ。

もちろんそんなことは、だれにも言わなかったけど。

お父さんは引っこす前まで、「会社に行くのに、これまでより時間がかかる」と、もんくを言っていた。けれど、今日の夕ご飯のときには、ニコニコしていた。やっぱり、うれしいのだ。

お母さんも一日中、「やることが多すぎて困るわ」「じゃましないで、ちゃんと手伝いなさい」と、わたしたちにうるさく言っていたけど、いつものおこるときの顔ではなくて、半分は笑っているように見えた。

幼ち園に通っているリコは、まだまだあまえんぼうで、その世話もあるので、引っこしは大変なはずなのに、そんな様子は少しもなかった。

もっとも、一番よろこんでいるのは、お兄ちゃんかもしれない。これまでは、わたしと同じ部屋だったけど、新しい家では自分の部屋が持てるのだから、きっとうれしくないわけがない。

お父さんは、お兄ちゃんだけ自分の部屋があることを、「来年は受けんがあるからな」と言っているけど、自分の部屋を持っても、これまで以上に勉強するわけがないと、わたしとリコの意見は同じだ。

どうもお兄ちゃんは、二、三年くらい前から、わたしたちに対するたいどがおかしい。お母さんは「思春期」という言葉と、その意味を教えてくれたけど、たんにわがままになっただけのような気がする。それが受けんによって、もっとわがままになるというのなら、部屋が別になって、ちょうどよかったかもしれない。

わたしは、リコと同じ部屋だけど、女の子だけの部屋になるから、満足はしている。本当は、お兄ちゃんが少しうらやましいけど、リコといっしょなら、もんくはない。

ただ、リコは、まだまだあまえんぼうで、部屋に二段ベッドはおくものの、しばらくはお父さんとお母さんの部屋で、ねることになりそうだ。

それでも二人で、かわいいお部屋にしようと言っている。きれいなものや、かわいいものを、いろいろとかざりたい。リコとは意見が合うから、きっと、とてもいい部屋になると思う。楽しみだ。

かざるといえば、さっそくお母さんが、十字かや神様の絵を、家のあちこちにかざりはじめた。

お父さん以外は、みんなクリスチャンだったから（お兄ちゃんは何年か前から、教会に行かなくなったけど）、もう前のアパートでも、見なれたものばかりだったけど、この家の中にかざるのはさんせいだ。

お母さんがかざりはじめると、なぜか最初に家を見たときに感じた、あの不安のようなものが、少しずつなくなっていくような、そんな気持ちになったからだ。

　でも、夕ご飯を食べたリビングで、みんなでテレビを見ていて、お父さんに「もうねなさい」と言われたとき、とつぜん十字かが、大きな音をたてて落ちてしまったのには、とてもびっくりした。

　オウムのクリコ（お父さんがつけた名前で、まったくセンスがない）の鳥かごが、すぐそばにあったので、とてもおどろいたのか、そのあと、なかなか静かにならなかった。リコもクリコに合わせるように、泣きだしてしまったし。

　でも、十字かが落ちたとき、また、あのいやな気持ちになったのは、また、不安な感じがしたのは、どうしてだったんだろう。

　引っこしの二日目で、つかれたのか、なんだかとても変な気分だ。


——7月31日（月）——


お母さんは、「なかなか荷物がかたづかないわ」と、朝からいそがしそうにしていた。お父さんは、会社に出かけてしまったので、ほとんど一日中、お兄ちゃんとわたしが手伝っていた。

　リコはリビングで、クリコを相手におとなしくしていた。リコは、クリコのおしゃべりが好きなので、鳥かごのそばにいたんだけど、どうしてかクリコは、「くる」としか言わない。前はちゃんと「おはよう」も「こんにちは」も、わたしたちの名前も言えたのに、いくら話しかけても、「くる、くる、くる」と、同じようにくり返してばかりいた。

「くる」って、何かが「来る」っていうことかな？　でも、だれが、そんな言葉を教えたんだろう。

お兄ちゃんは、荷物を全部かたづける前に、お母さんが絵や置き物などを、家の中にかざったので、それで「かたづけがやりにくくなった」と、もんくを言っていた。「そういうことは、最後にするもんだ」と、おこっていた。

お兄ちゃんのもんくは、正しいと思ったけど、お兄ちゃんが、じゃまだと思った絵や置き物は、ほとんど神様のものばかりなんだから、ちょっと言いすぎだと感じた。

わたしは、自分たちの部屋のかざりつけを、早くしたかったんだけど、夕方になると大変つかれた。荷物のかたづけをしながら、お兄ちゃんとお母さんのちゅうさいもしたので、よけいにつかれたのだと思う。お兄ちゃんには、本当に困る。

夕ご飯の前に、いちおうかたづいたという家の中を、リコといっしょに見て回った。

昨日も見たけど、やっぱり一階にある和室が、とてもおもしろい。ここは、おじいちゃんがお盆に来たときに、ねる部屋にするらしい。

お母さんは、「かたづいた」と言っていたけど、その和室の中には、まだ開けていないひっこしの箱が、いっぱい入っていた。

お母さんによると、後まわしにした荷物は、とにかく和室の中に入れておくらしい。

「机の上をきれいにしなさい」とおこられて、わたしがあわてて引き出しの中に、いろんなものを入れて、お母さんの目をごまかすのと、にているようでおかしかった。

夕ご飯のあと、「夏休みの宿題をする」と言って、お兄ちゃんはすぐ二階へ上がってしまい、リビングには、わたしとお母さんだけになった(もちろん、リコもいたけど)。

そのときお母さんに、「この家をどう思う」と聞かれた。「きれいな家だね」と答えると、「好き?」と聞かれた。昨日の変な気分を思い出して、わたしがどう答えようかと考えていると、お母さんは「きっと神様が守って下さるわ」と、まるでひとりごとのようにつぶやいた。それっきり、もうその話は出なかった。

お父さんが、帰るのを待っていたかったけど、ねむたかったので、あきらめた。

階段を上がっていると、かべに神様のおでしさんの絵が、一枚ずつかざられていた。それぞれに、ペテロとかパウロとかいう名前があって、大阪で教会の日曜学校に行っていたときに、みんな覚えた。

だから、一人ずつ名前を呼びながら、わたしは階段を上がった。最後の一人の名前を口にして、二階に着いたとたん、一番下から順番に、絵が一枚ずつ落ちはじめた。どん、どん、どん、どんっ……て、まるで階段の下から、今にも何かが上がって来るみたいで、とてもこわかった。

わたしが、思わず声を上げていると、お兄ちゃんが、部屋から出て来た。階段の様子を見て、「ほらみろ。オレが言った通りじゃないか」と、とくいそうな顔をした。

絵をかざったあとで、荷物を持って階段を上がったり、また下がったり何度もしたため、絵が落ちやすくなっていて、そこをちょうどわたしが通ったために、「そのしんどうで落ちたんだよ」と言った。

わたしは、お兄ちゃんの説明に、なっとくしたようにうなずいた。けど、わたしはもしかすると、この家を、きらいになりはじめているかもしれない。


――8月1日(火)――


お昼からお母さんが、買い物に出るというので、リコはついて行った。お兄ちゃんはひとりで、町のほうに行くと言っていた。

わたしは残って、ひとりで部屋のかざりつけをした。ただ、今持っているものだと、たいしたかざりつけはできない。お母さんといっしょに行って、材料を買えばよかったと、後かいした。

のどがかわいたので、キッチンに行こうとしたら、うら口に続くろう下に、だれかが入るのが見えた。

お兄ちゃんが、帰ってきたんだと思い、「わたし、出かけるから」と言って、うら口を開けたら、だれもいなかった。たしかに人のかげが、こっちのほうに来たのを、わたしは見たのに……。

急にこわくなって、外に出た。

表の門には、引っこしてすぐ、お父さんがかけた表札がある。池内圭次、昌子、圭一、桃子、梨子、栗子と家族の名前と、その読みまで書かれている。もちろん最後のクリコは、オウムだけど、家族のようなものだ。

外は、あつかった。おとなりの家は、建てているとちゅうで、そのおとなりの家も、下の部分しかできていなくて、もう一つおとなりは、空き地だった。きっとここには、あと三けんの家が、建つのだろう。

坂に出て下りはじめたところで、せなかが、みょうにむずむずした。かぜをひく前に感じる、あのなんともいえない寒気とにていた。

ふり返ると、ついさっきまで山の上にだれかがいて、こっちをじっと見下ろしていたような気がした。わたしが見たときには、もうだれもいなかった。

お兄ちゃんのようにも見えたけど、お兄ちゃんは町に行っているはずだし、だれなのかというより、本当にだれかがいたのかも、結局わからなかった。

坂を下りると、その両側に、おはかのような石が立っている。よく見ると表に、妖怪のような、変なすがたがほってある。

なんだろうと思っていると、知らないおばあさんに声をかけられた。お山から悪いものが、この坂を伝って下りて来ないように、その二つの石が見はっているのだという。

そんなことを聞いて、そのお山をけずったところに、自分の家が建っているのだと思うと、またあの変な気持ちになった。

わたしがだまっていると、おばあさんに、あの家に引っこして来たのかと聞かれた。うそをついてもしかたないので、はいと答えると、うちに遊びに来なさいと言われた。知らない人の家に行くと、お母さんにおこられるので、走ってにげた。

――8月2日（水）――

お母さんとリコの三人で、外から帰って来たとき、二階のベランダにだれかが出ていた。

てっきりお兄ちゃんだと思った。けど、まだお兄ちゃんは帰っていなかった。もちろん、お父さんは会社に行っていて、いなかった。

あれは、だれだったんだろう？

――8月3日（木）――

今日は、お父さんのおたん生日だ。

夕ご飯は、いつもより少しおそかった。お父さんが帰って来るのを、みんなで待っていたからだ。それから、お父さんのおたん生日会をした。お母さんの料理は、ごちそうばかりだった。お兄ちゃんも、めずらしく機げんがよかった。

ご飯のあと、お母さんが、大きなケーキをテーブルに置いた。お母さんが、ろうそくに火をつけて、お兄ちゃんが電気を消した。そして、いよいよお父さんが、ろうそくの火を吹き消そうとしたときだった。

しゅるしゅるしゅるって何かが、近づいて来るような音が聞こえた。そのとたん、ろうそくの火が、みんな消えた。お父さんは吹いていないのに、一度に、ふうっと消えてしまった。まっ暗な中で、クリコがさわぎはじめ、リコも泣き出した。

あわててお母さんが、電気をつける少し前だった。暗やみの中で、だれかが笑うのを聞いた。

それは、とてもいやな笑い声だった。


――8月4日（金）――

坂の下で、またおばあさんに会った。やっぱり、うちに遊びに来なさいと言われた。知らない人の家に行くときは、お母さんに言わないといけないとことわると、おばあさんは、おとなりさんのようなものだと笑った。

気になったので、家はどこかと聞くと、山の下の大きな古い屋しきを指さした。おとなりさんとは言えないけど、それに近いかもしれない。

悪い人には見えなかったし、家からも近かったので、わたしは、おばあさんの家に行くことにした。その家は大きかったけど、とても古くてがらんとしていて、なんだかさびしいところだった。

おばあさんは庭を回って、おじいちゃんの家にあったのと同じ（でも、もっと長い）

えん側まで行くと、そこに座るように言った。

庭には、いろんな実のなっている木があって、小さな畑があって、池まであったけど、あまり手入れがされていないのか、どこか荒れているように見えた。

座って待っていると、おばあさんがスイカを持ってきた。知らない人に、ものをもらってはいけないんだけれど、おとなりさんのようなものなので、わたしは、そのスイカを食べた。とても冷たくて、とても甘くて、とてもおいしかった。

おばあさんは笑いながら、わたしの横に座ると、このあたりの昔の話をしはじめた。

おばあさんの言葉は、「なんとかけ」と、最後に「け」のつく変な言葉で、それを思い出して、正かくに日記に書くことはできない。

それに半分くらいは、何を言っているのか、よくわからなかった。けれど、おばあさんの家がどこかの山奥にある、「ほんけ」とかいう家の次に大きかったことや、昔は、このあたりの土地の全部が、おばあさんの家のものだったことや、あんなふうに、お山をけずってはいけないことなどは、だいたい理かいできた。

スイカのお礼を、ちゃんと言って帰るときに、おばあさんはまじめな顔で、家の中や外で変なことがあったら、いつでもいいから、ここに知らせにくるようにと、何度もわたしに念をおした。

そのときは、おかしなことを言う、ちょっと変な、おばあさんだと思った。

けど、家に帰ってから気づいた。十字かや階段の絵が落ちたり、だれかのかげを見たり、ろうそくが勝手に消えたり、変な笑い声が聞こえたり、いろいろしていることが、そうなのかもしれない。

――8月6日（日）――

昨日は、日記を書かなかった。毎日でなくて、よいと思うけど、やっぱりなるべく毎日、書くようにしたい。

リコが、おかしなことを言った。

昨日の夜、ねる前に、ドドツギが遊びに来たと。

だれなのかと聞くと、この家に住んでいるという。どうやら妖怪か妖精のようなものらしい。わたしの読む本を見て、想像したのだろう。わたしも小さいころは、よく空想した。いや、今でもしている。

それにしても、ドドツギという名前は、どこから考えたのか。お父さんににて、センスがないのかもしれない。

このことは、お姉ちゃんと二人だけの秘密だと、リコは言った。だれにも、しゃべっちゃいけないと、ドドツギに言われたらしい。

わたしに教えてくれたのは、うれしいけど、なんか変だ。本当に、そんな名前の何かがいそうな気がして、ちょっと気持ち悪い。

――8月7日（月）――

今日は昼から、おばあさんの家へ行った。リコがついて来そうになって困ったけど、お母さんが引きとめてくれた。

どこに行くのか聞かれると思ったけど、「あまり、おそくならないようにね」と、注意されただけだった。

あの家に行くと、おばあさんがいて、またえん側でスイカを出してくれた。わたしはスイカを食べながら、引っこしをしてから、今までにあった変なことを、みんな話した。自分でも知らない間に、十字かや絵が落ちたことだけじゃなく、あの家を見て感じたおかしな気持ちのことまで、すべてしゃべっていた。

おばあさんは、やさしそうな顔をしながら、わたしの言うことを、うんうんとみんな聞いてくれた。それから、これまでにも、そんな変な気持ちになったことがあるかと、少し心配そうな顔で聞いてきた。

「何度かある」と答えると、その場所をくわしく教えるように言われた。一生けんめい思い出して答えると、あぁみんなよくないところだと、かこに悪いことが起こったところだと、悲しそうな顔になった。

でも、あの家を見て感じたのは、今までの気持ちとは、少しちがうように思えた。けれどそれをうまく、おばあさんには伝えられなかった。

だからわたしは、「あの家も、よくないところなの」と聞いた。するとおばあさんは、お山の話をはじめた。でも、この前と同じで、話の半分も理かいできなかった。

わかったのは、この前の話にも出た「ほんけ」という家がある、どこかの山奥にも同じようなお山があること、町の人たちは、決してそのお山には近づかないこと、おばあさんの家が、お山も、このへんの土地も手放さなければ、こんなことにはならなかったということ、それだけだった。最後は、だれかに対するもんくのようになってしまって、よけいに理かいができなかった。

そのうち夕方になったので、帰ろうとすると、おばあさんは小さなふくろをくれた。手に持つと、何か中に入っていた。何が入っているのかと聞くと、お守りだから見てはいけないと言われた。そのふくろを、いつも持っているように、とも言われた。

そのふくろは、まるでへびの皮で作られているようで、本当はとてもきみが悪かったけど、お守りなら大切にしないといけないと思って、お礼を言って家に帰った。

リビングに入ると、引っこしの日にお母さんが、まっさきにかざった十字かが、逆さまになっていた。それになんだか、なまぐさいいやなにおいが、家の中でした。


――8月8日（火）――


今日は朝から、ダイニングで夏休みの宿題をした。引っこしをしてから、わたしが宿題を全然していないことに、お母さんが気づいたからだ。

わたしは宿題をしながら、おばあさんのことを、しゃべりそうになった。けど、やっぱりだまっておいた。今までは何でも、お母さんに話していたので、だまっているのは、ちょっとドキドキしたけど、自分だけのひみつを持っていると思うと、少しだけとくいな気持ちになった。

お昼からはまた、おばあさんの家に行こうと思った。お母さんが「どこに行くの」と聞いてきたので、ごまかすのが大変だった。お母さん、ごめん。

外は、とてもあつかった。坂を下りているだけで、あせが出てきた。

坂の下に、女の人がいた。かみの長い、きれいな人だった。「こんにちは」と、あいさつをされたので、わたしも「こんにちは」と言った。

「上の家に住んでるの」と聞かれたので、「はい」と答えた。すると、「すごいあせね」とハンカチで、わたしの顔をふいてくれた。それから、「お姉さんの部屋で、ジュースでも飲まない」と言われて、びっくりした。

おばあさんだけでなく、こんなきれいなお姉さんにもさそわれ、わたしは、ちょっと信じられない気持ちだった。

でも、知らない人なので、どうしようか迷っていると、目の前のアパートに住んでいると、お姉さんが教えてくれた。ならば、おばあさんの家よりも、もっとおとなりさんだと思って、なんとなく安心した。

お姉さんの後について、アパートの二階へ上がった。ろう下は山のほうにあったけど、わたしの身長では家が見えず、もっと上のがけが見えた。

でも、お姉さんには、きっと見えたんだと思う。なぜなら、お姉さんの部屋は二階の一番奥だったけど、部屋に入る前にお姉さんは、わたしの家のほうを、じっと見ていたからだ。なぜかは、わからないけど。

部屋の中は、女の人らしく、きれいにかたづいていた。お姉さんは、香月希美さんといって、あんら女子大の一年生で、アルバイトのために、いなかの家にも帰らず、残っていると説明した。

お姉さんは、ジュースとクッキーを出してくれた。それから、あんらのことを、いろいろと教えてくれた。

でも、そのうち話は、わたしの家のことになった。あの家に、そんなにきょう味があるのか、とても熱心にいろいろ聞かれた。家族にお兄ちゃんがいるとわかると、「よく、うら山にいるでしょ」と言われた。一度、坂の上で見たような気がしたけど、お兄ちゃんのことは、ほとんど知らないと答えた。お姉さんが、なぜか残念そうな顔をしたので、

「どうしてですか」と聞いた。

すると少し迷ってから、大学から帰って来た夕方や、友だちと遊んでもどって来た夜などに、わたしの家の、うらのがけの上に、だれかが立っているのを、何度か見たのだと言いだした。二階のろう下からは、わたしの家の屋根と、その向こうのがけが見えるけれど、そこにだれかが立っていて、じっとお姉さんを見ているという。

「いつからですか」と聞くと、大学に入学して、ここに住むようになって、わりあいす

ぐだと言った。わたしたちが、ここに引っこして来たのは、7月29日なので、お兄ちゃんのわけがない。

そう言うと、お姉さんは急にだまりこみ、わたしをじっと見つめた。

そのとたん、どうしてかわたしは、目の前のお姉さんがこわくなった。きれいなお姉さんなんだけど、そのきれいな顔が、ほとんど変わらない。その変わらない表情で、じっとわたしを見ている様子に、寒気を感じた。

引きとめるお姉さんに、また遊びに来ると約束して、ようやく部屋から出してもらった。おばあさんの家に行きたかったけど、行っていると帰るのがおそくなるので、あきらめた。少し早いけど、家にもどろうと思って、坂を上がったんだけど、どうしてかそのまま山の上まで行ってしまった。

山の上は、草がいっぱいはえた広場のようなところで、その中に道があった。道は、ものすごくしげった草の間を通って、その先の深そうな黒っぽい森の中へ、とけこむように消えていた。

山の上は下とちがって、別の世界のような気がした。目の前の道がその中間で、ちがうところへ、人間の知らない世界へ、通じているように見えた。

家を見たときに感じた、あの不安な気持ちの、何倍もの変な気持ちになった。それなのに、ふらふらと足を前に出していた。いつの間にか、あの道の向こうに行ってみたい、と思っていた。でも、そう思うのは、本当の自分じゃないともわかっていた。まるで二人の自分に、体がさかれるような、いやな気分だった。

　そのとき、おばあさんの顔が浮かんだ。とっさにポケットに入れておいた、お守りをにぎった。それから、くるっと坂のほうを向いた。目の前に、ながめのいい景色が広がった。目を向ける方向が、まったく逆になるだけで、これほどちがう景色になるのかと、とてもおどろくほど、それはよいながめだった。

　いやな気分が、かなりましになったので、そのまま帰ろうとした。そのとき、後ろから呼ばれた。

　とっさにふり返りかけて、首を横にしたところで、とめた。だれも、いるはずがないと思った。もし、だれかがいたとしても、それを見てはいけないと、わかった。もちろん、返事をしてもいけないと……。

　家まで、いっきに走った。坂が急だったので、ころんで、そのまま坂をころがってしまいそうになった。けれど、スピードは落とさずに、家まで走り続けた。

　家に帰ると、クリコが死んでいた。

十二　暗闇

ゴミ座敷の縁側の近くで、翔太が少女の日記を夢中で読んでいると、奇妙な物音が聞こえて来た。

カタカタ、カタカタカタカタッ。

無造作に積まれた様々な大きさの箱や缶が、どうやら振動しているらしい。

地震？

そう思ったのも束の間、すぐに自分の身体がブルブルと、小刻みに震えているのだと分かった。側に重ねられた箱や缶に、その振動が伝わっていたのだ。

ところが、そう認めたにもかかわらず、震えは一向に治まらない。止めようとしても自らの意思では、もはやどうすることもできない。風邪をひく前の、あの厭な感覚を何倍にもしたような怠さが、首筋から肩へ、そして背中から脇腹へと、見る間に広がっていく。だが、風邪ならまだ良い。いずれは治るのだから。

でも、これは……。

死亡率百パーセントの伝染病に、まるで感染した気分である。もちろん感染経路は、翔太が手にしている一冊の古ぼけたノートだ。

水分を吸ったためか、ノートは全体がたわんでいた。頁をめくるたびに、パリパリッ、バリバリッと音がする。しかも鉛筆で書かれた文字は滲み、かすれ、消えかかっていて、判読するのに苦労した。

幸いだったのは、少女が翔太と同じくらいの学年らしいことだ。それに彼とは――というより彼が知る同学年の誰とも――比べものにならないくらい、よく日記が書けていたことだろう。知らない漢字も少しはあったが、意味が分からずに困った文章はひとつもない。

続きを読むしかないか。

あまり気は進まないながらも、山の家に関する重要な手掛かりが、ここで見つかるかもしれない。

彼が再びノートに目を落としたところで、急に陽が陰った。とっさに顔を上げて、陽光が射し込む縁側を見ると、障子に人影が映っている。陽の光を背にして――といっても、もう夕暮れに近い明るさだったが――黒々と人影が浮かび上がっている。

「うわぁっ！」

あの家の人影が、ここまで追いかけて来たのだと慄き、翔太は腰を落としたまま思わず後ずさりした。

たちまち何かが崩れ落ちる物凄い音が、部屋中に響いた。彼の突然の動きで、あたりに積み上げられた様々なガラクタに、雪崩のような現象が起きたらしい。

だが、そんなことにお構いなく、そのまま翔太が逃げ出しかけたとき、

「誰ぞ、おるんけ」

縁側から耳になじんだ声がして、スウゥゥッと音もなく障子が開いた。とたんに夕暮れ時のひんやりした外気が、部屋の中に流れ込んでくる。手を瞼の上にかざし、逆光の真っ直中に立つ影に目を凝らす。

そこには、扇婆が立っていた。彼が日記に夢中になっている間に、どうやら外へ出たらしい。そして今、縁側から戻って来たのだろう。

……何だよ。脅かすなよ。

一気に全身の力が抜けた翔太は、それでも失礼がないようにと思い、

「あっ、僕です。すみません、長い間お邪魔してしまって。もう、そろそろ帰ろうと思ってたんですけど」

そう言いながら、少女の日記を借りてもいいか、あらためて頼もうとしていると、

「……誰け」

はじめて耳にする陰に籠った声が、ボソッと聞こえた。

「えっ……。で、ですから……ぼ、僕……」

なおも説明をしようとして、ようやく見えはじめた扇婆の表情が、とても尋常ではないことに気づいた。

落日の陽の光を背後から受けた明暗の中で、黒々とした影にしか映らない顔ながら、そこには坂道の下で会ったときよりも、さらに十数歳も老け込んだ容貌が見えた。顔全体の筋肉が弛緩したように生気がなく、口も半ば開いたままで、涎がツウゥッと床まで垂れており、今にもその場に崩れてしまいそうな様子だった。

　にもかかわらず双眸だけは爛々と輝いて、ジッと彼を凝視している。まるですべての生命活動が、両目だけに集中しているかのごとく、老婆の眼だけが異様に生き生きとしている。

「………」

　翔太は口を閉ざしたまま、このまま挨拶をして帰れば良いと考えた。だが、とてもそれではすまなさそうである。

「……誰け」

　同じ台詞を吐きながら、扇婆は縁側から部屋の中へと入って来た。文字通り足の踏み場もない空間の真ん中を、不思議なことに老婆はつまずく素振りも見せずに、ジワジワと近づいて来る。

「ぼ、僕は……」

　何を言っても無駄だと感じつつも、まだ自分のことを説明しようとした。彼女に思い出させる方法はないかと考えながら、それでも無意識に後ずさりをしたのは、もちろん怖かったからだ。

「……」

急に扇婆の動きが止まった。翔太も足を止めた。

自分のことが分かったのかと見ると、カッと見開かれた両目が、二人の中間あたりの畳の上に向けられている。そこには少女の手提げ鞄が落ちていた。

「そ、それ――、お婆さんが言っていた、お、女の子の、桃子ちゃんの鞄です。そ、その中に、彼女の日記が入っていて、ぼ、僕は、それを見せてもらうために……い、いいえ、違います。お婆さんが、それを僕に見せようと、よ、呼んでくれたんです。だ、だから僕は……」

手に持ったノートを振り回しながら、必死に説明する。すると少しずつではあるが、その二つが何であるかを、相手が認めはじめたように見えた。

「あぁぁぁっ」

目の前にあるものの正体が、ようやく分かったらしい溜息が、彼女の口から漏れた。異様な輝きを帯びた瞳の中に、わずかながらも理性の光が煌めいたように映った。

「そ、そうです。桃子ちゃんの――」

一気に正気づかせるために、説明を続けようとして、

「……盗人じゃけ」

扇婆の憎々し気な声にさえぎられた。

「えっ……」

信じられない言葉を耳に、翔太が絶句していると、双眸の中の理性の輝きは見る間に消え失せて、今や憎悪と嫌悪によって鈍く光る殺気立った両の目に、彼はにらみつけられていた。

「……ち、違う。ぼ、僕は……盗んでなんか……」

弱々しく首を振りつつ、さらに翔太は後退した。

それが老婆から見れば、少女のノートを持って今にも逃げようとしている、そんな姿に映ろうとは思いもせずに。

「きいぃぃぃぃぃ！」

突然、扇婆が奇声を発した。と同時に近くにあった火箸を右手に持ち、振り上げたかと思うと、そのままこちらへ向かって来た。

「うわあぁぁ！」

悲鳴を上げながら回れ右をした翔太は、すぐさま走り出した。いや、走ろうとした。だが足元にはゴミがあふれ返り、なかなか前に進めない。しかもその先には、ゴミの山がそびえている。大袈裟な表現かもしれないが、実際このときの彼には、それは行く手をはばむ巨大な山にしか見えなかった。

ゴミの山を上って越えるか、それとも迂回するべきか、とっさに迷う。向こう側にある襖まで辿り着く近道は、いったいどちらなのか。

しかし迷ったのは、一秒にも満たなかった。なぜなら迂回しようにも、そのルートがなかったからだ。出入口の襖から今いる縁側の近くまで辿った道は、すでに跡形もなく消えてしまっている。

ぐずぐずしているうちに扇婆の気配は、すぐ後ろに迫っていた。翔太は無我夢中でゴミの山を上りはじめた。

ところが、足を前に出せば出すほど、まるで地滑りを起こすように、次々とゴミの山が足元で崩れていく。あたかも傾いたルームランナーの上で、足を前へ前へと出しているようなもので、半ばから先には一向に上れない。

そんな……。

足を動かしながら、素早く周囲を眺める。すると斜め左手のゴミの山の麓に、辛うじて道筋らしきものを認めた。ゴミの量も少なそうである。

回転する輪の中を駆ける二十日鼠のように、必死に足を前に出しながら、飛び下りる着地点を捜す。できるだけ柔らかそうなゴミの上を選ばなければならない。やがてボロボロのソファが目についた。幸いまわりに危険物はない。

目標地点へと跳躍できる位置まで、何とかゴミの山を上ったところで、いざ翔太が飛ぼうとしたときだった。

「ううっ！」

いきなり右足の脹ら脛に激痛が走った。まったく何が起こったのか分からず、満足に悲鳴も上げられない。

ただ、その突然の驚きと痛さのショックで、気がつけば彼は、一気にゴミの山を上り切っていた。まるで漫画のような光景だったが、本人にとっては笑い事ではすまない、悪夢のような出来事だった。

ゴミの山の天辺で振り返ると、扇婆が火箸を振り上げながら、ぶつぶつと訳の分からないことをつぶやいている。

あ、あれで、僕の足を突いたんだ！

信じられない思いだった。いかに尋常でないように見えても、凶器となりうる火箸をつかんで向かって来ても、心のどこかで本気ではないだろうという油断があった。しかし、どうやら甘過ぎたらしい。

じょ、冗談じゃない。これじゃ、こ、殺される……。

あまりの出来事に翔太が絶句していると、ガサガサッ、ザッザッザッと物凄い音を立てつつ扇婆が、瞬く間にゴミの山を這い上がって来た。彼が苦労したのが嘘のように、あっと息を呑んでいる間に、もう彼女の顔が目の前にあった。

「ひぃぃぃ」

老婆の顔が迫って来た反動で、そのまま後ろ向きにゴミの山を転げ落ちる。すぐに、もうもうたる埃が舞い上がり、たちまち異臭が鼻をつくと、彼の上に大量のゴミが被さってきた。

ゴミの海で溺れそうになりつつ、なんとか掻き分けながら起き上がる。あとは一目散に奥の襖を目指す。立ち上がった瞬間、右足の脹ら脛にズキッと痛みが走ったが、構っている余裕などない。とにかく奥の襖へ突っ込んで行く。

頭からぶち当たるように襖に突進すると、それを開いて次の間に逃げ込んだ。

一瞬で目の前が真っ暗になる。縁側から射し込む陽の光のせいで、翔太の目は明るさに慣れてしまっていた。そのため、まったく光源のない部屋に入ったとたん、完全に視覚を奪われたらしい。

後ろ手で閉めた襖が、ガタガタタッと揺れはじめた。扇婆もゴミの山を越えて、追いついて来たに違いない。

ままよとばかりに、暗闇に足を踏み出す。

ところが、いくら進んでも、何も足には当たらない。両手を伸ばしてみたが、何にも触れない。ただ足の裏の感触で、そこが畳敷の座敷だと分かっただけである。

おそらく彼女の部屋に辿り着くまでに通った、がらんとして何もなかった部屋と、ここも同じなのだろう。

そのとき、ザザザッと背後で襖の開く気配がした。そして微(かす)かながらも、サッと明かりが射し込んできた。

部屋の半ばまで進んでいた翔太が、とっさに振り返ると、細長く開いた襖の隙間に立つ老婆の、無気味な黒い影が見えた。背後にゴミの山があるとはいえ、向こうの部屋から届く光の具合から、かなり陽が傾いていることが分かる。

このままじゃ夜になるよ。

たとえ屋敷の中が真っ暗でも、一歩外へ出られさえすれば、お日様が燦々と照っている世界がある。そう思えばこそ何とか正気を保っていられたのに、もしこの家の内も外も暗闇になったら、きっと自分は一生ここから逃げ出せないに違いない。そんなふうに翔太は、なぜか思い込んだ。

扇婆を押しのけて、襖の向こう側の部屋さえ突っ切れれば、すぐ外である。そうすれば、まだ陽のあるうちに家まで帰れる。

ズズッと老婆が迫って来た。

とっさに踵を返した翔太は、そこから全速で逃げようとして、いきなり泣きそうになった。

どの方向に進めば、この家から出られるのか。

もちろん彼には、まったく見当もつかない。老婆のゴミ部屋に連れて来られるまで、散々ぐるぐると屋敷中を引きずり回されたのである。とっくに方向感覚などなくなっている。

かといって闇雲に逃げれば、それだけ助かる可能性が低くなる。その恐ろしい事実が分かるだけに、思わず絶望しかけた。もう駄目だと、お終いだと、ほとんどあきらめそうになった。

玄関の方向さえ分かれば……。

と心から願ったところで、待てよと考えた。どっちに玄関があるかは不明だが、もしかすると東西南北の方角なら、なんとか推測できるのではないか。

簡単な理科の問題だ。

ゴミ部屋の縁側には、陽が射し込んでいた。あの部屋の窓が、南向きだからではないか。その証拠に先程の西日は、かなり右手から射しているように見えた。縁側を背にゴミの山を越え、襖を開けて次の間に入ったのだから、進行方向は北と見なして間違いないのではないか。

つまり我が家のある、山の方向だ。

走り出すまでの数秒の間、翔太の頭は目まぐるしく回転した。これまでの人生で、これほど短時間にこれほど脳みそを使ったことは、おそらく一度もないだろう。

確信はなかったが、今はこの推測に賭けるしかない。

背後に迫る扇婆の気配を感じつつ、彼はそのまま真っ直ぐ走り出した。南の縁側から北の部屋まで、とにかく屋敷を突っ切ろうと考えた。確か廃墟屋敷は東西に長く建てられていたはずである。だとすれば南北の移動は、もっとも短い逃走ルートになるのではないか。

ただし真っ暗闇のため、全速力で走るのは無理である。かといって、のろのろとした手探り足探りの状態では、たちまち追いつかれてしまう。あのゴミの部屋以外は、ほとんど空っぽの状態に違いないと踏んで、とにかく次の襖にぶち当たるまで、小走りに進む。それが翔太の選んだ方法だった。

とはいえ真っ暗な中で走るのは、やっぱり怖い。そのため踏み出す足には、自然とブレーキがかかる。気ばかりが前へ出て、それに身体がついていかない。そんなちぐはぐな感じを覚え、次第に彼は焦りはじめた。

もっと速く逃げなきゃ。

それでも気づくと、いつしか背後の気配が消えていた。子どもと老人とでは、最初から勝負が見えていたのだろうか。

やがて、廊下に出た。屋敷の中心を走っている廊下かもしれない。気は急(せ)いていたものの、畳敷から板敷に足の裏の感触が変わったせいか、つい立ち止まってしまった。座敷を通り抜けている間、足の裏が冷たくなかったわけではない。しかし廊下を踏みしめたとたん、あまりの冷ややかさに思わず身体が震えた。

そこで、ふと廊下の左右に目がいった。どちらかを進めば、玄関に出られるのかもしれない。

新たな可能性が脳裏をよぎる。だが、ようやく暗闇に慣れはじめた目にも、ほんの一メートル先でさえ、どのように廊下が延びているのか、はっきりと見えない。暗がりの先に目を凝らせば凝らすほど、とんでもないところへ通じているように思えてくる。反対方向に視線を転じても、その不安はまったく消えない。

こんなところで、ぐずぐずしてたら……。

自分を叱咤し、そのまま廊下を横断する。再び座敷ばかりが続く。先ほどの廊下が本当に家の中心を通っていたのなら、もう半分まで来たことになる。

ところが、いくつ目かの座敷に入って突っ切り、次の襖に手をかけたものの、まったく動かない。戻るわけにはいかないので、急いで西側の襖を試すが、びくともしない。慌てて東側の襖に向かうと、幸いにも開いた。そこからは悪夢を見ているようだった。いや、悪夢といえばこの家に一歩足を踏み入れた瞬間から――それとも山の家に引っ越してから――悪い夢を見続けているのかもしれない。だが、このときほど強く、それを実感したことはなかった。

東隣の部屋、さらに東隣の座敷へと進むのだが、どこも北側の襖が開かない。その結果、どんどんどんどん屋敷の奥へと入り込みはじめた。そんな悪い状況に輪をかけるように、それまで忘れていた右足の脹ら脛の痛みがぶり返した。次第に右足を引きずりながら、走るようになる。

北が駄目なら、南へ方向転換すれば良い。それだけのことである。しかし、我が家がある北側から逃げるという考えに、翔太の頭は凝り固まっていた。いったん思考停止の状態に追い込まれると、なかなか大人でも抜け出せない。まして彼の年齢では、それは非常に難しかった。

次の部屋も、その次の部屋も、北側の襖は開かない。そうやって何部屋も通り過ぎたところで、遅まきながら彼は気づいた。

襖って布や紙じゃないか。だったら破れるかもしれない。

そう考えた翔太は、ジーパンに吊るしたキーホルダーの小さな剣を取り外し、襖に突き立てた。

何の抵抗もなく刃が刺さったので、そのまま下へ走らせる。途中、何かに当たったように剣が止まった。手探りすると、内部に木枠が張られているらしい。とりあえず表面に貼られた布か紙を切り裂き、すべて取りのぞくことにする。残った木枠にナイフは役立たないが、むき出しになれば折れそうである。

ただ実際にやってみると、木枠の除去は非常に骨が折れた。決して無理ではないが、簡単でもないという程度の難儀さがある。

そのとき、何か聞こえた。襖を破く手を止め、じっと耳をすます。

……パンッ。

遠くのほうで物音が響く。最初は分からなかったが、それが襖を閉める音だと気づいた瞬間、翔太は自分の莫迦さ加減を呪いたくなった。

襖を開けたまま、閉めなかった……。

彼が逃げたルートを、そっくり扇婆に教えていたようなものではないか。

……パンッ、……パンッ。

その物音が近づいている。次第に迫って来ている。

目の前の襖には、まだ三本の木枠が残っていた。それを折って取りのぞかないと、とても通り抜けられない。

翔太は死にもの狂いで力を込めた。

バキッと一本目が折れ……、
バキッバキッと二本目も折れ……、
最後の三本目に手をかけたところで……、

「そこけ」

悲鳴を呑み込んで振り返ると、半分ほど開いた西側の襖から、扇婆らしき影が覗き込んでいるのが辛うじて見えた。

「………」

満足に声が出ない。早く残りの木枠を取りのぞき、逃げなければと焦るのだが、なぜか開いた襖から目が離せない。

するとさらに襖が開きはじめ、やがて暗闇の中に老婆の影の全身が、ぼうっと朧げに浮かび上がった。

「ここでいっしょに、住むけ」

そう言いながら扇婆が、ゆっくり座敷に入って来た。

「のう」

優しそうな口調で語りかけつつ、

「御山の家よりも、ずっといいけ」

ズッズッズッと畳をするように、こちらに歩いて来る。

「ここなら、まず大丈夫け」

もう座敷の半分くらいの地点を、老婆は越えようとしている。

「御山から、あれが下りて来ても……」

暗闇の中でも扇婆の顔が、微かに分かりはじめる。

「こん家におる限り……」

さらに表情が見えはじめる。

「なんの心配もいらんけ」

言葉とは裏腹な、物凄い憤怒の形相が見て取れる。

「逃がすけぇぇぇぇ！」

突然の絶叫と共に、いきなり老婆が迫って来た。

翔太は泣き叫びながら、身体ごと襖にぶち当たった。額や頬や二の腕が木枠にすれて、皮膚が傷つくのもお構いなく、とにかく強引に襖を打ち破ろうとした。

ところが、右半身は何とか向こう側に抜け出せたのに、左半身だけ座敷のほうに残ってしまった。服が引っかかっているようだが、悠長に確かめている暇はない。死に物狂いで前へ、ぐいぐいと出る動作を必死に繰り返す。

と、左腕の肘をつかまれた。

捕まった！

そう思う間もなく、すぐに左半身が重くなる。扇婆が抱き着いてきたのだ。

「やだあぁ……」

左半身の何とも言えぬ感触が、その嫌悪感が弱々しい悲鳴となって、思わず口から漏れる。襖を境にして、自分が真っ二つに割かれた気分を味わう。しかも次第にズルズルと、左半身が後ろに引き寄せられはじめた。このままでは、せっかく襖を抜けた右半身も、やがては元に戻されてしまう。

「やだあぁ！」

そう叫んだ瞬間、最後の踏ん張りをみせた翔太は一気に襖を突き抜け、すぐさま足の裏に板敷の冷たさを覚えた。

北側の廊下だ！

扇婆を振り切って直進すると、ガラス戸にぶち当たった。その戸を開けようと両手をかけ、妙なものに触れた。冷たくて固い金属のようなもので、ガラス戸に当たってカチカチと音を立てている。

訳の分からないものを嫌い、左横に移動してガラス戸を開けようとしたが、やはり変なものが邪魔をする。

暗がりの中で手に取り、目を凝らすと鎌だった。刃の部分を下にした鎌が、ガラス戸の上から吊り下げられている。

何だ、これ？

しかし考えている暇はなかった。

「……うう……ううう」

気味の悪い唸り声を上げながら、扇婆が襖を通り抜けようとしている。

ただ幸いなことに、どうやら着物が邪魔になっているらしい。こちら側に出ているのは先ほどの翔太と同様、まだ右半身だけである。その異様な光景を暗闇で目にしていると、まるで襖から老婆が生えているようにしか見えない。

吊り下げられた鎌は放っておき、ガラス戸に手をかける。びくともしない。さらに力を込めるが、まったく動かない。

鍵がかかってるのか。

慌てて探ると、旧式の捩じ込み式の錠に触れた。岡山の祖母の家で見たことがある。落ち着け。回せば開くはずだ。

錠の頭を親指と人差し指ではさみ、必死で回す。ガタガタッとガラス戸が揺れ、すぐに錠が外れる。ガラガラッと急いで戸を開けると、板の壁があった。ガラス戸の向こうに、なぜか板壁が立ちふさがっている。

そんな、どうして……？

しかし考えてみれば、ガラス戸に到着したときからおかしかったのだ。いかに北側とはいえ、なぜ夕陽が射し込まないのか。仮に日没を迎えていても、ガラス戸が完全なる闇というのは変だろう。少なくとも日比乃家の明かりが見えるはずである。

うちの明かり？

そのとき翔太は、二階の自分の部屋から臨んだ辰巳家に、一切の明かりが見えなかったことを思い出し、ようやく合点がいった。

この板壁は雨戸だ！

屋敷の北側はどこも、すべて雨戸が閉まってるんだ！

祠と道祖神は、百々山から何かが下りて来ないように祀られている。それなのに辰巳家の人たちは、御山に手をつけてしまった。コーポ・タツミの玄関口は山側にある。だから住人に支障が出ているのかもしれない。

この家の北側も、あの山に面している。よって扇婆は雨戸もガラス戸も閉め切った状態で、何かの侵入を防いでいるのではないか。

吊り下げられている鎌は、何かの呪いだろうか。ひょっとすると北側の全部のガラス戸に、鎌は下げられている可能性がある。

そんなところから逃げるのか。

さすがに躊躇したが、その山の中の家に住んでいるのが自分ではないか、と思ったら吹っ切れた。

それなのに、この雨戸が開かない。またしても岡山の祖母の家の、やはり同じ板の雨戸を思い出そうとした。

雨戸のひとつずつに、鍵はなかったはずだ。確か一番端の雨戸の上下に、錠となる四角い棒があって、それを天地に差し込んだ覚えがある。
どっちだ？　左か右か。錠のある雨戸は？
進むべき方向を決められず、その場で翔太が足踏みしていると、
「くっくっくっ……」
後ろから嗤い声が聞こえた。
襖を抜けたんだ！　もう逃げられない……。
その嗤いは次第に近づいて来ると、彼の背後で止まった。

十三　贄

「あん家に人が入っとる限り……」

後ろから扇婆の声が聞こえてきたが、その位置が妙だった。

「まぁ滅多なことじゃ……」

翔太が恐る恐る振り返ると、

「こん家まで、御山のあれは来んけ」

廊下に正座した老婆が、こちらを見上げていた。

「そしてな、こん地は安泰で、人々も安心して暮らせるけ」

その口調だけ聞いていると、坂の下で出会ったときの、普通の状態に戻っているように思えた。

「けど用心するに、まぁ越したことはないけ」

ただし、声による判断だけである。暗闇の中では表情までうかがえないため、決して確かではない。

「せやから御山の側には、あれが来ても入れんようにな、こうやって鎌を吊るしてあるけ。阿呆どもが、御山をあんなふうにしてから、ずうっと下げてあるけ」

「あれって、何なの？」

扇婆に対する恐怖心も警戒心もまだ大いにあったが、それ以上に好奇心が――いや、そんな悠長なものでは決してない、もっと切羽詰まった危機感が、その問いかけを翔太にさせた。

「あれ……け」

確認するように老婆の首が傾ぐ。

「うん」

はっきりと翔太も首を縦に振る。

「あれはな、御山そのものけ」

口にしている訳の分からない言葉とは裏腹に、今この瞬間、彼女はほぼ正常な状態に戻っているらしい。

「でも、あの山には蛇神様がいるんでしょ？　神様なんでしょ？」

幸平から聞いた、苅田の話を思い出す。

「ああ、そうけ」

「神様なのに、どうして――」

「御山に御座すんは、神様だけと違うけ」

「えっ……」

「もっと恐ろしいもんが、あそこにはおるけ」

「…………」

「それにいくら神様でも、いや神様やからこそ、あんなふうに荒らしてしもうたら、そりゃただではすまんけ」

「…………」

「ああいう御山はな、そっと御祀りしとかんと、いかんのけ」

いつまで扇婆の正気が保たれているか、まったく分からない。だから、この機会を逃すべきではない。

「あ、あの家で……昔、ひ、人が死んだの？」

だから翔太は自分たち家族にとって、もっとも重要なことを尋ねた。

「あぁぁぁっ」

すると老婆は大きく息を吐いたあと、

「……殺されたけ」

ぽつりと衝撃的な言葉をつぶやいた。

殺された……。

あの家に住んでいた人は、ただ「死んだ」のではなく、「殺された」のだ……と確かに扇婆は口にした。

翔太と桃子が見た人影は、過去に山の家で蛇神様に――もしくはあれに――殺された人だったのだろうか。

「あっ……」

　そのとき翔太の脳裏に、とんでもない発想が浮かんだ。その可能性を考えたとたん、目撃した人影が場所によって異なっていた事実に、あらためて彼は気づいた。

　二階のベランダ、一階の奥の廊下から裏口、一階の和室、この三箇所で人影を見ているが、すべて別人だったのではないか。そう見なすとベランダと和室は子どもに、裏口は大人のように思える。いや、和室は老人と判断するべきか。それにリビングもある。人影こそいなかったが、翔太も桃子も怪異を体験している。あそこでも、きっと何かがあったのだ。

　あの家で殺されたのは、ひとりではない……。それどころか人影の数からみて、山の家に住んだ家族の、ほぼ全員が死んでいるとしたら……。

　これまでの三年間で、三家族が住んだ。最初の家族、池内家、三番目の家族、そして日比乃家という順番で、山の家の住人は入れ替わっている。

　このうち最初の一家が、おそらく全滅した。だから桃子も翔太も、最初の住人の人影を見た。三番目の家族の中でも、誰かが同じような体験をしたかもしれない。きっと人影たちは今もなお、あの家に住んでいるつもりなのだ。

　桃子たちは、大丈夫だったのかな。

　日記の少女とその家族の安否が、とても心配になった。だが、他人の身を案じている場合ではない。日比乃家の人々はどうなるのか。

「桃子ちゃん一家は、無事だったんですか。彼女の家族が山の家を出たのは、どうしてだったんです？　そのあとに住んだ人たちは？　あの家で死んだ……殺されたのは、最初に住んだ家族だけですか。その人たちに、何があったんです？　何人が亡くなったんですか」

思わず翔太は、まくし立てていた。

「…………」

しかし、一度に多くを訊き過ぎたのが失敗だったのか。扇婆は黙ったまま、まるで遠い昔を追憶しているかのように、北側のガラス戸の上方に顔を向けている。とはいえ鎌を見ているわけではなさそうだった。鎌とガラス戸と雨戸のずっと先にある、御山そのものを凝視しているらしい。

「あのう……」

「見えるいうか分かるいうか、そういう者がおるんけ」

あらぬほうを向いたまま、老婆が口を開いた。

「あん家に引っ越して来た者の中にな、そういう者が、なぜかおるんけ」

桃子や自分のように、ということだろうか。

「そんでもなぁ、おのれに何が見えとるんか、何が分かっとるんか。実は本人も、なーんも悟っておらんのけ」

何が見えているか。何が分かっているか。

「せやからいっしょけ」

どういう意味だろう？

いきなり何を言い出したのかと、翔太が戸惑っていると、

「もし、人来りて――」

扇婆の口調が突然、妙に変わった。

「我が命、明日は必ず失はるべしと告げ知らせたらんに、今日の暮るる間、何事をか頼み、何事をか営まん。我等が生きる今日の日、何ぞ、その時節に異ならん」

まるで教師に指名されて、教科書を音読するように、何かから引用したような文章を口にしはじめた。

な、何だ、今度は？

あまりの豹変に彼が驚いていると、言いたいことを口にし終わったのか、急に朗読のような台詞が止んだ。

そういえば――。

老婆の部屋のゴミの山のあちこちに、結構な量の本が積まれていた。頭がしっかりしていたときの彼女は、かなりの読書家だったのだろう。昔の愛読書の文章が、ふと口をついて出たのかもしれない。

でも、どうして？

それに意味がさっぱり分からない。日本語であることは間違いなさそうだが、翔太が普段から口にし、また耳にしている日本語ではない。どこか変だ。

昔の人の言葉かな。

だとすれば老婆は、何かの古典から引用したことになる。

でも、なぜ。

結局、何も分からないことに変わりはなかった。

「……ふっ」

そのとき急に顔を戻した扇婆が、翔太をジィーッと見つめたかと思うと、微かに笑みを浮かべつつ、ボソッとつぶやいた。

「ぎょうさん、死ぬけ」

首筋から冷水を注がれたように、ゾッとした悪寒を覚える。そのとたん、足腰に力が入らなくなった。

ぎょうさんは、たくさんという関西弁だ。

たくさん人が死ぬ……。

あの家の最初の家族のことを言ったのか。それともこれから多くの者が死亡するという意味なのか。現在の住人である日比乃家について触れたのか。

誰のことなんだ？

だが、もはや翔太には、それを尋ねる気力がなかった。たった今、これまで張りつめていた緊張の糸が、ぷつんと切れてしまったらしい。

その場にへなへなと、彼は座り込んだ。

暗闇の中、埃だらけの冷たい廊下に腰を下ろしたまま、二人は視線を合わせることなく対峙していた。お互い喋らない。物音も立てない。身動きさえしない。ひたすら静かに座り続けている。

どれほどそうしていたのか――。

ふと我に返った翔太が、慌てて扇婆に目をやると、心持ち首が傾いでいるように見えた。よく目を凝らして観察する。まるで転た寝をしているふうである。まさかこんな状況で……と驚いたが、どうやら見た目通りらしい。やがてこっくりこっくりと船を漕ぎ出した。普段よりも激しく動き、かつ喋ったために、きっと疲れたのだろう。

……助かった。

そおっと物音を立てないように、まず腰を上げる。だが、どの方向を目指せば良いのか、すぐに翔太は決めなければならない。

北側から出られない以上、南側へ向かうのが屋外への最短コースである。しかし、この廊下に面した襖は、すべて閉め切られているに違いない。彼が破った襖なら通り抜けられるが、その前には扇婆が座っている。うかつに通るわけにはいかない。ひとつずつ襖を試しながら進むこともできるが、それで時間をロスするくらいなら、このまま廊下を辿るべきではないか。上手くいけば、玄関に到達できるかもしれない。いや、それは甘すぎる見通しだろうか。

とにかく今は、少しでも老婆から離れることである。すぐに背中を向けなかったのは、やっぱり怖いからだ。ホラー映画では、登場人物が化物や殺人鬼に背中を見せたとたん、たいていガバッと後ろから襲われ殺されてしまう。あんな目には遭いたくない。

そう怯える一方で、翔太は妙な感覚に囚われた。

なぜか、もう老婆を目にしないような、今ここで自分がこの老人を看取っているような、おかしな気持ちである。だからなのか彼女の姿が完全に闇の中に没するまで、彼はずっと見送り続けた。

やがて扇婆の気配も消え去ったところで、翔太は百八十度向きを変えると、少し早足で廊下を進み出した。

右手すなわち北側には、ほぼ等間隔で鎌が吊り下げられている。その中には紐が切れたのか、落ちている鎌もあった。それからは足元に注意を集中した。裸足のままで鎌を踏めば、大怪我を負うことになる。

永遠に延びているのかと思われるほど、真っ直ぐ続いたあとで、廊下に曲がり角が現れた。三度も曲がると、たちまち方角が分からなくなったが、いつの間にか呆気なく玄関に出ていた。屋敷内で逃げ続けた苦労は何だったのかと嫌になるほど、あっさり玄関に到達していた。

ほっとしたのも束の間、急に背後の闇が、屋敷の内部そのものが、たまらなく怖くなった。

慌ててサンダルをはこうとして、沓脱石の上にひしめく靴の群れが目に入る。今なお多くの人々が、この屋敷に留まり生活している。そんな錯覚に囚われた。

ううん。きっとまだ、いるんだ……。

生身の身体は家から出て行ったものの、その心は、思いは、念は、ここに留まっているのではないか。そういったものたちと、扇婆は暮らしているのかもしれない。

なかなか動かない玄関戸を苦労して開け、ようやく外に出ると、もう日はとっぷりと暮れていた。

お母さんに怒られる。

そう思ったものの、今はそれが何だか嬉しい。母に怒られたり、桜子と喧嘩したり、李実を笑わせたり、そういった普段と変わらないことが、もうしたくて仕方ない。

ところが、庭を通って門を出たとたん、「あっ！」と彼は声を上げた。

池内桃子の日記がない。

どこで落としたのか。ゴミの山を上ったときには、間違いなく持っていた。暗闇の中で座敷を逃げている最中はどうか。すでに失くしていた気がする。

扇婆に火箸で、足を突かれたときか。

あまりのショックに、日記を手放してしまったのかもしれない。それが普通の部屋であれば、彼も気づいただろう。でも、あの有り様である。ノート一冊くらい、たちまちゴミの中に埋もれたに違いない。

どうする？　取りに戻るか。

振り向いた翔太の眼前に、辰巳家の禍々しい廃墟屋敷が、どっしりと蹲っている。再び彼が入って来るのを、舌なめずりをして待っているかのように。

……厭だ、絶対にできない。


バンッ！

そのとき物凄い物音を立てて、いきなり玄関戸が開くと、「きぃぃぃぃ！」と奇声を発しながら、火箸を振り上げつつ扇婆が飛び出してきて……。

そんな姿を幻視した彼は、慌てて回れ右をすると、脱兎のごとく走り出した。

家に帰ると案の定、母の雷が落ちた。だが、それは帰宅が遅れたことだけが原因ではなかった。足の裏しか汚れていないと思っていたが、明るい家の中に入ると、頭の天辺から爪先まで、実に彼はとんでもない姿をしていた。

「今までどこにいて、いったい何をしてたの」

玄関から上がった廊下で正座させられ、母の厳しい追及を受けた。扇婆をはじめ一連の怪異を話そうかと考えたが、今は最悪のタイミングかもしれない。

蛇神様の話なんかしたら、ふざけてると思われ、よけいに怒られるだけだ。

しかし、ならば何と言い訳するのか。とりあえず嘘をつくしかないが、こういった場合の母に、それが通用した例しがない。よほど真実らしく聞こえる話を創作できない限り、母を納得させるのは不可能だろう。

本当のことを言っても駄目で、下手な嘘もつけないとなると……。

もうお手上げである。明日から自由な外出が、当分できないかもしれない。そんなことになったら、幸平とも簡単には会えなくなる。

まずいぞ。

これから何よりも家族のために、動き回る必要があるのに、このままでは取り返しがつかなくなってしまう。

どうしよう……。

翔太が頭を抱えそうになったときだった。

父が帰宅した。珍しく早く帰って来られたらしい。しかも父は、カンカンに怒っている母から事情を聞き、次いで彼の姿を目にしたあとで、

「男の子の遊びというのは、まぁそんなもんだ」

と母をなだめ、その場を取りなしてくれた。

母も父の早い帰宅に機嫌が良くなったのか、また作りかけの夕食を心配したのか、いつまでも怒ることなく、彼を洗面所に追いやると、自分はキッチンへ戻った。

その夜の夕食は楽しかった。母も料理に腕をふるったようで、何の祝い事もない平日にしてはご馳走だった。父は饒舌になり、桜子も李実もはしゃいだ。家庭の団欒という

言葉がとても似合う雰囲気が、ダイニングには漂っている。翔太も、ここ数日の恐れや不安や疲れが薄れる思いだった。

夕食後、リビングから見える二階の廊下に、無気味な人影を目にするまでは……。

十四　過　去

「はぁ……。よう無事やったなぁ」

　辰巳家の廃墟屋敷での冒険談を、翔太が話し終わったところで、仲南幸平は大きく感嘆の溜息(ためいき)をついたあと、とても感情の籠(こも)った口調でそう言った。

「もう駄目かと、何度も思ったよ」

「そりゃそうやろ。普通やったら、足がすくんで動けんようになるわ」

「――なったよ。でも、やっぱり怖いから、必死で逃げたんだ」

「いや、お前は勇気あるで。俺やったら腰抜かして、おまけにションベンちびって、きっと扇婆に捕まってたやろな」

「そんなことないよ」

　幸平なら上手く立ち回り、ちゃんと池内桃子の日記も持ち帰ったに違いない、と翔太は思った。その通りに伝えると、

「けど、それは――ほら、何とか言うやろ」

「命あっての物種？」

「そう、それやんか。日記は手に入れたけど、翔太が扇婆に捕まって、あの家から出られんかったら、どうしようもなかったで」

「うん……。そうだね」

二人がいるのは、杏羅市の文化会館だった。その一階の玄関ホールに設置されたソファの一番端に座り、なるべく目立たないようにしている。

昨夜、リビングから二階の廊下の人影を目にした翔太は、とにかく何か手を打たなければならないと強く思った。

ちなみに人影は、最初に夕飯を食べ終わった彼が、リビングでテレビを観ようとして目撃した。豆電球だけ点した空間の薄暗がりの中で、人影は吹き抜け部分を走る二階の廊下の手すりから、ジィーッと翔太を見下ろしているようだった。

思わず悲鳴を漏らしたため、父に「どうした」と訊かれた。とっさに「変な虫がいた」と誤魔化し、テレビは観ずに自室へ向かった。それから就寝するまでの時間、彼は必死に考え続けた。

その結果、池内家の前に住んでいた家族、すなわち最初に入居した一家に何があったのかを調べるべきだ、という結論に達した。もし変な死に方をしていれば、その記事が新聞に載っているに違いない。まして一家が全滅するような酷い事件が起きていれば、絶対に見つかるはずではないか。

あとは事件と人影の関係について比べ、そこに一致点を見出すことができれば——それを翔太は確信していたが——すべてを両親に話す。そのとき新聞記事は、きっと彼の話の信憑性を高める材料になるだろう。

やるべきことが見えたためか、昨夜は熟睡できた。今朝の目覚めも悪くない。この奇っ怪な状況を何とかしてみせる——という気概が、ふつふつと胸の奥底から湧き上がってくるほどだった。

朝食後、図書館に行きたいと母に言った。昨日の今日のため、さすがに少し疑わしそうな目で見られたが、市役所に電話して訊いてくれた。おかげで図書館は文化会館の中にあり、在住の証明さえできれば、貸し出しも可能だと分かった。

夕方の五時には必ず帰ると約束して、翔太は自転車で家を出た。

もちろん幸平を誘うつもりだった。ただし午前中は母親の世話をすると聞いていたので、ちょっと迷いつつインターホンを押した。すると彼が出たので、手短に事情を話してみた。

しばらく待たされたので、やっぱり無理かと思っていると、静かに扉が開いて幸平が出て来た。

「おふくろ、寝てるから。今のうちに、行こ」

小声で囁きながら、翔太をうながした。二人とも足音を忍ばせて階段を下り、あとは自転車に飛び乗って文化会館を目指した。

ただし図書館では私語が禁止なので、まずは玄関ホールに座り、昨日の体験を話すことにしたのである。

「お前の大活躍に比べたら、えらいショボイけどな。俺、不動産屋に行ったんや」

翔太の廃墟屋敷での報告が一段落ついたところで、幸平が話しはじめた。

「夏休みの宿題で、自分の住んでる家について、調べんといかんいう嘘ついて。おふくろの用事もあったから、ついでなんやけど。そしたら、やっぱりコーポの不動産屋が、あの家も扱ってるみたいでな」

「それで、な、何か分かったの」

翔太が気負い込んで訊くと、幸平は頭を掻きながら、

「相手してくれたんが、新人っぽいお姉ちゃんで、俺がアパート住まいやから、近所の家のことも知りたい言うたら、簡単に教えてくれたんやけど……。さすがに人が死んだかどうかまでは、よう聞き出せんで――」

「うん。それは無理だよ」

「そのうち、彼女の上のヤツらしい、おっちゃんが出て来てな。ごちゃごちゃ何をやっとるんや言われて、お終いや。分かったんは、コーポ・タツミが五年前の四月に、あの家が三年前の七月に、それぞれ完成したってこと。翔太んとこが引っ越して来るまで、あの家には三つの家族が住んだってこと。最初の家族が住みはじめたんが、三年前の八月からやいうこと。それくらいや。すまん」

頭を下げる幸平に、翔太は笑みを浮かべながら、

「幸ちゃん！　その情報、役に立つよ」

「えっ、ほんまに」

「最初の家族に何があったか。事件に巻き込まれていないか。それを調べたいって話をしただろ。でも入居の年月を知っていないと、いつの新聞記事から調べるべきか、それが分からない。もちろん三年前からになるけど、引っ越したのが八月となれば、一月から七月は見なくてすむ。とても助かるじゃないか」

「あっ、なるほど。せやな。けど、八月からはじめるとして、いつまで――」

「池内家が引っ越して来るまで。日付で言うと七月二十九日かな。実際は、もっと前だろうけど」

「桃子ちゃん……か」

とつぶやく幸平の口調に、何か感じるものを翔太は覚えた。

「知ってた？」

「う、うん……。いや、ちょっと話しただけで、仲良うなったわけやないけどな」

「顔見知りってとこか」

視線をそらせた相手を見て、あまり突っ込まないほうが良いと感じた。ひょっとすると幸平は、その桃子という少女に、淡い気持ちを抱いていたのかもしれない。

「で、どんなふうにして新聞を調べるんや」

そんな幸平が元に戻るのは早かった。

翔太は自分の考えを話した。図書館には司書がいるので、奈賀橋町の昔の出来事を調べたいと相談する。どうすれば過去の新聞記事を見られるのか教えてもらうためだ。もし理由を訊かれたら、自分が住む地域のことを研究する夏休みの宿題だと答える。

「抜かりはないってか」

自分と同じ言い訳を思いついたと知り、ニヤニヤと笑う幸平といっしょに、翔太は会館の中の図書館へと向かった。

翔太たちの話を聞いた、五十代後半くらいの女性の司書は、『長箸町村史』という本の存在を教えてくれた。どんな内容かを尋ねると、長箸村の歴史からはじまり、奈賀橋町になるまでの変遷が書かれているという。

百々山の蛇神様のことにも触れてるかも――。

ちらっと翔太は考えたが、とても二人の手には負えそうにない。そこで、あくまでも新聞記事を見たいのだと伝えると、司書は少し怪訝そうな表情をしたが、それなら地方新聞に当たるべきだとアドバイスしてくれた。

過去の新聞は、小型の電話帳といった体裁で、一月分が一冊の分厚い冊子になっているらしい。調べたい年と月を用紙に記入して係の人に渡すと、該当する縮刷版を書庫から持って来てくれるのだという。

翔太は丁寧に礼を述べてから、まず三年前の八月から十二月までの五冊を取り寄せることにした。

ひとり一冊ずつ――翔太が八月、幸平が九月――受け持つものの、最初は慣れずに苦労する。思えば新聞など、普段はテレビの番組欄と四コマ漫画くらいしか見ない。本が好きな翔太は、まだ新刊の広告に目を通すこともある。だが幸平の家では、そもそも新聞を取っていないのだから大変である。

それでも数日分を読み進めるうちに、自分たちが捜しているような事件がどの面に載っているのか、なんとなく分かってくる。すべての面に目を通す必要がないと気づき出す。一月分が終わるころには、二人ともコツを会得していた。

ところが、翔太が十月、幸平が十一月分をすませても、それらしい事件にまったく遭遇しない。残りの十二月分をいっしょに見るが、やはり山の家に関する記事など一切なかった。

ちょうど昼になったので、文化会館を出ると駅まで自転車で走り、手っ取り早くハンバーガーショップに入る。手伝ってもらっているからと、代金は翔太が払った。

注文の品を載せたトレイをテーブルに置き、片方の席に座ったとたん、首を傾げながら幸平が切り出した。

「次の年っちゅうことか」

彼の向かいに腰かけた翔太も、しきりに首を傾げつつ、

「てっきり年内だと思ったんだけど……」

「なんでや」

さっそくハンバーガーにかぶりつきながら、幸平が尋ねる。

「彼女の日記を読むと、恐ろしい出来事が早い時期から、それなりに続けて起こってることが分かる。僕も引っ越して間もないうちから、あの人影を見てるからね」

「せやから」

「つまり悪いことが起きるとすれば、そんなに何ヵ月も先じゃない。そういう気がするんだ」

「なるほど、その通りやな」

「あの家に引っ越して来て、そろそろ一週間が経つ。まだ当分は大丈夫かもしれないけど……」

「そら、早う調べるにこしたことないわ。ところで、お前より彼女のほうが、なんや大変な目に遭うてる気がするねんけど、違うか。扇婆の件は別にしてやで」

「そうだね」

「どうしてやろ」

「もしかすると彼女たちが、クリスチャンだったからかもしれない」

幸平が怪訝な表情をしたので、ただの憶測だと断わったうえで、

「十字架や聖人の絵って、神様に関わるものだろ。特にキリスト教を信仰している人たちにとっては大切な、いわゆる聖なるものってヤツじゃないか」

「それを百々山の蛇神様が嫌うたんか」

「そのままにしておくと、あの家を守られてしまう。だから引っ越して間もないうちに、それらを撃退した。そんなふうに、僕には思えた」

「やっぱりお前、頭ええわ」

「別に、そんなこと――」

恥ずかしがる翔太に、お前も早く食べろと、幸平はハンバーガーを指差しつつ、

「で、きっと最初の家族も、引っ越してすぐに怖い体験をしたに違いない、とお前は考えた。せやのに十二月になっても何も起こらんのは、変やいうことか」

「記事になってないのかな」

「いや。こんなに新聞を真剣に見たん、俺はじめてやけど、結構どうでもええことでも記事になっとるやろ」

「地方新聞だから、特にそうなんだろうな」

「せやろ。ということは、人が死んだなんていう出来事は、絶対に記事になってるはずや。それも同じ家で、何人も死んでるんやったら、なおさらやで」

しばらく翔太は考え込んでいたが、急に思いついたように、

「病死だったら、記事にはならないよ」

「えっ……」

「扇婆は殺されたって言ったけど、それは僕たちが思うような、実は殺人事件じゃなかったのかも」

「蛇神様の祟りで、病気になって死んだ？」

「うん。そうやって家族が、ひとりずつ死んでいったとしたら……新聞の記事にはならないよね」

「その場合、死んだヤツらは、自分が蛇神様の祟りで殺されたんや……って、ちゃんと分かってたんかな」

「いや、それはどうかな。さすがに二人目、三人目になると、残った家族が変と感じるのは間違いないと思う。それでも、あの山のことを知らない限り、いきなり蛇神様だとか、祟りだとか、普通は考えないよ」

「せやったら殺された者が、幽霊になって出るんは、おかしいんと違うか」

「………」

幸平の指摘は鋭かった。何も知らずに死んでいったのなら、あんな人影にはならないのではないか。確かにその通りである。

「ただ、それだけやないからなぁ」

それなのに幸平は、続けて意味深長な物言いをした。

「えっ、どういうこと？」

「モモちゃんとこに出た、ヒヒノとかいう気色の悪いヤツがおるやないか。おまけに桃子の妹は、ドドツギなんてのを見てるんやろ」

「あっ、そうだった。人影だけじゃなくて、妹が変なものと会ってる共通点には、僕もびっくりした」

「偶然なんかな」

「さぁ……。ただモモも、桃子の妹の梨子も、まだ小さいから、そういうものが見えたのかもしれない」

「せやな。そうなるとヒヒノとドドツギは、実は同じヤツなんか」

　翔太は大人がするように両腕を組むと、

「うーん、どうだろ。なんとなくだけど、同じ匂いというか、同じ気配がするような気がするんだけど……」

「ああ、それは俺も感じた」

「同じAという存在に対して、モモはヒヒノと言い、梨子はドドツギと名づけたと考えれば、名前が違うのも当たり前だからね」

「なるほど。で、人影とヒヒノまたはドドツギは、どういう関係なんやろな」

「人影が、あの家で過去に死んだ住人の幽霊なら、ヒヒノは、あの山に昔から棲んでる妖怪じゃないか——って思ったんだけど、どうかな」

「なら、ヒヒノのほうは大丈夫なんか」

「……分からない」

「妖怪って、ええヤツなんやろ」

「いや、悪い妖怪もいるよ。それこそ人間を喰っちゃうような……」

「そっちのほうは、どないする？」

人影のことばかりが頭にあり、ヒヒノについては何も考えていなかったことに、あらためて翔太は気づいた。

「モモちゃんの感じやと、悪いヤツとは違うみたいやけどな」

「うん……。でも、相手が妖怪となると……」

「あっさり信用する気に、ならんわなぁ」

「まだ一度しか出ていないから、こっちはもう少し様子を見るよ」

「せやな。ほな、先に幽霊のほうを片づけてしまおか」

幸平は残ったハンバーガーを一口で食べ、ジュースを一気に飲んでしまうと、口をもぐもぐさせながら、

「それにしても、桃子と梨子、桜子と李実って、なんや似てへんか」

「トウコにリコって読むけど、漢字で書けば桃と梨だし、桜子は桜で、李実の李ってスモモのことなんだ」

「へぇ。お前の姉ちゃん以外は、みんな食べられるんか」

「おまけに池内家で飼ってたオウムの名前がクリコで、漢字にすると栗の子になるんだから変だよね」

「でも、単なる偶然やろ」

「うん……」

それは間違いないと思うのだが、この微妙な符合に何とも言えぬ薄気味の悪さを覚えてしまう。そんな気持ちが顔に出たのだろうか。

「えらい目に遭うてるお前と、桃子の名前がそもそも似てへんのやから、別に気にすることないわ。池内と日比乃も、まったく違う名字やしな」

何でもないことだと、あっさり幸平は片づけた。

しばらくして、食事を終えた二人はハンバーガーショップを出ると、文化会館へ戻りはじめた。

「お前の自転車、やっぱり格好ええなぁ」

横に並んで走っていると、その日もう何度目になるか分からない賛辞を、またしても幸平が口にした。

「ピカピカやもんなぁ」

翔太が乗っている自転車は、去年の誕生日に買ってもらったマウンテンタイプで、ほぼ毎日のように布で磨いている。幸平が乗っているのはサイクリングタイプだが、かなり年期が入っているように見えるのに、なぜか彼には少し大きかった。

「これ、お前と同じで、おふくろが誕生日にくれたんや。ただ、買うたんやのうて、店の客からもろたって言うんやけど……。その客、どっかからパクッてきたんやと、俺は思うねん」

パクるというのは、盗むという意味らしい。それでサイズが合わないのかと納得したが、どう応えていいのか翔太は困った。

「せやから、こうやって町中を走っとると、いつポリに声をかけられるか、いつも冷や冷やするんや。下手したら、俺が盗ったと疑われるもんなぁ」

ポリというのは、もちろん警察官のことである。

「もしそうなったら、僕が証言するよ。その自転車は、幸ちゃんのお母さんが、お客さんからもらったものだって」

「うん。ほんま頼むわ」

図書館に戻ると、今度は翌年の一月から七月までの縮刷版を一度に、係の人に持って来てもらった。あとはお互い黙々と、ひたすら記事を確認してゆく。

一月と二月が終わり、三月と四月がすみ、五月と六月が過ぎて、二人で見はじめた七月の縮刷版も、とうとう二十九日になってしまった。池内桃子の一家が、あの山の家に引っ越して来た日である。

「ないね」

「ああ、あらへんな。見落とした思うか」

すぐに翔太は首を振った。

「どないする？　他の手を考えるか」

「その前に、このままもう一年、同じようにチェックしたいんだけど」

「池内桃子の家族が、記事になってるかもしれんからか」

「四つの人影が、すべて最初の家族とは限らないだろ。池内家の人や、三番目に住んだ人が交じってるのかもしれない」

「ええっ！　ほんなら今年の七月まで、お前んとこが引っ越して来るまで、その間の新聞をぜーんぶ見んとあかんのか」

　幸平の声が大きくなったので、「シィー」と人差し指を唇に当てつつ、

「とりあえず、もう一年分だけでいいと思う。そこに何も発見できなかったら、あとは同じじゃないかな」

「せやな。ほな、さっさとやってしまおか」

　しかし、もう夕方になろうとしていた。夏のことゆえまだ明るかったが、今日は五時に帰ると約束してある。それを幸平に言うと、

「ああ、そういう場合は、五時ギリギリに帰るんやのうて、三十分くらい早うするんや。そしたら、おふくろの印象もようなるからな」

　相談した結果、明日の朝九時に、コーポ・タツミの前で落ち合うことにした。幸平は明け方ごろ帰って来る母親の目を覚まさないように、そおっと抜け出して来るという。翔太は今日の約束をきちんと守れば、明日の外出も問題ないはずだ。

　予定通りに翌日は朝から、池内家が引っ越して来た一昨年の七月から昨年の六月までを対象に、二人は手分けして地方新聞の縮刷版を調べた。それなのに山の家に関する記事が、ひとつも見つからない。そのまま念のため今年の六月まで確認したが、やはり何

も出てこない。

つまり百々山の一軒家では、新聞種になるような人死にが、建ってから今日まで一度として起こっていないことになる。

では、なぜ幽霊のごとき人影が現れるのか。

いったいあれらは何者なのか。

自分の目撃した人影が、前の住人の幽霊ではないかと思っていたとき、もちろん翔太は怖かった。だが、その解釈が否定されてしまうと、もっと怖くなった。

その日の夕方、彼は我が家に帰るのが恐ろしくて仕方なかった。

十五　告白

七月最後の土曜日、父は朝から休日出勤した。ただし会議だけなので、夕方には帰宅できる予定だという。

母は午後から、町内会の集まりに出かけた。昨日、〈トクイチ〉というスーパーで買い物中に、赤ん坊連れの若い主婦と知り合った。それが偶然にも奈賀橋町の住人で、今日の集会のことを教えてくれた。ぽつんと我が家だけ離れているため、どうやら回覧板がちゃんと届かなかったらしい。

桜子は相変わらずメル友たちと遊び回っている。とはいえ姉より家にいるはずの翔太に比べて、夏休みの宿題は順調に消化していた。中学生と小学生では量も内容も違い過ぎるので、比較すること自体ナンセンスだが、やっぱり姉の要領の良さは認めざるを得ない。

ちなみに彼は、転校するのであれば宿題をしなくてすむかもと、その点に関してだけは喜んだのだが、そんなに現実は甘くなかった。

李実は一昨日から、少し機嫌が悪い。それも翔太に対してだけである。原因は、彼が二日も続けて幸平と図書館に出かけたからだ。姉の外出には何の反応も示さないのに、兄になると違ってくる。特に引っ越し以来、その傾向が顕著になっている。

それでも翔太が朝から相手をしていると、やがて機嫌良く遊び出した。本当は昼から幸平を訪ねたかったが、母が出かけるので駄目になった。町内の集会が終わって戻るまで、妹の面倒を見なければならない。

まっ、いいか。ここ数日、あまりモモとは遊んでないしな。

そう思うのだが、なかなか集中できない。もちろん新聞を調べた結果に不満が――いや、不安があるからだ。自分が住む家で、過去に多くの人死にが出ている……と分かって慄(おのの)くのではなく、何も起こっていないと知って恐怖するのだから、とても変だとは感じる。だが、現に怖くてどうしようもない。

せめて二階のベランダと手前の廊下、一階の和室、裏口に通じる廊下と扉には近づかないようにしていたが、リビングだけは避けられない。今も李実が遊んでいる。午前中は彼の部屋で遊ばせたが、やはり一日中は無理である。なるべく西側――二階の廊下が頭上にくるあたり――には寄らないよう注意するが、妹を納得させられる理由が思いつかないので、ほとんど説得力がない。

それに外から戻って来た場合、玄関からホールに上がった家族の誰もが、まずリビングに顔を出す。そのとき問題の二階の廊下は、もろに頭の上になる。つまり見下ろす人影の真下に、わざわざ身を置いているかもしれないのだ。

ここだけは、どうしようもないな。

翔太にできることは、この家の隠された秘密を探り当てること。それも一日も早く。

それだけである。

図書館での調査が完全に空振りに終わったあと、幸平は別れ際に、なんとか別の方法で探ってみると言っていた。普通なら三年以上も暮らしていれば、地域の人と顔見知りになっているだろう。ただ、それを仲南家に求めて良いものか。正直なところ翔太には疑問だった。幸平が自分のことを思ってくれる、その気持ちはもちろん嬉しい。

しかし、そのために彼が何か無理をしないか、無茶を起こさないか、仲南家の立場を悪くしないか、と心配で仕方がない。何か考えがありそうなのに、それを喋らなかったのが、どうも気になる。

漠然とだが友だちの身を翔太が案じていると、

「ただいま」

意外にも早く母が帰って来た。

「お帰りなさぁーい！」

李実が玄関まで駆け出したあとを、翔太もゆっくり追いかける。

「あれ、もう終わったの」

「そう……」

母は妙な表情をしていた。狐につままれたような……という表現があるが、まさにそんな顔である。

「紅茶でも淹れようかしら。温かいのだけど、飲むでしょ」

キッチンで自分と翔太にはレモンティーを、李実にはミルクティーを作ると、母はリビングに腰を落ち着け、しばらくは黙って紅茶を飲んでいた。

「どうしたの。何かあった?」

その様子が明らかに変だったので、気になって尋ねると、

「それがね、間違いだったの」

「えっ……。町内会の集まりじゃなかったってこと?」

母は弱々しくうなずきながら、

「坂道の左手に、普通の家にしては愛想のない、変な建物があるの知ってる? あれが町の集会所なんだけど――」

坂道の下に祀られた祠を背にして、西北西の方向に建つ山の麓の家のことらしい。

「そこに一時半って聞いたから、お母さん、五分前には行ったの。そうしたら外にいても聞こえるくらい、もう十数人は集まっていて、わいわいお喋りしてた。王田さんの顔もあったのよ」

王田というのは昨日、スーパーのトクイチで知り合った若い主婦である。

「それがね。お母さんが部屋に入ったとたん、ぴたっと話し声が止んで……。まだ、ちゃんと挨拶していなかったからね。そう思って、引っ越しのご挨拶が遅れまして、って

言ったんだけど……」

「無視された？」

「ううん……。そういう人もいたけど、返礼する人もいたの。けど、なんかよそよそしいというか、距離を置いているような感じだった」

翔太は思わずドキッとした。町の人たちは山の家の住人に対して、何か思うところがあるのではないか。

「他所者を受け入れるのには、時間がかかるぞ、っていう雰囲気なんだ」

ただし母には、そう応じておいた。

「そうねぇ。やっぱり、そういうことかしらねぇ」

と言いながらも母は首を傾げ、あまり納得しているようには見えない。

「一時半になったところで、町内会の会長さんが見えたの。敷島さんとおっしゃる、七十前後くらいの男の人だった。ほら、西側の一番端に立派な家があるでしょ。あそこが会長さんの家ね」

山の坂道から臨むと南南西の方向になる。町の中心に広がる田畑をはさんで、ほぼ辰巳家と対面している家である。

「だからお母さん、すぐ敷島さんにご挨拶したの。そうしたら、とても驚いた顔をなさって……。まるで、そこにお母さんがいるのが、意外でたまらないって感じだったわ」

「………」

「ある人が会長さんの側まで行って、何か耳打ちしたの。すると『今日は町内会の集まりではありません』って、敷島さんが言うのよ」

「お母さんに？」

「そうなの」

「でも、王田さんに聞いたんでしょ」

「ええ。それで彼女に確かめようとしたんだけど……。王田さん、お母さんが部屋に入ってから、一度もこっちを見ようとしないのよ」

「………」

「お母さんとだけじゃなく、誰とも喋っていなかったから、具合でも悪かったのかもしれないけど……。ただ、隣の人とは少しだけ――あっ、会長さんに耳打ちをしたのが、その人なんだけれどね」

とても厭（いや）な感じがした。王田↓隣の人↓敷島という流れで、まるで何か邪悪な伝言が行なわれたようではないか。

「そう言えば、会長の敷島さんと王田さんの隣の人、それにあと四人くらいが、主要メンバーという感じだったわね。ちょうど男女が半々の割合で」

「その六人が、町内会の役員ってこと？」

「そうじゃないかしら。あっ、そうそう。そのうちのおひとりは、辰巳さんのお屋敷の――知ってる？　山の下に建ってる、あの大きな家なんだけど」

知っているどころではないが、黙ってうなずくだけにしておく。

「あそこの隣の家の奥さんだったわ。お母さん、買い物に行くときに、たまたま見かけたことがあるから」

翔太が廃墟屋敷に連れ込まれるのを、見て見ぬ振りをしたあの主婦ではないか。

「そ、それで？」

「しばらく六人で何か話してたけど、結局『町内会の集まりは、またあらためてご連絡します』って――」

「会長の敷島さんが？」

「そう、その六人の代表でおっしゃった感じね。『なら今日は、いったい何の集まりなんです？』って、よっぽど訊こうかと思ったんだけど……」

「やめたんだ」

「気がついたら、みなさんがお母さんのこと、ジィーッと見てるのよ」

「王田さんも？」

「あっ、そう言えば彼女だけ下を向いてた。みんながお母さんを見るのは、当たり前っていうか、そんなに変じゃないわけだけど……。なんかね、お母さん、ちょっと気味が悪くなっちゃって……」

「何の集まりだったんだろ」

「さぁ……。王田さんは、毎月の第一土曜日に町内会があるけど、明日は珍しく臨時の会があるんですって、確かに昨日そう教えてくれたのよ」

王田が母に言ったことは、おそらく正しいのだ。ただし、その会合に母は呼ばれていなかった。もっと正確に表現するなら、日比乃家の者は誰も出席を望まれていない。それを王田は知らなかった。赤ん坊連れの若い奥さんだというから、ひょっとすると奈賀橋町の王田家で暮らすようになって、まだ間がないのかもしれない。

僕らは出席者じゃなく、きっと臨時の町内会の議題そのものなんだ。

そんな考えが、パッと翔太の脳裏に閃(ひらめ)いた。この家に引っ越して来たのは、先週の土曜日である。その次の土曜日の今日、珍しいと言われる臨時の町内会が開かれるのは、なんとも意味深長ではないか。

「来月の第一土曜日に町内会があります、という回覧板が来ても、お母さん、ちょっと行くのをためらっちゃうわね」

母の心配をよそに、翔太は思った。そんな回覧板は来ないか、来ても肝心の町内会は表向きだけで、本当の会は母抜きで別に開かれるのだろう……と。

「でも、そんな弱気になってちゃ駄目ね。この家は、ただでさえ町から離れてるんだから、そういう集まりは大切にする必要があるわよね」

町から離れているのを幸いに、ここの人たちは山の家と付き合いたくないのだ。

「焦ることはないけど、やっぱり地域に溶け込むのは、早いほうがいいでしょ」

向こうは決して、こちらを受け入れる気などない。

「お父さんのお仕事次第では、長く住むことになるんだから」

さっさと引っ越すべきではないか。

「そのためには、みなさんとお近づきにならなきゃね」

別のものが近づいて来ているとしたら……。

「ねぇ、翔太」

それも正体不明の人影と、

「ちょっと翔太？」

同じく正体不明のヒヒノという脅威が……。

「翔太！　どうしたの」

「えっ……。な、何？」

とても心配そうな母の顔が、目の前にあった。そこには不安と恐れの感情も読み取れるほど、すごく複雑な表情である。

「ここに来てから、お兄ちゃん、少し変なの」

それまで黙っていた李実が、いきなり内緒話をするように低い声を出したが、翔太の耳にもはっきりと届いている。

「そう。どう変なの？」

「うーんとね、よく家の中をね、こうやって見てるの」

母の問いかけに対し、あちらこちらへ首をぐるぐる動かしながら、

「でも、お兄ちゃんの見てるところには、なーんにもないのよ」

「……………」

「それから、和室で遊んじゃいけないとか、二階のベランダに出ちゃいけないとか、リビングでも奥にいるようにしろとか、変なことばっかり言うの」

相変わらず李実は、内緒話を続けているつもりらしい。しかし母は、彼にも聞こえていることが分かっているようである。

「……翔太」

「ちょっといい？」

このわずか数秒の間に、翔太は悩みつつも考えた。その結果、心を決めた。すべてを母に打ち明けようと。

彼の様子が尋常ではないと気づいたのだろう。母はダイニングに場所を移した。幸い李実はリビングに残り、ひとりで遊んでいる。母と兄の会話に興味がないというより、自分が加わってはいけないのだと、幼いなりに察しているのかもしれない。

「あのね」

何から話せば良いのか。どこから話すべきなのか。いざとなると頭が混乱する。

「お代わりを飲みましょう」

そう言うと母は、キッチンに立った。最初に淹れた紅茶を、翔太がほとんど飲んでいないため、新しいものをと思ったのだろう。それとも喋りあぐねている彼を見て、気持ちを落ち着かせようと考えたのか。

やがて、カップを二つ盆に載せ、母がダイニングへ戻って来た。翔太の前にひとつ、自分の前にひとつ置くと、椅子に座って美味しそうに飲み出した。それにつられて、彼もカップに手をつける。

夏なのに温かい紅茶なんて、と最初も思ったが、冷たくないので一気には飲めない。ふうぅふうぅと冷ましながら、少しずつ飲んでいるうちに、知らぬ間に力が入っていたらしい両肩が、ふっと軽くなってゆく。

暑い日に熱い飲み物も悪くないな。

そう思ったところで翔太は、幼いころ近所の空き地ではじめた覚えた、あの厭なドキドキ感の体験から話し出していた。

「——それで一昨日と昨日、幸ちゃんと図書館に行ってたんだ」

結局、すべてを母に打ち明けた。まだ外は明るかったが、もう夕方らしい。

喋っている間はテーブルに身を乗り出し、どうにか信じてもらおうと、言葉だけでなく身体にも力が入っていた。それが今は椅子にぐったりともたれ、妙な虚脱感に包まれている。

……みんな言っちゃった。

そんな解放感と共に、どう受け取られたのか分からない不安感もある。その両方が交ざり合い、とても変な気分だった。

「翔ちゃんが嘘をついてるとは、お母さんも思ってないの」

彼が話している間、ほとんど口をはさまなかった母は、まず真剣な眼差(まなざ)しでそう言った。

「まだ翔太が幼かったころ、桜子と二人で空き地から帰って来たあの日、何か変だなって感じた。そしたらリエちゃんが、行方不明になってしまって……。その後の、あの商店街のときもそうだった。あとから無差別殺人が起きたって知って、あなたに助けられたんじゃないかって、お母さん、もうびっくりしたわ」

「………」

「もちろん、そんなドキドキ感を覚えるなんて、思いつきもしなかった。その手のものに対して、少し勘が鋭いのかな程度でね」

「自分でも、そう思ってた」

「ええ……。ただね、今の話が本当かどうか、お母さんには分からない」

「でも――」

「違うの。あなたが作り話をしているとかじゃなくて。例えば、その家の中に現れる人影だけど、過去にここで亡くなった人の、幽霊じゃないかって話でしょ？」

「うん……」

「ところが、図書館で調べた新聞の記事には、ひとつも該当するものがなかった」

「そうなんだけど――」

「だからね、人影が幽霊で、そのヒヒノやドドッギが妖怪だっていうのが、本当かどうか分からないってことよ。お母さんが言いたいこと、理解できる？」

「なんとなく……だけど」

つまり現象は認めるとしても、その解釈まで受け入れるのは抵抗がある。もっと別の理由が考えられるのではないか。あまりにも悪く想像し過ぎているのでは……というのが、息子の話を聞いた母の率直な感想らしい。

やっぱり駄目か……。

完全に否定されないだけ良いのかもしれないが、これではわざわざ話した甲斐がない。両親に打ち明けるのは、たった一度のチャンスだと考えていただけに、母の反応は翔太を打ちのめした。

「ただね」

そこで母は、じっと翔太を見つめながら、

「このまま何もしないで、ここに住むのは、ちょっとどうかとお母さんも思うわ」

「えっ？」

「家族が安心して暮らせる家でないと、やっぱり困るでしょう」

「じゃあ、調べてくれる？」

こっくりとうなずく母を目にして、実は良いタイミングで打ち明けられたのだと、彼は遅まきながら気づいた。

きっと町内会のことが引っかかってるんだ。
母自身も奇妙な体験をし、それが息子の話とあながち無関係ではない、と感じたから
こそかもしれない。
「お父さんにも相談するけど、今はお仕事のほうが大変だからね」
「でも、どんな方法で？　新聞は役に立たないし、下の町の人たちに訊くことも無理で
しょ？」
「そうね。ただ王田さんも、二人だけで会えば、もしかすると協力してくれるかもしれ
ない。それに不動産屋さんがいるわね」
「けど……」
「もちろん、あなたが言ったような話はできないわよ。でも適当な理由を考えて、こち
らの知りたい情報を聞き出すことは、きっとできると思う」
「本当？」
「やってみないと分からないけど——。翔太と仲南くんが、そこまでがんばったんだか
ら、お母さんも負けてはいられないわ」
そう言って微笑んだ母の顔を見たとたん、翔太は心から安堵した。やはり自分たち子
どもとは違い、大人はさすがだと感心した。
その夜、翔太は寝る前の李実に、もしヒヒノが会いに来たら、自分を呼びに来るよう
にと言いふくめた。相手に見つからないほうが良いが、それは難しいかもしれない。と

にかくトイレに行く振りでもして、まだヒヒノが両親の寝室にいる間に、自分に知らせることを約束させた。

　ところが、そのまま何事もなく翌朝になった。

　翔太よりも早く李実は就寝する。だから遅くまで起きて待っていても意味はない。仮に夜中にヒヒノがやって来ても、李実が熟睡していれば終わりである。それでも彼は、寝ずに待ち続けた。万一のことを考え、妹の知らせに備えた。

「お兄ちゃん！　もう、おはよーだよ」

にもかかわらず李実の声で起こされると、すでに朝だった。

「お、おい！　ヒヒノは？」

「出た」

「ええっ？　なら、どうして――」

「だって、ヒミコも出たんだもん」

十六　二〇六号室

李実によると昨夜はヒヒノだけでなく、なんとヒミコという新しい存在も現れたというのだ。

「ヒミコは、女なのか」

「うん」

「ヒヒノとは、どういう関係なんだ？」

「モモは、結婚してると思ったんだけど……。なんか違うみたい」

「どうして？」

「分かんない……。けど、仲は悪くないと思う」

同じ仲間、種族ということだろうか。

「ヒミコも、この山に棲んでるのか」

「そうだよ」

翔太がヒミコと聞いて真っ先に思い浮かぶのは、前に父といっしょに観たテレビ番組で紹介していた、邪馬台国の女王〈卑弥呼〉である。邪馬台国の存在した地域が、近畿か九州かで意見が分かれていることも、その番組では取り上げていた。

　まさか、この山が邪馬台国の一部だったとか。

　とんでもない発想が浮かんだが、いくら何でもあり得ないと感じた。もし百々山が仮にそうだったら、この地は古墳になる。そんな重要な場所を、専門の学者が見逃すだろうか。また大昔の女王が、李実の前に姿を現したと見なすのも、どうにも受け入れがたい。第一ヒヒノはどうなるのか。それとも彼は、女王にしたがう家来だとでもいうのか。

　いずれにしろ図書館で調べるべきだろうか、と翔太が考えていると、

「他にもいるって。そのうちモモに、挨拶(あいさつ)しに出て来るって」

　李実が驚くべき事実を告げた。

「ヒヒノやヒミコ以外にも、まだ仲間がいるって、そいつらは言ったのか」

「出て来るまで、あと少し時間はかかるけど、最後には全員がそろうって」

　全員がそろう？

　翔太の脳裏に、これまで目にした人影がちらつく。

　あの人影の中に、ヒヒノとヒミコがいる？

　やはりあれらはひとつの家族であり、この家で不慮の死をとげたのではないか。それが彼には人影となって見え、妹にはヒヒノやヒミコとなって映るのだとしたら。

「モモ、正直に答えて欲しいんだけど」

「なぁにぃ」

「ヒヒノもヒミコも、そういう名前だって、向こうが名乗ったんだよな。モモが、そう思ったわけじゃないよな」

「当たり前でしょ。モモが名前をつけるなら、もっとセンスがあるのにするもん」

李実は本当のことを言っている、と翔太は思った。ということは、桃子の妹の梨子が会ったドドッギという存在も、そいつ自身が名乗ったと考えるべきだろう。つまり他にもいるらしい仲間の中に、ドドッギが入っているのかもしれない。

人影は四人いた。

ヒヒノ、ヒミコ、ドドッギ、あとひとりいるのか。

そう考えた翔太は、すぐ李実に尋ねた。

「全員って、何人か言ってなかったか」

「うーんとね、六人だって」

「えっ……」

おかしい。数が合わない。

それとも二人分の人影を、自分は見落としているのか。

翔太は頭が混乱した。この家で見舞われている不可解な状況に、彼なりに納得のいく解釈を考えついたつもりだったのに。

この気持ち悪さは、いったい何だろう……？

もちろん人影もヒヒノたちも無気味だったが、その二つが同じ存在であり、かつての住人の幽霊だと分かれば、かなり恐怖は和らぐ。幽霊そのものは怖いが、正体がはっきりすれば対処の仕方を考えることができるからだ。

だが、この分かったようで分からない……、合うようで合わない……、とても宙ぶらりんの状態は、まるで高い塔の天辺に置き去りにされたような、何とも言えぬ不安定さを覚えずにはいられない。少しでもバランスを崩すと、あっという間に真っ逆さまに落ちてしまう。そんな脅威に曝されている気分である。

早く起きろと騒ぐ李実の横で、翔太はパジャマから服に着替えながら、背筋に冷たいものが伝い下りるのを感じた。七月最後の天気の良い、日曜日の朝にもかかわらず。

「おはよう」

ダイニングに行くと、すでに父と桜子がテーブルに座っており、母がご飯と味噌汁をよそっていた。日比乃家では週末の土日の朝は、昔から和食と決まっている。普段がパンだけに、いつも新鮮な気持ちになる。

「いただきます」

日曜日の朝食は、たいてい一週間の報告会と化す。主に桜子と翔太が学校で、李実が幼稚園で、何があったかを父に話す。しかし、今は夏休みである。桜子が新しい友だちの話題を提供したくらいで、翔太も李実も大して話すことがない。それでも妹は、姉に負けじと精一杯お喋りしている。

もちろん彼には、とんでもない体験が色々とあったが、それをここで口にするわけにはいかない。ちらっと母を見たが、すでに父に相談したのかどうか、その表情からは読みとれなかった。あとで訊いてみようと思っていると、

「翔太は、どうやって過ごしてたんだ？」

突然、父に話を振られた。

「えっ……べ、別に……。普通だよ」

「友だちができたそうじゃないか」

「うん、仲南幸平くん——、山の下のコーポに住んでる」

「同級生になる子だろ。良かったな。近くに友だちがいて」

「モモのお友だちはぁ？」

横から李実が口をはさんだ。もう姉と兄には友だちができているのに、まだ自分にはひとりもいないと、すねているらしい。

「幼稚園がはじまると、すぐにできるよ」

なだめるように父は返したが、すぐ母のほうを向くと、

「このあたりに、小さい子どもはいないのか」

「さぁ。子どもどころか、大人でも出歩いてる人を、あまり見かけないわね」

ギクッとした。言われてみれば確かに、ほとんど誰の姿も目にしない。これまで翔太が出会ったのは、仲南幸平、香月希美、辰巳扇、そして辰巳家の隣人くらいである。そのうち幸平と香月はコーポの人間であり、彼女を見たのは建物の二階の廊下でだった。

つまり扇婆以外で見かけた町の人は、あの主婦だけになる。

「そう言えば、朝もあまり出会わないな」

父は車で通勤している。そのため町の人と駅までいっしょになることはない。とはいえ車は、町の中心に広がる田畑を突っ切る。周囲の家から勤めに出る大人の姿が、ちらほら現れてもおかしくないはずである。

このとき翔太は、急に扇婆の言葉を思い出した。

──あん家に人が入っとる限り……、まぁ滅多なことじゃ……、こん家まで、御山のあれは来んけ。

──そしてな、こん地は安泰で、人々も安心して暮らせるけ。

今でも意味はよく分からない。ただ母や父の話と何か繋がりがある気がした。とても厭な関係が……。

その日は朝食後から日暮れまで、ほとんど父と遊んで過ごした。桜子はしぶしぶ参加している素振りだったが、結局は李実と同じくらいはしゃいだ。翔太は最初こそ無理をしたものの、例の話が父に伝わっていると母に確認してからは、結構それなりに楽しむことができた。

幸平には前もって、土日は遊べそうにないと言ってある。それでも父たちと笑い合っているときなどにふと、彼は今ひとりでいるのだろうかと思い、なんだか申し訳ないような、後ろめたい気分を覚えて困った。

夜、岡山に住んでいる父方の祖母の多江から電話があった。今度の金曜日、こちらへ遊びに来るという。そのまま週明けまで滞在するらしい。

大好きな祖母のひとりに会えると分かり、李実は大喜びだった。桜子が嬉しそうにしているのは、間違いなくお小遣いをもらえるからだろう。翔太はというと、まず思ったことがある。

お祖母ちゃん、ここをどう思うかな。

例のドキドキ感について、実は二人の祖母には、それぞれ一度だけ話していた。どちらも普通に受け止めてくれたが、そこからの反応が違っていた。

岡山の祖母の多江には、そういう場合は周囲をよく観察して、これから起こる出来事に備えるようにと注意された。

福岡の祖母の喜和子には、一刻も早くその場を離れて逃げ、二度と関わらないようにしなさいと諭された。

今では、どちらの言葉も正しいのだと理解している。

明けて月曜日、翔太は朝食後さっそくコーポ・タツミへ向かったのだが、

「悪い。おふくろが目も当てられん状態やねん」

扉を少しだけ開けた幸平に、やんわり断わられた。彼によると、普段は土曜と日曜の夜は店が休みのため、それぞれの翌朝はいつも大丈夫らしい。ただし春や秋の観光シーズンになると、フリの客が入るので店は無休になるという。夏休みに入った今も、どう

やら同じみたいである。

大人に夏休みは関係ないのにと翔太は思ったが、その疑問が表情に出たのか、

「まぁ飲み屋の場合は、色々と影響があるいうこっちゃな」

幸平には悟ったような口調で返された。

午後から会う約束をして、仕方なく家に戻る。珍しく桜子が外出せずに、李実の相手をしていたのには、少しびっくりした。しかし、明日が友だちを家に呼ぶ日だったと思い出して、すぐに納得した。

午後から母が出かけるのに合わせ、彼も家を出た。

「ちゃんと調べてくるからね」

玄関先で囁いた母にうなずき、自転車を一気にコーポ・タツミまで飛ばす。

ところが、二〇一号室のインターホンを押しても、まったく応答がない。室内では確かにピンポーンと鳴っている。また母親の用事で急に出かけたのかと思い、扉の隙間を見るが、メモらしきものは見当たらない。扉の上と下も捜すが、やっぱりない。

おかしいな。

急用で幸平が外出したとしても、この前のように翔太宛てのメモを残していくだろう。そんな時間がないほど急いでいたとしても、「ごめん」の一言くらい彼なら書きそうである。外見は粗野に見えるが、結構あれで気づかいするヤツなのだ。まだ短い付き合いにもかかわらず、相手の律儀な性格について、ちゃんと翔太は認めていた。

あっ、お母さんの具合が悪くなったのかも。

おのれの想像に自分で焦ってしまったが、それなら救急車を呼んだに違いない。そう考えて少し安心した。サイレンの音が聞こえなかったからだ。

どうしたんだろう？

二〇一号室の前から立ち去りがたく、なおも彼が扉を見つめていたときである。

「これ、かしら」

横を向くと、目の前に香月希美が立っていた。

ひぃぃ……と出かかった悲鳴を呑み込むと、視線が彼女の右手に釘づけになった。

彼の顔の前でヒラヒラさせているのは、どうやら幸平が残したメモらしい。それを彼女が扉の隙間から抜き出したのだ。彼が来る前に。

どうして？

幸平が出かけるところを見たのなら、扉に何かはさんだのは分かるだろう。だが、なぜ彼女がそれを取るのか。そう考えて相手を見ているうちに、

……綺麗な人だなぁ。

こんな状況なのに、香月希美に見蕩れそうになった。ただし、どこか変だった。具体的な指摘はできないが、間違いなく何かが妙である。普通ではないというか、歪な感じがするのだ。一言で表現すると、

……怖い。

それでも翔太は必死の思いで、

「そ、それは……」

なんとか声を出して、彼女に話しかけた。

「ここの扉に……、は、はさんであった、ものですか」

ゆっくり希美がうなずく。

「そ、それ……、僕に、だと思います」

再びうなずく。

「だ、だったら……、見せて、もらえませんか」

恐る恐る右手を伸ばすと、すうっと彼女が下がった。さらに前へ出ると、またしても後ろに退く。なおもメモを追い求めると、その分すり足で離れる。

ハッと翔太が気づいたときには、日中でも薄暗い二階の廊下の奥へと、希美によって巧妙に誘い込まれていた。

「か、帰ります」

慌てて踵(きびす)を返しかけると、

「いいの？　ここには今日、どこに来て欲しいか、それが書いてあるのに」

「…………」

嘘かもしれない。しかし、本当の可能性もある。しかも、やっぱり幸平の母親の具合が悪くなって、それで自分に助けを求めているのだとしたら……。このまま逃げ帰るわけにはいかない。

「み、見せて下さい」

「いいわよ」

微笑みながら希美は、二〇六号室の扉を開けた。

「さぁ、どうぞ」

「い、いえ、僕は……」

「お部屋の中で、見せて上げる」

「…………」

「嫌なら、別にいいのよ」

その口調には、後悔しても知らないから……というニュアンスが感じられ、翔太の心を掻き乱した。

メモさえ見たら、すぐ帰ればいい。

彼女が開けた扉から、玄関の三和土に入りかけて、ムワッとした物凄い熱気に包まれた。まるで温室の中に足を踏み入れたかと思うほど、たちまち全身からドッと汗が吹き出した。

な、なんだ、これ？

とっさに彼は足を止めた。だが背後からグイグイと押されて、パタンッという扉の閉まる音と共に、灼熱地獄の室内に閉じ込められてしまった。

「こんなところに突っ立ってないで、奥へどうぞ」

耳元で彼女に囁かれる。

「こ、ここで――」

結構ですと言いかけて振り返ると、扉の裏に妙なものが見えた。ドア・スコープの小さな穴から、なぜか巨大な漏斗(じょうご)が突き出ている。

扉の前に立つ訪問者をよく見るためにかな、と考えたが、こんなもので効果が出るわけがない。それに、どうやら漏斗を通すために、わざわざドア・スコープのレンズを破っているらしい。

「さぁ、奥へどうぞ」

その異様な仕掛けに、翔太が目を凝らしているのを、まったく気にしたふうもなく希美は、さらに奥へと誘い続けている。

「さぁ、どうぞ」

仕方なくサンダルを脱ぎ上がった。そのとたん、足の裏がネチャ、ネチャーとした。まるで軟体動物を踏みつけたような、物凄く気色の悪い感触である。それが足元から伝わり、思わず身震いが出た。辰巳家に上がったときに感じた悪寒とは異なる、それは別種の戦慄(せんりつ)だった。

三和土から続く短い廊下は、ゴミに埋まり埃(ほこり)が溜(た)まっている。それだけでなく、とにかくネバネバだった。歩くたびに、ネチャーと粘着質の何かが糸を引く。そんなおぞましい感触がある。もっとも足の裏の不快さなど、たちまち気にならなくなるほどの異常さが、室内にはあった。

信じられないくらいに暑い。

異様な暑さが室内に立ち込めている。手前の四畳半と奥の六畳の間の引き戸が、完全に閉められている。それなのにクーラーがかかっていない。希美にうながされるまま奥の部屋まで進んだが、外に面した窓が閉められており、そのうえ雨戸まで引かれていることが分かった。

暑いはずだよ。

七月も末だというのに、すべての戸締まりをして、文字通り彼女はこの部屋に閉じ籠(こも)っているのだ。

……扇婆と同じ？

あれが百々山から来るのを、こうして防いでいるのか。そう翔太は考えかけたところで、直感的に違うと気づいた。

その逆かもしれない。

扉に仕掛けられた漏斗は、外から来る何かを室内に呼び入れるための、その装置なのではないか。そして雨戸も窓も閉め切ってあるのは、せっかく招き入れたそれを外へ出さないように、用心しているのだとしたら……。

あまりにも恐ろしい解釈だったが、そのとき彼の脳裏に、なぜか我が家に存在する意味のない裏口と廊下のことが、ふっと浮かんだ。

……まさか。

あれも山からやって来る何かを家へ迎え入れるために、わざわざ作られた道なのだとしたら……。

自らの解釈に愕然（がくぜん）としている間に、いつしか奥の間の窓際まで追いつめられていた。通り抜けた四畳半と今いる六畳の間には、食べ散らかしたコンビニの弁当箱やカップ麺（めん）の容器やパンが入っていたビニールの袋など、ほとんどが食料品関係の雑多なゴミが散乱している。

隙を見て逃げなきゃ。

この状況で頭に浮かぶのは、それだけである。

「見なくていいの」

そんな彼の思考を読み取ったように、彼女がメモをヒラヒラさせている。いや、広告用紙の裏を使ったらしいメモは、すっかり室内の湿気に当てられ、もはやヨレヨレの状態だった。早く読まないと、文字が滲（にじ）んで判読不能になってしまう。

「や、約束ですよ」

伸ばした右手の肘（ひじ）から、ポタポタと汗がしたたり落ちた。脱水症状を起こすのも、もはや時間の問題かもしれない。

「見せて下さい」

ところが希美は、あろうことかメモを自分の胸元に入れると、

「取ってごらん」

ニュウッとした笑みを浮かべながら、ゆっくりと近づいて来た。

ノースリーブの薄いピンクのブラウスは、汗でべっとり素肌にまといつき、ブラジャーがくっきりと透けて見えている。フワフワした素材に映るクリーム色のミニスカートも、ぐったりと垂れ下がって、ほとんど太腿に貼りついている。そこにいるのは全身から汗だけでなく、異様な色香をしたたらせ、エロチックに姿態をくねらせている、完全に成熟した大人の女だった。

カアッと翔太の顔が火照った。すでに充分過ぎるほど身体は熱かったが、さらに顔面だけが熱を帯びる。去年の冬、吉川清が学校に持って来た週刊誌で目にした、女の人のヌード写真を思い出した。正直、他の友だちほど興奮はしなかったが、それでも初体験の高揚感を覚えたのは間違いない。

ところが今、あんな写真など問題にならないくらい、もっと生々しいものが目の前に迫りつつあった。

まず股間に違和感を覚え、次いで胸がドックンドックンと波打ち、喉がカラカラに渇いた。ひょっとすると喉は、とっくに水分を欲していたのかもしれない。それをようやく認識したのだろうか。

「どうしたの。取らないの」

挑発するような彼女の声音に、つい胸元に目がいく。ボタンをはずしたブラウス越しに、盛り上がった白い肌が見え、そこにメモがべったりと貼りついている。元々が色白なのか、部屋に閉じ籠っているうちに白くなったのか、汗で光っている胸が妖しいまでに眩しい。

室内の暑さと彼女のエロチックさで、頭がくらくらした。だが、自然に後ずさりもしていた。相手から離れようと、身体が反応している。少年なりに理性が働いたからではない。本能が囁いたからだ。

……触っちゃいけない。

何かが変だった。どこかが妙だった。二〇一号室の前で対峙したときに囚われた、あの歪な感覚が、ますます強まっている。

気がつくと窓を背にしていた。そこからは、ジリッ、ジリッと右手に逃げたが、すぐに部屋の角へと追いつめられてしまった。

もう逃げられない……。

思わず目をつぶる。今にも汗にまみれた彼女の胸がくっつき、べったりと自分に密着する様を想像しただけで、とてつもない興奮に見舞われたが、その数倍の戦慄も同時に覚え、悪寒が身体中を駆け巡った。

ところが、いつまで経っても何の感触もない。

「あぁ……」

そのうち、奇妙な声が聞こえはじめた。

恐る恐る翔太が目を開けると、少しずつ希美は後ずさりをしながら、不自然に身体をもじもじとくねらせている。

トイレに行きたいのかな。

自分の部屋にいるのだから、だったら早くすませればいい。それとも彼が逃げるのを警戒しているのか。

……違う。

どうにも彼女の様子が変だった。最初から充分におかしかったが、今の状態はあまりにも異常である。全身を左右にくねらせ、両膝(りょうひざ)を曲げたり伸ばしたりしながら、両手を自らの身体に這(は)わせている。

前にテレビで観たアメリカのアクション映画で、主人公の刑事が入ったクラブで踊っていた、半裸の女の人の動きに似ていた。家族といっしょだったので恥ずかしい思いをしたが、あのダンサーには少なくとも格好良さがあった。しかし彼女には、何かドロドロとした気色の悪いものしか感じられない。

エロチックな動きの中に、何か歪な気配の存在を覚えていると、ふと不思議なものが目に入った。

最初は彼女の手かと思った。しかし、右手が左の太腿をなで、左手が右の乳房をもんでいるとき、服の中を腹から胸元にかけて、まるで這い上がるような何かの動きが見えたので、翔太は戸惑った。

　今のは……。

　それは長細くて、くねくねと這う、まるで蛇のようなものだった。

　まさか……。

　本当に服の中に蛇がいるのなら、絶対に見えるはずである。これほど肌を露出している服なのだから、見えないわけがない。

「あぁぁぁぁ……」

　再び希美が声を上げた。顔が上気している。室温のせいだけではない。そこには間違いなく歓喜の表情が浮かんでいた。

　自然に彼女のミニスカートがまくれはじめる。白い下着が覗き、とっさに翔太は目をそらした。でも、どうしても吸い寄せられてしまう。

　そのうち太腿がたわみ、腰から腹、腹から胸元へと、次第にブラウスが盛り上がったあと、

「いやあぁぁっ！」

　突然の絶叫と共に、彼女はスカートの前を両手で押さえ、その場に尻もちをついた。

　そして、ひたすら呻き出した。

　目の前で何が起こっているのか、翔太には理解できなかった。ただ恍惚とした彼女の顔を食い入るように眺めながら、だらだらと全身から汗をしたたらせていた。それだけ

だった。

「あぁぁ、あぁぁぁ、あぁぁぁぁっ……」

よがり声が、次第に大きく速くなる。嫌でも彼女の興奮が伝わってくる。それは彼がはじめて感じる背徳の匂いだった。退廃の香りだった。厭だと思いながらも惹かれる。見たくないと感じながらも魅せられる。

やがて――、

「あぁぁぁぁっっ！」

希美が絶頂を迎えた瞬間、なぜ二階の廊下で彼女を怖いと思ったのか、ようやく分かった。

一瞬だったが、あのとき希美の両目は、爬虫類と同じだったのだ。ちょうど今の彼女が、そうであるように……。

十七　這うもの

香月希美の瞳（ひとみ）に蛇性を認めたとたん、翔太は玄関を目指して逃げ出した。

幸い彼女は床の上に、ぐったりと伸びている。意識があるのかないのか、身体は弛緩（しかん）したように横たわり、四肢もだらんとしたままである。

その頭の側を走り抜けようとして、いきなり足首をつかまれた。

「あっ！」

声を上げて倒れる。床に身体をぶつけた痛さよりも、ネチャーとした感触を腕と顔に覚え、二の腕に鳥肌が立つ。

と突然、

「おおぅぅぅっ！」

無気味な呻き声を発しながら、希美が覆い被（かぶ）さってきた。ムッとする大人の女性の体臭に包まれ、思わず頭がクラッとする。だが、すぐザラザラッとした厭な皮膚感覚に囚われ、たちまち全身が粟立（あわだ）った。

ズルズルズルッ……。

　彼女は翔太の身体の上を這い回りはじめた。いや、そんなふうに感じた。とっさに目をつぶりながら、必死で逃れようと身体をよじったため、自分に何が起こっているのか彼にはまったく分からない。

　そのうち彼女と自分の間で何かが、二人以外のものが、クネクネッと蠢いている感触が伝わってきた。

「あぁぁぁぁっ！」

　あまりのおぞましさに絶叫した翔太は、彼女とそれから逃れるべく、今やありったけの力を振り絞って暴れていた。

　にもかかわらず、スルスルッと彼女の両手が首筋と背中に回され、力強く曲げられた両足に下半身を、がっしりとはさまれてしまった。もはや身動きすらできない。そのうえ彼女の胸に鼻と口をふさがれ、呼吸さえ満足に行なえない有り様である。

　く、苦しい……。

　息苦しさと暑苦しさで、ぼうっと意識が遠のきだす。このまま死んでしまうのでは、という恐怖に包まれる。

　すると顔面の圧力が、ふっとなくなった。うっすら目を開けると、何か赤いものが動いている。よく見ると、彼女の異様に長い舌だった。それがチロチロと、彼の頬を舐めようとしている。彼の唇を割らんばかりに、気色悪く蠢いている。

　あれに口を吸われたら……きっと死ぬ。

なぜかは分からないが、そんな確信を覚えた。

ポタポタッと顔面に垂れているのは、彼女の汗か、それとも唾液か、まったく他の未知なる液体か。

……李実。

妹の顔が浮かぶ。ここで自分が果ててしまったら、いったい誰が彼女を守るのか。そう思うと再び力が湧いてきたが、この状態ではどうしようもない。

……やっぱり駄目だ。

自分があまりにも無力であることに、あらためて翔太は気づかされた。まだ子どもだから当たり前なのだが、今の彼には何の慰めにもならない。

圧倒的な絶望感に苛まれていると、スッと希美の身体が向こうから離れた。

えっ……。

助かったと喜ぶよりも先に、彼は戸惑った。それ以上に驚いているのが、実は相手のほうだった。離れたのが本人の意思ではないかのように、彼女自身がびっくりした表情を浮かべている。

次の瞬間、希美が床の上をのたうち回り出した。

「あぁ……、あぁぁ……、あぁぁぁぁっ！」

呻き声が次第に大きくなっていく。しかし先ほどあった歓喜の響きは、そこには一切ない。むしろ苦痛の叫びに聞こえる。同じなのは、彼女の身体中を何か細長くて太いものが、グネグネと這い回っているように見えること。それだけである。

逃げよう。

頭では分かっているのに、少しも身体が動かない。つい今しがた覚えた力の漲りも、すでに感じられなくなっている。彼女のあの状態がいつまで続くのか、まったく読めない。元に戻ったらたちまち捕まり、今度こそ骨の髄まで、きっとしゃぶりつくされてしまうだろう。

逃げなきゃ。

でも、どうしても動くことができない。知らぬ間に涙が、両の頰を伝っている。もはや声を上げて泣き出すのも、もう時間の問題だった。

そのとき急に、ガッと肩をつかまれた。

「ひぃぃ！」

かすれた悲鳴と共に、とっさに上半身を起こすと、

「逃げるんや」

すぐ側に幸平がいた。嬉し涙があふれ、安堵の微笑みが浮かぶ。

「なにしとる。はよ来い！」

二つの部屋の境目で振り返り、必死に手招きをしている友だちを目にして、立ち上がろうとしたが足に力が入らない。

「腰が抜けたんか」

すぐに幸平が飛んで戻ると、翔太の両脇から自分の両手を差し入れ、後ろ向きに引っ張りはじめた。

「くそっ！　なんやねん、ここの床は……。べったりして、まったく進まん。まるでゴキブリホイホイやないか」

その絶妙なたとえに、翔太は思わず笑った。が、自分たちが罠にかかった獲物で、あの女が捕獲者という図式が浮かび、とたんにゾッとした。

六畳の部屋を出て、四畳半に入ったところで、急に幸平の動きが止まった。疲れたのかと心配したが、どうも様子がおかしい。どうしたのと問いかけて、女の呻き声が止んでいることに気づいた。

ズル……ベチャ、ズルズルッ……ベチャ、ズル……。

隣の部屋から、気味の悪い物音が聞こえてきた。背筋がゾクッとする気色悪さと、吐き気をもよおすおぞましさが、ひしひしと伝わってくる。

あの女が床の上を這いながら、こっちにやって来る！

その光景が、はっきり脳裏に浮かんだとたん、翔太は叫んでいた。

「こ、幸ちゃん！　ひ、ひ、引っ張って！」

再び床の上を移動しはじめたのと同時に、あの女が引き戸の陰から現れ、四畳半へと這い進んで来た。

「ひぃぃぃ！」

翔太が情けない悲鳴を上げたのは、彼女が追って来たからだけではない。両手と両足をまったく使わず、まるで蛇のように身体をくねらせながら床の上のゴミを掻き分け、文字通り這っている姿を目の当たりにしたからだ。

「く、く、来んな、ボケッ！」

すかさず幸平が罵倒をあびせるが、もちろん何の効果もない。お構いなしに希美は迫って来る。

「幸ちゃん！」

「た、立て！　は、は、早う！」

慌てて立ち上がろうとするが、ずるっと右足は滑り、ネチャーと左足はひっつき、まったく思うようにならない。

「くっそぉぉっ！」

背後で幸平が大声を上げた。と一気に翔太の身体が、後ろへと引っ張られた。たちまち彼女との距離が開いていく。

ドンッ！

すかさず大きな物音がした。振り向くと、幸平が尻もちをついていた。

「や、やばい……」

彼が焦っている顔を、はじめて目にした翔太は、突然それまで以上の恐怖を覚えてしまった。

「お、お、おいっ！　ま、前、前！」

幸平の絶叫に顔を戻すと、あの女がズルズルズルッ……と物凄い勢いで這って来る姿が、すぐ眼前にあった。

「うわあっ！　く、来るなぁ！」

そんな彼の訴えにはお構いなしに、ズズズズズッ……と女は迫って来る。

……もう駄目だ。

思わず目を閉じる。なぜか自分と幸平が、この女に呑み込まれてしまう光景が、ふと脳裏に浮かぶ。

ピタッと女の気配がやむ。翔太のすぐ足元で、急に動きを止めた感じである。

グビィ……グビビビィ……。

異様な物音が聞こえはじめた。見たくなかったが、このまま目をつぶっているのも怖い。ゆっくり瞼を開けると、まさに蛇が鎌首をもたげるように、女が床から顔を上げている。

グビビィ……グビビビィ……。

その喉が蠕動していた。これから二人を呑み込む予行練習をするごとく、喉が無気味に上下運動を繰り返している。

そのとき女の口から、真っ赤な舌が覗いた。細くて長い、とても人間のものとは思えない舌が、チロチロッと伸びる。それが翔太の足の裏を、ベチャと舐めたかと思う間もなく、次いでズルズルズルッと足首に絡みついてきた。

「ああぁぁぁっ！」

反射的に翔太は手足を動かした。無茶苦茶に振り回した。おかげで女の舌が足から離れたが、再び彼の足に巻きつこうと、素早い動きを見せている。

「翔太ぁぁっ！」

背後から呼ばれた瞬間、思わず立ち上がっていた。と同時にグイッと左手の二の腕をつかまれ、後ろに引っ張られた。

「逃げろっ！」

あとは踵を返すと、幸平の背中を見ながら玄関まで一気に走る。短い廊下に入ったところで転ぶ。慌てて起き上がろうとして、再び転ぶ。背後に女の気配が迫る。立ち上がっている暇はない。四つん這いのまま三和土へ下りると、サンダルを手に持ち、幸平が開け放った扉を抜けて、コーポの二階の廊下へと転がり出た。

ほっとしたのも束の間、

「は、早う……こっちや」

荒い息を吐きつつも促す幸平の背を、ヨロヨロになりながら必死について行く。

昼なお薄暗い廊下を、ダラダラと汗をしたたらせ、息も絶え絶えに、顔と手足と衣服を汚した状態で、二人の少年はひたすら逃げた。

ようやく二〇一号室の前に辿り着き、扉を開けて中に入り、鍵をかけたところで、その場に座り込んでしまった。

「……た、助かった」

「お、追いかけて……こ、来ない……かな」

「大丈夫や……思う。き、来ても、扉に鍵かけたから……入って来れへん」

幸平は立ち上がると廊下に上がり、三和土に腰を下ろした翔太を手招きながら、

「とりあえず服を脱いで、シャワーを浴びへんか」

「うん……」

翔太は手づかみで持ってきたサンダルを置き、ゆっくり起き上がると、

「ありがとう。助けてくれて」

「ああ……。ほんまに間に合うて、良かったわ」

「けど、どうして僕が、あそこにいると分かったの」

すでに洗面所へ入っている幸平は、衣服を脱いで洗濯機に放り込みつつ、

「下にお前の自転車があんのに、二階の廊下にはおらへん。念のため一階も見たけど、やっぱりおらん。まさか思うて部屋の中に入ったけど、おるわけないわな。そんときハッと気づいたんや。もしかしたら……って」

「幸ちゃん、すごいよ」

「そんなことより、早う脱げ。洗濯するから」

「えっ……」

「心配すんな。こんなに天気がええねん。夕方までには余裕で乾く」

「そ、そう……？」

「何を恥ずかしがっとんねん。男同士やないか。早う脱げや」

躊躇している理由を見抜かれ、さらに急かされた翔太は、思い切って衣服も下着も脱ぐと、すべて洗濯機の中に入れた。

幸平が電源と自動洗濯のボタンを押す。洗濯槽がグルグルッと回ったかと思うと、洗濯物の量が表示される。それを確認した幸平が、慣れた手つきで洗剤を専用のカップで量り、注水中の洗濯槽に投入すると、素早く蓋を閉める。そこまでが、あっという間だった。

決して感心するような行為ではないが、それまで自分で洗濯をしたことがない翔太にとって、友だちの仕草はとても格好良く映った。

「ああっ！　気色悪い！」

風呂の中で幸平の声が響くと同時に、シャワーから勢い良く水がほとばしり、たちどころに悪夢の痕跡が洗い流されていく。

二人はシャワーを一通り全身に浴びると、まず頭を、次いで身体を洗った。途中からはシャンプーや石鹸の泡のかけ合いっこになり、つい数分前までには考えられなかった楽しそうな嬌声が、せまいバスルームに谺した。

風呂上がりは、お互いパンツ一丁で——翔太は幸平のを一時的に借りた——クーラーをつけた六畳間でサイダーを飲みながら、しばらく放心する。

「電気代がバカにならんから、昼間はクーラーかけるなって、おふくろに言われてるんやけど、今日ばかりは例外や」

「ごめん」

「気にすんな。おかげで俺も涼しいねんから。風があったらな、玄関を少し開けとくだけで、それなりにしのげるんやけど……。そんなこと、今は怖うてできへんからな」

「うん……」

「で、何があったんや」

そこで翔太は二〇一号室の前に来たときから、幸平が二〇六号室に踏み込んで来るまでの出来事を、すべて話した。ただし、希美にエロチックな思いを抱いたことは、意図的に抜かした。

「扇婆といい、香月さ……あの女といい、お前もてるな」

「冗談じゃないよ」

香月さんと言いかけ、あの女と言い直したところに、彼女に対する想いに変化があったらしいと察しがつく。

「それで、メモには何て書いてあったの」

「この前と同じや。おふくろの用事で出かけるって」

つまりメモの内容について、彼女は嘘をついたわけだ。

「俺、目がおかしかったんかもしれんけど、彼女の身体……変やなかったか」

「這(は)って追いかけて来たのが？」

「いや、その前や」

「………」

巨大な蛇が身体にまといついているように見えた、あの光景のことだろう。そう悟った翔太が、自分の思ったままを伝えると、

「あの女(ひと)も、もうあかんかもな……」

ぽつりと幸平がつぶやいた。その口調に、何とも言えぬ彼の気持ちが感じられ、胸が痛くなる。

「幸ちゃんのところは、ここの町内会に入ってる？」

とっさに尋ねたのは、母の奇妙な体験の件もあったが、友だちの意識を希美からそらそうとしたためもある。

「町内会？　奈賀橋町の？　いいや、入ってへんと思うで。けど何で？」

「実は、土曜日のことなんだけど――」

翔太が母の話をすると、黙って聞いていた幸平は暗い表情で、

「今、言われて気づいたわ。きっとコーポと山の家の住人は、この町の者とは認められてへんのやないか」

「どうして？」

「そんなこと、俺が知るか」

「ただ、なんとなく分かる気はするよね」

「まぁな」

「町の住人というより、山に住む者と見なされているのかも」

「…………」

「もっと言えば、山の囚人として……」

「町の住人やのうて、山の囚人か。上手いこと言うな」

呑気そうな物言いだったが、それに反して彼の眼差しは鋭い。

「しかも山の住人は、ちゃんと存在するみたいなんだ」

李実が会ったヒミコと、彼らの仲間が六人いるらしいという話をする。

「妖怪一族か。翔太が見てない人影が、まだ二人もおるんか」

「池内桃子が見た人影は、二人だけだったから、その可能性はあると思う」

「日記のあとのほうに、残りの四人が出てくるいうんか」

「うん」

こうなると日記を持ち帰れなかったことが、とても悔まれる。あの中には今回の怪異に関する重要な手がかりが、ひょっとすると記されているのかもしれない。残りの文章に目を通せなかったのが、今となっては痛い。

洗濯機がピーピーと音を立て、脱水が終わったと知らせた。幸平は籠の中に衣服と下着を入れると、慣れた手つきで洗濯ハンガーに次々と吊るし、あっという間に窓の外に干してしまった。

「これから、どうする？」

「今日は、図書館に行くつもりだったんだけど……」

「またぁ」

そこでヒミコから発想した邪馬台国の話をし、ヒヒノやドドツギが女王の家来ではなかったか、それを調べたいのだと伝えた。

「お前が、頭がええのは分かっとるけど、それはどうやろな」

「やっぱり、あり得ない？」

「扇婆の話からしても、この山は不吉な場所なんやろ」

そんなところに女王の霊が出るのか。ここが墳墓だとでもいうのか。そう幸平は言いたいらしい。翔太の考えと同じである。

「あっ、肝心な話を忘れてた」

すべてを母親に打ち明けたと告げると、幸平は驚くほど身を乗り出してきて、

「で、どうやった？　おふくろさん、何て言うてた？」

「それが、よく分かんない。僕の話を嘘だと思ったわけじゃないけど、全部が本当だとも信じられないみたいで……」

「そりゃそうやわな」

「でも、お母さんなりに調べてくれるって」

「ほんまか」

「お父さんにも相談するって」

「良かったなぁ。もう俺らだけでは、どうしようもないもんな」

日暮れ間近まで幸平といっしょに過ごした翔太は、まだ少し湿る衣服と下着を身に着け、夕食に間に合うように山の家へと帰った。

しかし彼を待っていたのは、さらに恐ろしい暗闇の中を彷徨うはめになる、そんな母の話だった。

十八　再び過去

夕食後、翔太はなかなか母と二人きりになれず、少しいらだった。明日、友だちを呼んでいる桜子が、その相談をずっと母親としていたからだ。

「お兄ちゃん、もうお風呂に入ったの」

そのうえ李実には、幸平のところでシャワーを浴びた事実を鋭く指摘され、とても焦った。幸い二人はリビングに、母と桜子はダイニングにいたため、適当に誤魔化す。

「翔ちゃん、ちょっといい」

ようやく桜子が自室に引き上げたところで、母に呼ばれた。李実はテレビに夢中で、例の話をするには絶好の機会である。

「どうだった？　何か分かった？」

それでも自然に声を抑える。妹に聞かれて怖がらせるわけにはいかない。

ちなみに香月希美の件は、母に話すつもりはなかった。どうして彼女があんなふうになったのか、上手く説明できるとは思えない。それと彼女との間に起こった出来事を考えると、とても恥ずかしくて言う気になれなかった。

「駅前の不動産屋さんに、行って来たの」

母の表情が、なぜか妙である。

「お母さん、どう尋ねたらいいのか、とても困ってね」

「うん」

「今度、お祖母ちゃんが来るでしょ。それで悪いと思ったけど、ちょっと利用させてもらうことにしたの」

「どういうこと？」

母はますます妙な表情を浮かべると、

「主人の母が遊びに来るけれど、かなり高齢なため、もしもの場合に備えたい――って言ったのよ。つまり具合が悪くなったとき、どこの病院が良いのか。そんな話をしながら、過去の住人で救急車の世話になった人はいないか、その場合はどこの病院に連れて行かれたのか、訊いたわけ」

翔太は素直に感心した。誰かが死んでいるのなら、救急車が呼ばれた可能性は極めて高い。

「それから、あまりにも強引だと思ったけど、お葬式の話に持っていったの。この家で出すことになった場合、どこの葬儀社に頼むのが良いのか」

人が死んでいれば、当然だが葬儀も行なっているはずだ。

「助かったのは、まだ引っ越して来たばかりだから、そんなことを不動産屋さんに相談するのは、あまりおかしくなかったみたいでね。大して不審がられずに、色々と教えてもらえたの」

やはり幸平のような子どもとは違い、相手が大人だったため――しかも山の家の住人である――向こうも少しくらい変だと思っても、普通に受け答えしたらしい。

「結果から先に話すとね。この家で亡くなった方はいるの」

やっぱり……と思うと同時に、背中がゾクッとした。

「ここに二番目に住んだ、池内さんという方の――」

桃子の家だ！

「お爺さんがね、そこの和室で亡くなったそうよ」

和室の人影は、桃子の祖父だったのか。

「お祖母ちゃんを引き合いに出して、なんとか聞き出した話が、同じお年寄りの死だったなんて……お母さん、ちょっと怖くなったわ。そのお爺さんも、この家に遊びに来ていたところだっていうから、よけいに恐ろしくなって……」

あのまま彼女の日記を読んでいれば、祖父の死の記述があったのだろうか。

「そのお爺さん、どうして亡くなったの」

「それが……」

母が言いよどんだ。

その瞬間、翔太の頭の中には「殺されたんだ！」という言葉が、わんわんと鳴り響きわたった。

「いいえ、そうじゃないのよ」

　ところが、母は彼の考えを読み取ったらしく、即座に否定した。にもかかわらず、老人の死因を口にするのを、なおためらっている。

「殺されたわけじゃない。そうだよね」

　小声で尋ねると、こくりと母はうなずいた。

「それじゃ――」

「不動産屋さんも、はっきりとは言わなかった。ただ、どうも自殺らしいって……」

「えっ」

「それも箪笥の引き出しに紐を結んで、座ったまま首を吊ったようだって……」

　翔太は絶句した。

　和室で目撃した人影の首から和箪笥まで、黒くて細長いものが伸びていた。あれは蛇ではなく、首を縊った紐だったのだろうか。そして和室の人影は、自殺した桃子の祖父だったのか。となると他の人影は、どうなるのか。

「でもね、この家で亡くなった方は、その池内家のお爺さんだけなの」

「嘘……」

「ううん。不動産屋さんが嘘をついたり、隠し事をしているとは、お母さん思わなかった。それに、こういった事件については、お客さんに話さないといけない義務があるのよ。その家でね、自然死以外の死因で亡くなった方がいた場合、ちゃんと前もって説明しないといけないの。ただし教える必要があるのは、事件が起こったときに住んでいた人の、次の住人に対してだけ。だから、お母さんたちには言わなかったのね。もし池内さんの次に住んだ家族の誰かが、同じように死んでいたら、事前に不動産屋さんは話していたはずよ」

確かにその通りである。だが、そうなると、

「僕が見た、他の人影は？」

「分からない」

「僕だけじゃない。二階のベランダと裏口に通じる廊下では、前の住人の池内桃子も目撃している。それにリビングは、僕は人影、彼女は笑い声という違いはあるけど、どちらも変な体験をした。和室だけ彼女が何もなかったのは、そのとき、まだお爺さんが生きていたからじゃないかな。そう考えると納得できるよね」

「そうね。けど翔太、そのお爺さん以外は誰も亡くなっていないのよ。この事実はどう考えるの」

新聞で調べても該当する記事はなかった。桃子の祖父の死が載っていないのは引っかかるが、たまたま記事にならなかっただけかもしれない。だが、同じ家で人死にが続いているのに、それを見逃すことなどあり得ないだろう。そのうえ母の話にも出た、不動産屋が負う告知義務の件もある。

つまり、この家で起きたのは老人の自殺が一件だけで、他には誰も死んでいない。まして殺された者など、ひとりも存在しないことになる。

すっかり翔太が考え込んでいると、母は優しい口調で、

「すべてが翔ちゃんの気のせい、見間違い、錯覚だとは、お母さんも思ってないの。昔のこともあるしね。ただ、この家で過去に恐ろしい事件が起こったわけではない。という事実については、ちゃんと受け止めるべきじゃないかな」

「何もせずに、このまま住むってこと？」

「それは、まだ分からない。ただ、お父さんにも伝えて、ちゃんと相談するから。それでどう？」

翔太としては、了解するしかなかった。不動産屋の話を聞いたあとでは、彼の体験のすべてを母が問題にしなくても当然なのだから、まだましである。少なくとも父と相談し、何らかの検討をしてくれるのは、やはり前進と捉えるべきだろう。

「お父さんと話して何か決まったら、すぐ教えてくれる？」

「もちろん」

最後に母と約束すると、ダイニングをあとに二階の自室へ向かう。ひとりになって頭の中を整理したかった。

ところが、階段の折り返しを曲がろうとして、

「ちょっと翔太」

下から声をかけられた。振り向くと、ちょうど洗面所から出て来たばかりの桜子がおり、途中まで段を上がって来たと思ったら、

「何かあるの、ここ？」

右手の人差し指で、自分の足元を示した。どうやら、この家を指しているらしい。

「えっ……」

「とぼけないの。あんたが夕ご飯のあと、お母さんのほうを気にして、何度もチラチラ見てたのは分かってるのよ。それで私の話が終わってから今まで、こそこそ内緒話してたでしょ」

「別に……」

「そもそも引っ越して来てから、あんたずっと妙じゃない。違う？」

気づいてたんだ……と翔太は驚いた。姉にも打ち明けようかと考えたが、今は両親の対応を見てからのほうが良いだろう。

「ねぇ、どうなの？」

「………」

「ふっ、まあいいわ」

答えそうにないとあきらめたのか、やれやれという感じで桜子は溜息(ためいき)をついたあと、急に真面目な表情になると、

「本当にまずいことがあると分かったら、私に言うのよ。お父さんとお母さんが知って

るなら、まぁいいけど、二人とも大人だからね。非日常的な出来事に対しては、そう簡単には心を開かないかもしれない。そんなときはいい、私に相談するのよ」

「うん……」

もっと早く言ってくれればと思いながらも、翔太は素直にうなずいた。確かに両親が何もしない場合、次に頼りになるのは二人の祖母か姉である。その三人を比べると、いっしょに住んでいて当事者でもある桜子が、祖母たちより話が通じやすいのはまず間違いない。

弟の承諾が口先だけではないと感じたのか、桜子は納得した様子でリビングのほうへ行ってしまった。

翌日、十一時ごろには桜子の友だちが来るので、翔太は朝から出かけた。

まず自転車で図書館に行く。邪馬台国の卑弥呼について、念のために調べるつもりだった。その結果、近畿説で邪馬台国があったと考えられている地域が、少なくとも奈賀橋町の百々山の近辺ではないと分かった。ヒヒノやドドツギという名前も、全然どこにも出てこなかった。

文化会館の近くの公園に出ていた、屋台のホットドッグで昼食をすますと、しばらく時間をつぶしてからコーポ・タツミに向かう。

二階には上がらずに、二〇一号室の郵便受けを覗く。もし幸平が留守の場合、ここにメモを残しておくことにしようと、この前のとき二人で決めてある。

おふくろの用じで出かける。おそくなる。

広告の裏に書かれた文字を見て、翔太はがっかりした。夕方までに戻るのなら、また来ても良かった。しかし、わざわざ遅くなると断ってあるのだから、どうやら今日は会えそうにもない。

どうしようかな。

ひとりで駅前の繁華街に出る気はしない。かといって町内にいたら、いつ希美や扇婆に出会うとも限らない。もちろん目の前の山に上がるつもりも二度とない。

家に帰ろうか。

仕方なく自転車を押しながら、重い足取りで坂道を上っていると、

おーい。

山の上から、誰かに呼ばれた。

幸平かもしれないと思い、とっさに顔を上げかけ、そんなはずはないと気づく。何があろうと、彼が山に入るわけがない。それに今は、母親の用事で出かけている。山の上にいるはずがなかった。

うつむいたまま坂道を駆け上がると、最初の脇道に達したところで自転車に乗り、あとは一気に家まで走った。

帰宅した翔太は、結局そのまま桜子の友だちと遊んだ。すでに李実がいっしょにゲームをしていたため、すんなり仲間に入れた。お世辞にせよ、「こんな可愛い弟と妹が私も欲しいな」と、カリンと呼ばれている女の子に言われ、大いに照れた。桜子は「いつでもあげるから、お持ち帰りして」と応(こた)えていたが、満更でもない様子だった。

姉の友だちは、また来ることを李実に約束して、まだ明るいうちに帰って行った。

その日の夜、寝る前に、

「お父さんと話した？」

キッチンを片づけていた母に訊(き)くと、昨日の夜、相談したという。ただ、平日はどうしても帰りが遅く、仕事で疲れていることもあり、あまり突っ込んだ話はできないらしい。今週末まで待つ必要がありそうだった。

翌日は、午前中に幸平を訪ねた。インターホンを押して彼が出るまでの間、廊下の奥が気になって仕方なかった。幸いすぐに応答があり、室内に招き入れられた。

「昨日は悪い。メモは見たやろ」

「うん。お母さん、奥で寝てるんじゃない？」

普通に喋(しゃべ)る幸平に対して、翔太が小声で応じると、

「いや。どうも今朝、帰って来んかったみたいでな」

「えっ……」

「たまにあるんや。こういうときは、だいたいどっちかになる」

「何が」

「帰って来たとき、むちゃくちゃ機嫌がええか、ものすごぉー落ち込んどるか」

「へぇ、どうしてだろうね」

「まぁ、男とあんじょういったか、そうやなかったか、その違いやと俺はにらんでんねんけどな」

とんでもない回答に翔太が口籠っていると、

「その後どうなった?」

自分の母親を心配するより、翔太のことを気づかってくれた。

そこで、母が不動産屋で聞いてきたこと、父にも話しているが仕事が忙しいこと、桜子が薄々妙に感じていることを知らせた。

「死んだんは、桃子の爺さんだけか」

やはり幸平も、そこが引っかかるらしい。

「新聞の縮刷版に記事がなかったから、当たり前と言えば、そうなんだけど」

「せやな。つまりお前と桃子が見た人影は幽霊やのうて、やっぱりこの山に棲む妖怪いうことになるんか」

「ヒヒノと人影は同じだった――ってことか」

「けど、それでは納得いかんのやろ」

幸平に鋭く指摘され、少し驚いた。

「すっきりせえへん、いう顔してるもんな」

「モモに聞いたヒヒノたちの話から受けた印象と、僕が見た人影たちに漂っていた雰囲気と、なんか合わないような気がして……」

「せやからヒヒノたちは妖怪で、人影は幽霊やろうと、それぞれふさわしいもんに分けたわけか」

「おそらく無意識にね」

「お前としては、どうしたい？」

その問いかけからは、どんな協力でも俺はするぞという気持ちが、ひしひしと伝わってくる。

「とりあえず、お母さんがお父さんとゆっくり話し合える、この週末が過ぎるまでは待とうと思う」

「なるほど。それもそうやな」

「ただ、明後日（あさって）の金曜日には、岡山からお祖母（ばあ）ちゃんが出て来るんだ」

「えーっと、親父さんのおふくろさん、やったっけ？」

「そう。お母さんのお祖母ちゃんは、福岡にいる」

「いざとなったら、祖母ちゃんに相談する手もあるな」

「そのときは、最終手段を取ろうと思う」

「何をするんや」

ギョッとした表情を幸平が見せた。

「李実だけ先に寝かせて、お父さん、お母さん、お姉ちゃん、お祖母ちゃん——みんなに訴えるんだ」

「ああ、そういうことか」

どうやら幸平は、翔太が何か無茶をするのではないかと心配したらしい。

「そのほうが早いかもしれんな」

「ただ……」

「どないした？」

「最終手段を取るのは、お父さんとお母さんに分かってもらえなかったときだろ」

「ああ、そうやな」

「そんな状態で、お姉ちゃんとお祖母ちゃんを、ちゃんと説得できるかどうか……」

「仮に二人が翔太の話を信じても、親父とおふくろが納得しとらんかったら、確かに厳しいわな」

「お姉ちゃんとお祖母ちゃんが僕の側についたら、とても心強いとは思うんだけど」

「つまり、どちらかひとりでもお前から離れたら、三対二になってしもうて、勝目がないわけか」

午前中はコーポ・タツミの二〇一号室で、これからどうするべきか、ずっと話し合った。もっとも良いアイデアは何も浮かばず、昼を迎えたころには、ほとほと二人とも疲れてしまった。

　翔太は、渋る幸平を半ば引っ張るようにして、家に連れて帰った。昨日、桜子が友だちを呼んだのが、うらやましかったこともあるが、いつも昼はコンビニのパンやおにぎりだという彼に、母が作るご飯を食べさせたいと考えたからだ。

「ただいまぁ」

　玄関を開けると、リビングにいたらしい李実が出て来た。しかし、幸平を見るとびっくりした顔をして、急いでキッチンのほうへ走り出した。

　すぐに母がエプロン姿で現れると、

「まぁ、いらっしゃい。いつも翔太がお世話になってるそうで、ありがとうね」

「……こ、こ、こんにちは」

　幸平は驚くほど緊張していた。何度も母に「さぁ、上がって」と言われ、ようやくサンダルを脱いだくらいである。

　ダイニングには桜子が座っており、弟の新しい友だちを興味深そうに眺めている。それがまた彼の緊張を高めたようで、日比乃家に入ってからは、普段の饒舌が嘘のように口数が極端に少なくなった。

　やがて、素麺の昼食がはじまった。急に友だちを連れて来たにもかかわらず、母は最初からその予定があったかのように、彼の分も用意してくれた。

　食事中は、もっぱら母が幸平に話しかけた。ただし彼のほうは、「はい」か「いいえ」か「そうですね」くらいしか口にしない。いや、できないのだろう。

翔太は、いささか強引に招いたことを、少し後悔していた。これほど友だちが居心地の悪い思いをするのなら、無理に引っ張って来るのではなかったと反省した。

ところが、そんな彼の心を晴らしたのが李実だった。彼女は一目で幸平が気に入ったようで、昼食後にいっしょに遊びたいと言い出した。幸平は戸惑ったようだが、結局は三人でゲームをすることになった。

桜子はさっさと自室へ引き上げたが、いないほうが幸平も緊張せずにすむだろうと、むしろ翔太はホッとした。

結局、三時のおやつをはさんで日が暮れるまで、幸平は日比乃家で過ごした。

「夕ご飯、うちでどうかしら？」

彼の母親が仕事で遅くなると知った翔太の母は、そう言って誘った。李実もそれがいいと大賛成し、翔太もぜひにと勧めた。

だが、幸平は固辞した。

「あ、ありがとうございました。さよなら」

玄関先まで見送りに出た母、翔太、李実に、来たときとは打って変わった明るい様子で挨拶（あいさつ）すると、幸平は帰って行った。

「いい子ね。あんな友だちができて、本当に良かった」

母は心底からホッとしたように見える。

「モモも、幸ちゃん好き！」

ひいき目ではなく、昨日カリンたちと遊んでいたときよりも、今日のほうが妹は楽しそうに見えた気がする。

これからは、もっと家に呼べるぞ。

翔太は嬉しかった。この地に引っ越して来てはじめて覚える、それは心からの歓喜だったかもしれない。

翌日の午前中は自室で夏休みの宿題をし、午後からコーポ・タツミを訪ねた。だが、郵便受けにはメモが入っていた。

わるい。出かける。夕方にきてみてくれ。いなかったら明日の朝。

翔太はがっかりした。母からは、幸平の母親に断わったうえで、明日の夕食に誘っても良いと言われていたからだ。

また、お母さんの用事かな。

幸平が自分と付き合うようになって、以前ほど母親の世話や用事をできていないのでは、と実は心配していた。そんなことを彼自身が口にするはずがないので、もっと自分が気をつけるべきだと思う。

その日は夕方になっても、とうとう幸平は帰って来なかった。

翌朝、翔太は九時過ぎにコーポ・タツミの二〇一号室の前に立った。郵便受けにメモはない。昨日の夜、彼は戻ったのだろうか。

インターホンを押す。しばらく待つ。応答がない。もう一度鳴らす。しばらく待つ。やはり何の応答もない。

昨夜は帰らなかった?

どこかに泊まったのか。母親といっしょなのか。まさか何日も家を空けるとか。様々な想念が翔太の頭を駆け巡り、いつまでも二〇一号室の前から離れられない。

そのとき廊下の奥から、ギィィ……と扉の開く物音が聞こえてきた。

脱兎(だっと)のごとく階段を駆け下りると、慌てて家まで走ろうとして、ふととても恐ろしい考えが浮かんだ。

まさか幸ちゃん、あの女に捕まったんじゃ……。

思わず立ち止まって階段を見上げる。戻って確かめるべきかと迷う。幸平は果敢にも二〇六号室に乗り込み助けてくれた。

でも昨日、ちゃんと郵便受けにメモがあった。

出かけた先が、いくら何でも希美の部屋のわけがない。やはり母親の用事で、どこかに行っているだけだろう。

昼から、また来てみればいい。

少しためらいを残しつつも翔太は家に帰ると、昨日と同じように宿題をした。だが一向に集中できない。何度も問題文ばかりに目を通してしまう。それを解こうという気力がまったく湧いてこない。

昼を食べてすぐ幸平を訪ねる。まだ帰っていない。廊下の奥を気にしつつ戻る。

次はおやつの前に訪ねる。幸平がいたら家に呼び、いっしょに食べようと思った。しかし、やっぱりいない。廊下を二〇五号室まで進んだところで、踵を返して逃げ帰っただけである。

四時過ぎ、岡山の祖母の多江がやって来た。杏羅の駅まで迎えに行った桜子と、タクシーに乗って到着した。

リビングに母、桜子、翔太、李実、祖母が座り、わいわいと賑やかに話に花が咲く。つい彼も加わってしまい、気がつけば六時になろうとしていた。

「すぐに戻るから」

そう言い残して家を出ると、自転車に飛び乗って一気にコーポ・タツミまで走る。念のために郵便受けをあらためてから、階段を駆け上がり、二〇一号室のインターホンを押す。しばらく間があってから、

「……はい」

とても弱々しいながらも、確かに幸平の声が返事をした。

「幸ちゃん！　僕だよ」

なおもしばらく待たされ、おもむろに扉が開いたのだが、

「ど、どうしたの」

幸平の顔や手足には擦り傷や打ち身の痕があり、衣服もすごく汚れている。そんな有り様が、いきなり目に入ってきた。

「ついさっき……、帰った……、ところ……、やれん……」

そのうえ息も絶え絶えである。

「幸ちゃん、いったい何が……」

愕然とする翔太を招き入れると、幸平は扉に鍵をかけてから、そのまま奥の部屋へと誘いつつ、

「ほんまに死ぬか……思うた」

そう言って、六畳間の床の上から何かをひろうと、翔太に差し出した。

「ええっ！　まさか……」

幸平の手から渡されたのは、池内桃子の日記だった。

十九日記（続）

——8月9日（水）——

朝から、クリコのおそう式をした。

お父さんは、「山の上にうめたら」と言ったけど、わたしもリコも反対した。二人で話しあって、家のそばにうめてあげることにした。

クリコのひつぎは、お菓子の箱だった。昨日の夜、お母さんが箱の中に布を入れて、クリコが安らかにねむれるように、ちゃんと用意してあった。

おはかはスコップで、リコと順番にほった。そして、お母さんからもらったカマボコの板に、「クリコのおはか」と書いた。それを、クリコを入れた箱をうめた地面の上に、しっかりと立てた。

それから、お母さんが神様に祈った。お兄ちゃんは、一度も顔を出さなかった。

「クリコは、じゅ命で死んだの?」と、お母さんに聞いた。お母さんは、「神様がお決めになったことなのよ」と言った。だけどあとで、リコが教えてくれた。

昨日の夕方、お母さんが夕ご飯のしたくをしていると（わたしは、お母さんの手伝いをするのが、夏休みの目標になっているけど）、急にクリコがあばれはじめたらしい。そして、「くる、くる、くる」としゃべったあと、とまり木から落ちた。お母さんが鳥かごから出すと、もうクリコは死んでいた。

お母さんは、「クリコは、あなたたちが生まれる前から、かっていた鳥だけど、まだまだじゅ命ではなかったはずだわ」と不思議がった。

お昼ご飯を食べたあと、わたしはクリコのことを、おばあさんにほう告しようと思って、家を出た。リコに、「どこに行くの」と聞かれないうちに、お母さんにも見つからないように、そっと家を出た。なんだかうしろめたい気持ちだったけど、とにかくおばあさんに会いたかった。

坂のところに来ると、昨日のお姉さんがまたいた。昨日会ったのはぐうぜんだったけど、今日はきっと待ちぶせしていたんだと思う。

あいさつをして通りすぎようとすると、「アイスクリーム、好きでしょ」と言われた。部屋にあるから、食べに来なさいと笑っている。けど、目は笑っていない。

今日は行くところがあるので、だめだと言うと、また遊びに来ると約束したのにと、少しおこったようになった。

いやだったけど、お姉さんがどうしてもと言うので、しかたなく部屋へ行った。アイスは、とてもおいしかったけど、早く食べて、おばあさんのところへ行こうと思っていると、「あの家に行くんでしょう」と、お姉さんに聞かれた。

なぜわかったのかと、びっくりした。まどの近くに座っている、お姉さんのそばへ行って、そこから、おばあさんの家が見えるのだとわかった。もしかすると、わたしがおばあさんの家に行くところを、お姉さんはここから、じっと見ていたのかもしれない。

お姉さんは、まどから家を見ながら、「気持ちの悪い家だわ」と言った。

わたしが、おばあさんはやさしくて、とてもいい人だと言うと、ものすごい目でにらまれた。

アイスを食べたので、お礼を言って帰ろうとしたら、「うらないをしましょう」と、お姉さんが言いだした。本当はいやだったけど、一回だけならとやった。

タロットカードという、トランプをもっと細長くしたような、変なカードを使った。いろいろな絵が、一枚ずつにかいてあって、それぞれの絵に、ちゃんと意味があるらしい。最初は一回だけのつもりだったけど、うらないにもいろいろな方法があるというので、それを一つずつやることにした。

わたしは、お姉さんが言う通りに、カードを引いたり置いたりした。それがひと通り終わると、お姉さんがカードの意味を、一枚ずつ教えてくれた。

はじめのうちは、おもしろかったけど、そのうちお姉さんが、わたしの家やアパートのこと、それにうらの山や、おばあさんの家のことを、うらないはじめた。

それから、お姉さんが、おかしくなった。もうわたしに、カードの絵の意味を、ちゃんと教えてくれない。自分だけで、なっとくしたり、おどろいたり、こわがっているように見えた。

それでも最後に、わたしに「カードを引いて」と言った。一枚引くと、指がぬるぬるした。あまりの気持ち悪さに、カードを投げだすと、何本かの刀があわさって、星の形になっている絵のある面に、べったりと何かきみの悪い、ぐじょぐじょしたものが、へばりついていた。

そんな変なものは、今までなかった。ついていたら、もっと早くわかったはずだ。お姉さんは、あわててティッシュでカードをふいた。「それ何ですか」と聞いても、首をふるだけ。カードをきれいにすると、わたしの手もふいてくれた。うらないは、それで終わりになった。

でも、わたしは気になったので、カードの意味をたずねた。

すると、そのカードは、絵がふつうに見えるじょうたいだと、病気のはじまりや、悲しいできごとの予告をしていて、絵が逆になったじょうたいだと、あきらめることや、きせきが起こらないことを、あらわしていると教えてくれた。

どちらにしても、あまりよくないので、とてもいやな気がした。そのカードが、どうしてぬるぬるになったのか、結局わからなかった。


——8月10日（木）——

お兄ちゃんと、けんかをした。

リコが昨日の夜、ドドッツギの他に、ドドーが出たと言ったので、この家に妖精が住んでいるのかもしれないと、本で読むようなお話を作って、リビングでリコに話してあげていた。

すると、それを聞いたお兄ちゃんが、わたしをバカにしてからかった。

お兄ちゃんなんか、お話を作る頭もないと言うと、うでとせ中をなぐられた。わたしは、はらが立ったので、お兄ちゃんをひっかいてやった。

それでも気持ちがおさまらないので、キッチンにいたお母さんに言いに行った。するとお母さんは、「人間がツミをおかす、そのみなもととなるものに、ふんぬがあるのよ」と言った。「みなもと」とは原因で、「ふんぬ」とはおこることらしい。

でも、お母さんも、よくおこっていると言うと、それは、わたしたちのためだと言われた。なんかおかしい。おこっているのは同じなのに。

わたしがなっとくできずにいると、お母さんは、「せん面所のかべに、教会でいただいたカードがはってあるわ」と言った。そのカードには、子どもにもわかるように、人間のツミについてやさしく書かれているので、見ておきなさいと言われた。

日曜学校で見たことのあるカードだと、わたしは思ったけど、すなおに見に行くと、そのカードが、まるでどろ水をかけられたようによごれていた。お兄ちゃんがやったんだと思った。お兄ちゃんも、お母さんから同じように言われて、それではらをたてて、きっとこんなことをしたんだ。

お母さんに知らせようと、せん面所を出たところで、ろう下をうら口のほうへ曲がる人かげが、また見えた。

こわくなってリビングに行くと、二階のろう下に人かげがいた。

ひめいを上げると、お母さんがあわててやって来た。でも、そのときには、もう人かげは消えていた。

お母さんは、わたしがせん面所のかべのカードをよごしたのをかくすために、そんなうそをついたと、思ったようだ。

リコが、悪いのはお兄ちゃんだと、わたしをかばってくれた。お母さんも、それ以上は何も言わなかった。せん面所へ行き、だまってカードのよごれをふいていた。

そのときなぜか、よごしたのはわたしだと、お母さんも思っていないことが、不思議にもわかった。ただ、そう思おうとしただけなんだと。

でも、どうして……。


——8月11日（金）——


朝ご飯を食べたあと、今日はすぐに、おばあさんの家に行った。昼から行くと、また、あのお姉さんにつかまるかもしれない。午前中ならきっと、大じょうぶだと思った。

作戦は成功した。坂に出る前と、坂に出てから、とても注意をしてアパートを何度も見たけど、お姉さんのすがたはなかった。けれど坂を下りてからは、おばあさんの家まで、一生けんめい走った。

　おばあさんは家にいた。わたしを見ると、ものすごく喜んでくれた。わたしが、とってもあせをかいていたので、おどろいて井戸の側までつれて行ってくれた。そこで井戸から水をくんだ。その水は、びっくりするほど冷たくって、気持ちがよかった。おばあさんが出してくれたスイカも、その井戸で冷やしたものだった。

　あせをふいて、おばあさんと二人で、庭で遊んだ。遊びながら、クリコが死んだことや、アパートのお姉さんのことなど、いろいろ話した。

　クリコが死ぬ前に、「くる、くる、くる」としゃべったと言うと、おばあさんの顔色が変わった。「くる」というのは、「来る」という意味なのかと、おばあさんに聞くと、だまったままうなずいた。「どこから、何が来るの？」と聞くと、お山からこわいものが来るのだと言っていた。

　坂の下にあった、おはかのような二つの石が、お山から悪いものが下りて来ないように見はっているのだという、おばあさんの話を、わたしは思い出した。

　家の中で変なことが起こるのも、クリコが死んだのも、お山のせいなのかと聞くと、引っこしたほうがいいと、おばあさんは言った。だけど、そう言いながらも、わたしたちが引っこせないのが、まるでわかっているような変な様子だった。

　わたしは、わたしたちが引っこして来る前に、あの家に住んでいた別の家族はいなかったのか、それが気になった。おばあさんに聞くと、いたと答えた。その人たちも、変な目にあったのだろうかと思ったけど、おばあさんは、その家族とつきあいがなかったので、何も知らないらしい。

でも、その人たちが引っこしたのは、あの家で、何かがあったからじゃないのかな。おばあさんにそう聞くと、みんながみんな、そういうことが、わかるわけではないと言った。そういうことというのは、あの家でわたしが感じている、変なことらしい。けれどお母さんは、少しはそういうことが、わかると思う。わたしが、そう思っていることを伝えると、お母さんに一度相談しなさいと、おばあさんは言った。

お昼になったので家に帰ろうとすると、おばあさんが、お昼ご飯を食べていくようさそってくれた。そうしたいと思ったけど、お母さんに何も言っていないので、帰らないとおこられると説明した。

そうしたらおばあさんが、家の電話番号を聞いて、お母さんに電話をした。しばらくお母さんと話してから、わたしに電話をかわった。お母さんは、「ぎょうぎよくして、ちゃんとお礼を言いなさい」と言った。それからお昼を食べたら、そんなにおそくならないうちに帰るように言った。

おばあさんの家でお昼を食べて、しばらくすると急に空がくもり出した。じきにひと雨来ると、おばあさんが言うので、わたしは帰ることにした。

アパートの前は走った。しんどかったけど、坂も走って上がった。家が見えるところまで来て、おどろいた。

家の上に、ものすごく低い雲が、まるで家を押さえつけるように、うかんでる。マンガでよくあるように、雲のある下だけ雨が降っていて、それ以外は晴れている、そんな光景に見えた。

雲は、灰色と黒色がぐるぐると交わって、うずをまいている形をしていた。それを、じっと見ているうちに、こわくなって家にかけこんだ。


――8月12日（土）――


朝ご飯の後、お兄ちゃんとリコが、リビングからいなくなってから、わたしはお母さんに、おばあさんの話を伝えた。

そのとたん、お母さんは、とてもいやな顔をした。そして、「お年よりは、めいしんぶかいから」と言った。「めいしん」とは、昔の人がお化けなどがいると思っていた、そういう本当ではない、古い考えなのだと説明してくれた。

でも、絵が落ちたことや、十字かが逆さまになったことなど、家の中で変なことが起こっていると言うと、「たまたま、そういうことが、重なっただけよ」と言われた。

わたしは、お父さんのおたん生日の夜のことや、うら口に続くろう下で見た、人かげのことを、お母さんに言おうかと思ったけど、結局やめてしまった。

「また、引っこしはできないの」と聞くと、お母さんがものすごい顔で、「そんなこと、できるわけがないでしょ」と、とてもおこった。「世の中には、住む家もない人がいっぱいいるのよ」と、かわいそうな子どもたちの話を、しばらく聞かされた。

お昼ご飯のとき、リコを呼んでくるように、お母さんに言われた。リビングにいなかったので、和室だと思った。

和室のふすまを開けて、ひめいをあげそうになった。リコのすぐ後ろに、人かげがいた。ひめいをあげなかったのは、あまりのショックに、声が出なかったからだ。

「何してる?」と、後ろからお兄ちゃんに声をかけられ、それでひめいをあげた。お兄ちゃんの顔を見てから、もう一度部屋の中を見ると、もう何もいなかった。

お昼から、おばあさんの家に行こうとしたら、お母さんに、「行っちゃいけません」と言われた。わたしの教育に、よくないからと説明された。

わたしが、いくらやさしくて、いいおばあさんだと言っても(ちょっと、おかしなところもあることは、だまっていた)、ゆるしてくれなかった。わたしは、くやしくて泣いた。リコが、いっしょに遊ぼうと、なぐさめてくれた。

あとからお兄ちゃんに、何があったのかと聞かれた。お兄ちゃんに言っても、しょうがないと思ったけど、わたしは、おばあさんのこと、家の中で起こっている変なこと、すべてを話した。おばあさんについては、わたしの言う通り、きっといい人なのだろうと、めずらしくお兄ちゃんは、わたしの味方をしてくれた。けど、家の中のできごとについては、たまたまだと、お母さんと同じ意見だった。

それからお兄ちゃんは、この家に引っこすのに、お父さんもお母さんも、きっと大変だったにちがいないと言った。たくさんのお金が、必要だったと思うと言った。それに自分の受けんや、わたしやリコのことでも、お金はもっとかかるので、引っこしたからといって、楽になったわけではないと、教えてくれた。だから、あまりお母さんに心配をさせてはいけないと、説明してくれた。

ひとりで、いきがってるくせに、ちゃんと家のことを見ているのに、びっくりした。こういうところは、やっぱりお兄ちゃんなんだなぁと、少し見なおした。

でも、このままこの家に住むのが、わたしは、とてもこわくなっている。

——8月13日（日）——

今日から、お父さんの会社は、お休みになった。本当は昨日からだったんだけど、昨日は会社で会議があった。お父さんも大変だと思った。

朝、まだねているにちがいないので、そっとお父さんとお母さんのしん室のドアを開けると、わたしは中へ入った。やっぱり、お父さんだけねていた。わたしは起こさないように、でも、近くまで行けば起こそうと思って、ベッドに近づいた。

ベッドの上には、神様と十字かにかかったイエス様の絵があった。イエス様の頭の上にはハトがいて、その足もとには、いのっている人びとがいる。

その絵の神様の目から、黒いものが流れだした。イエス様の両手と両足からも、黒いものが流れだした。ハトの体が黒くなりはじめて、たちまちカラスのようになった。

わたしは急いで、お父さんを起こした。

お父さんは、なかなか起きなかったけど、わたしがさけび出すと、ねぼけながらもようやく起きた。

でも、もうそのときには、ベッドの上の絵は、ふつうにもどっていた。

わたしは信じてもらいたくて、必死に見たものを、お父さんに説明した。うんうんとお父さんは聞いていたけど、絵をベッドの上からはずすと、「ほら、なーんにもないだろう」と、わたしに見せた。

それでもわたしが、「神様の目から、黒いものが流れた」と言うと、「こんなのか」と笑ったお父さんの両目が、まっ黒で、そこから黒いものが、だらだらと流れだした。

わたしが、ものすごいひめいを上げると、両手が伸びてきて、わたしのうでを、がっしりとつかんだ。

そのとたん、お父さんの全身は、まっ黒いものに変わって、やがてそれが、小さく小さく分かれて、ぶーんとすごいうなり声を上げて、わたしのまわりで飛びはじめて、そしてわたしに、むらがってきて。

その小さくて黒いものが、みんな、ハエだとわかったところから、わたしは記おくがない。

気がつくとわたしは、おふろ場にいた。はだかで、お母さんが、シャワーをかけていた。なぜか、新しいパジャマを着せられて、ベッドに入った。

お母さんが、いつもしている十字かのペンダントを、自分の首からはずして、わたしの首にかけてくれた。

わたしは、お母さんがいなくなるのを待って、ベッドから出て、服のポケットから、おばあさんにもらったお守りを取り出した。それを両手でにぎって、ベッドに入った。少しだけ、安心したような気持ちになった。

夜、お父さんが、わたしの様子を見にきた。

わたしは、こわがってひめいを上げた。お父さんは、こまった顔をして、「明日（あした）、元気になっていたら、みんなでどこかへ行こう。だから、今夜はゆっくりとねなさい」と言って、部屋を出て行った。

今、ベッドの中で、この日記を書いている。

さっき来たのは、本物のお父さんだったんだろうか。

うん、きっとそうにちがいない。

わたしは早く、明日になればいいのにと思った。

この家から、はなれられるのなら、どこでもいいから、お父さんに早くつれて行ってほしかった。


——8月14日（月）——

朝、起きたら、少し熱があった。お母さんが、おかゆを作ってくれたので、それを食べてからまたねた。

次に目がさめたら、十時をすぎていた。一階に下りると、リビングにお父さんもお母さんも、お兄ちゃんもリコもみんながいて、ホッとした。

でも、まだ熱が下がっていなかったから、ねているようにお母さんに言われた。

明日、三重のおじいちゃんが来るので、それまでに元気にならないとな、とお父さんにも言われた。おじいちゃんは、神社のかんぬしさんだ。

おじいちゃんが来るのに、ねているのはいやだったので、部屋にもどった。

ベッドに入ると、すぐにうとうとした。でも、だれかに見られているような、変な感じがした。

目を開けると、二段ベッドの上から、黒くて小さな顔が二つ、わたしをのぞきこんでいた。

――8月15日（火）――

朝、目がさめると、気分はよくなっていた。

リコが、昨日の夜、ドドツギとドドーだけじゃなく、ヒヒコもあらわれたと言った。

リコは、おもしろがっていたが、わたしは、もう楽しいとは思えなかった。

この変な名前の者たちは、本当にリコの想像なんだろうか。

わたしが、そう考えていると、「お姉ちゃんは、まだなの？」と、リコに聞かれた。

そのうち、この変な名前の者たちが、わたしのところにも、やって来るということか。でも、リコが二段ベッドでねるようになったら、いやでもこの変な名前の者たちと、わたしは会わなければならなくなる。きっとそうだ。

お昼すぎ、三重のおじいちゃんが来た。

リコと二人で、家の中を案内したら、「この山××××××××××××」と、おじいちゃ×××××。

××××××××××××××××××××××××××××た。

×××××××へ××××××××××××××××黒××××××××××××ず

るっ×××××××

おじい××××××××××××××××××××××××××××××××××

×び××××××××××アパー×××××××姉×××××××××××

×××××××長×へ×××××××××××××××××××守り×××××××

××お×××××××××××××××

×××××××××さん××××××××××××山××××××××××××

——××16×（×）——

おじ××××××和××××××

××××と××××ひも×××××首×××××××

×××車×××××××××××××××××××た×××××××××××

××家×××××××?

二十　やつら

池内桃子の日記は水に濡れたせいで、八月十五日の後半から文字が滲み、ほとんど判読できなかった。それでも翌日の十六日で、日記が終わっていることは分かる。

「幸ちゃん、これ……」

日記を手渡された翔太は、あの家から取って来たのかと、もちろんすぐに尋ねた。しかし幸平は、とにかく読めの一点張りだったため、今こうして読み終えたのだが……。

「最後まで読んだか」

「うん。それで、この日記を取りに行ったの、あの家に」

黙ったまま幸平がうなずく。

「昨日、行ったの。郵便受けに入っていたメモは、このことだったわけ？」

再びうなずく。

「それじゃ昨日の夜は……。えっ、ま、まさか……」

「逃げ出せんかったんや」

ようやく重い口を開いた彼によると、辰巳家に忍び込んだのは、雨戸が開けられている南の縁側からだったという。つまり直接、あのゴミ部屋への侵入を試みたわけだ。
ところが、ゴミの山の中から日記を捜すのは大変だった。なかなか見つからない。翔太が逃げる際に、他の部屋に落とした可能性も考え、周辺の座敷も調べた。ただしゴミ部屋を離れると真っ暗になるため、日記捜しは困難を極めた。やがて日が暮れて、陽射しが弱まってきた。

あきらめかけて帰ろうとしたとき、日記が鞄に入っていたことを思い出した。もしかすると扇婆が、また鞄に仕舞ったのかもしれない。それで今度は、可愛い白ウサギのアップリケのついた布製の手提げ鞄を捜した。すると、もう陽が沈む寸前になって、ゴミの山から鞄を見つけることができた。

喜んで帰ろうとしたところへ、扇婆が戻って来た。しかも縁側に陣取り、まったく動こうとしない。

逃げ道をふさがれた幸平は、翔太の話を思い出し、そこから玄関を目指した。だが暗闇の中を手探りしつつ、ようやく辿り着いた玄関には鍵がかかっていた。仕方なく他の出口を捜したが、一向に見つからない。そのうち扇婆が、家の中を徘徊しはじめた。いや、本当に彼女だったのかどうか、それは分からないらしいのだが……。

結局、動き回っては気づかれると思い、どこかの座敷の隅で夜を明かすと、扇婆が出かけるのを待って、ゴミ部屋の縁側から逃げ出して来たのだという。

「す、すごいよ、幸ちゃん」

興奮する翔太に、なんでもないとばかりに右手を振ったあと、

「ほんまに、ちゃんと最後まで読んだか」

幸平は震える指先で、問題の日記を指差した。

「えっ、そのつもりだけど」

怪訝そうに翔太が、日付の滲んだ八月十六日の次の頁をめくると、白紙だった。もう一枚さらに、何気なく頁をめくったとたん、その言葉が目に飛び込んできた。


山の家に住んじゃダメ！　今すぐ、にげて！


桃子の日記は、とても綺麗な文字で書かれている。しかし、この最後の言葉だけは、同じ少女が記したと思えないほど乱れ、汚かった。ただし、それゆえに彼女が体感したであろう恐怖が、その書きなぐった文字を通して、ひしひしと伝わってくる。

「早う帰って、それを見せるんや」

「…………」

「その日記は、証拠になる。お前の話だけ、その日記だけやったらあかんけど、二つがそろったら、なんとかなるやろ」

「だから、わざわざ日記を――」

「はよ行け」

「うん……。幸平、ありがとう」

二人の眼差しが合った。どちらからともなく、こくりとうなずく。

翔太は日記を右手にしっかりにぎると、玄関へと小走りで向かい、サンダルをはいて廊下に出た。階段を駆け下り、自転車のハンドルに手をかける。

「翔太ぁぁっ！」

呼び声にハッと振り返ると、よろよろした足取りで幸平が階段を下りて来た。

「どうしたの」

「これ、持ってけ」

目の前に差し出されたのは、小さなお守りのようなものと花火セットだった。

「な、何？」

「こっちは桃子の鞄の中に、日記といっしょに入ってた。きっと扇婆からもろた、お守りやと思う。役に立つやろうから、持ってったほうがええ。ずっと身につけとくんや。それからこれは、おふくろが客からもろた——いや、そんなことはどうでもええ。ここにロケット花火が入ってるから、なんぞあったら打ち上げろ」

「…………」

「用心のためや。俺の助けが必要になったら、これで呼ぶんや。夜中でも構わん。もう寝てるかも思うたら、何発も連続で火つけろ。絶対に行くから」

「分かった」

「ほな」

「じゃあ」

自転車を押しながら、翔太は一気に坂道を駆け上がった。

脇道に入る手前で振り向くと、坂の下で幸平が見送ってくれていた。日記を持ったまま右手をあげると、彼も片手を振って応えた。一瞬、幸平と別れて家に帰るのが、なぜかたまらなく厭になる。すぐにでも坂道を戻り、彼といっしょにいるべきだという気持ちになる。

バカな――。

自分でも受け入れがたい感情を吹っ切るように、翔太は自転車に飛び乗ると、我が家を目指して走りはじめた。

今しも沈まんとする赤茶けた西日を背に受け、一心にペダルをこぐ。

一軒目の底無し沼を左手に見て、二軒目の火事場を通り過ぎ、三軒目の絞首台に差しかかったところで、あっと声を上げそうになった。

四軒目の日比乃家が、大きな黒い箱に見えたからだ。

正月に母が作ったおせち料理を入れる重箱を、真っ黒にしたような無気味で巨大な箱である。そんな代物が、ごく自然に山の中に置かれている。まるで供えられているかのように存在している。

百々山に差し出された供物のごとく――。

自転車を大きな黒い箱の前で止めると、翔太は走り過ぎた道を振り返った。

隣は骨組みだけの家で、その向こうは基礎部分だけがあり、一番端は泥濘の地であるはずの場所に、逢魔が時の残照を浴びた幻の三軒の家が、ユラユラと蜃気楼のように蠢きながら建っている。

やがて、一軒目がズブズブと底無し沼に沈み、二軒目がボウボウと炎を立ち上らせ焼け崩れ、三軒目がミシミシと音を立てて朽ち、瞬く間に幻の家は消え去った。

気がつくと翔太は、完全に日が暮れた暗がりの中で、普通の建物に戻った我が家の前に、ぼんやりと佇んでいた。

「ただいま」

どうやって家に入ろうかと迷ったが、玄関を開けたら自然に声が出た。

「お兄ちゃん！　どこに行ってたのよぉー。もう夕ご飯なのにぃー」

さっそく李実に出迎えられ、そのままリビングに入る。

「お帰り。ギリギリ間に合ったな」

いつもよりかなり早く帰宅している父がいて、少し驚いた。

「いきなり出かけたから、お祖母ちゃん、びっくりしたわ。新しい友だちのとこ、行って来たんか」

しかし、にこにこと微笑んでいる祖母を見て、すぐに納得する。

「あら、仲南くんを呼びに行ったんじゃないの。お母さん、てっきりそうかと思ったんだけど」

キッチンとダイニングを往復しながら、母は夕飯の仕度をしていた。桜子が珍しく手伝っている。

「おかずは余分に作ってあるから、彼をご招待しても大丈夫よ」

翔太は迷った。幸平にいてもらったほうが、もちろん心強い。だが、彼を巻き込むことになる。あいつは我が身を顧みず、あの廃墟屋敷に侵入して、この日記を取って来てくれた。それだけで、もう充分だった。

「うん、また今度ね。手を洗ってくる」

日記を持ち出して話すのは、李実が寝てからでないとまずい。ひとりだけ蚊帳の外に置こうとしても、妹が承知しないのは目に見えている。かといって、彼女に話を聞かせるわけにはいかない。

洗面所で手を洗った翔太は、ひとまず二階の自室へ行って日記と花火セットを机の上に置き、リビングに戻った。

夕食は祖母の歓迎会だった。料理はどれも豪華で、とても和気藹々とした雰囲気の中で進んだ。みなが、というより翔太の他は、よく喋り、よく笑った。もっとも彼の様子に気づいたのは、おそらく李実をのぞく全員だったろう。ただし、それを憂慮したのは祖母だけだった。なぜなら、父と母は息子の悩みの原因をすでに知っており、桜子は弟の言動が妙なことを前々から察していたからだ。

「翔ちゃん、どげんしたん。なんや元気ないな」

ついに祖母から、そんな声をかけられた。

「あたらしいお友だちと遊び過ぎて、少し疲れてるんですよ」

すかさず母が、無難なことを言って誤魔化すと、それに父も合わせるように、

「食欲をなくすくらい遊べるのも、子どものうちだけだからな」

そんな両親の反応の、まるで裏を読み取ろうとするかのように、桜子は三人の様子をうかがっている。

「そうなん。お祖母ちゃんがおる間に、その仲のええ友だちばぁ、紹介してもらわなあかんな」

祖母は母の言葉を真に受けたのか、それとも食卓の雰囲気から何かを悟ったのか、そう言うと話題を変えてしまった。

デザートの果物が出たあとも、ダイニングでの談笑は終わらなかった。普段より数倍は長い夕食の席が、いつまでも続いた。

「モモちゃん、お祖母ちゃんといっしょに、お風呂に入りなさい」

その母の一声が、祖母の歓迎会のお開きの合図となった。父はリビングへ行き、母と桜子は食器をキッチンへ運びはじめた。

翔太は大きく深呼吸すると、ダイニングから両方を交互に見ながら、

「お父さん、お母さん。それからお姉ちゃんも、お祖母ちゃんがお風呂から上がって、

モモが寝たら、大事な話があるんだけど」

父はソファから振り返り、母はキッチンから顔を出し、姉は食器を運ぶ途中で立ち止まっている。

少し間ができたあとで、

「分かった。ここで話を聞くから安心しろ」

父が応えた。桜子は問いた気な眼差しだったが、月曜日に弟と話したことを思い出したのだろう、何も言わずにキッチンへ引っ込んだ。

李実は風呂を出てから、すぐに寝るのを嫌がった。祖母が来ているため、もっと起きていると駄々をこねた。

「お兄ちゃんもお姉ちゃんも、まだ起きてるのに、モモだけなんてヤダッ！」

結局、祖母が和室で添い寝することで、ようやく納得した。

翔太は心穏やかではなかった。もちろん和室が室内では唯一、人影が現れる空間だったからだ。しかし今は、とにかく少女の日記をみなに見せる必要がある。この家の恐ろしさが分かれば、祖母も和室で眠ろうとはしないだろう。いや、父が全員をすぐに家から出すかもしれない。

しばらくして、祖母が和室から出て来た。リビングに父と母、桜子がそろう。いよいよだと翔太は緊張したところで、

「翔ちゃん、先にお風呂に入りなさい」

当たり前のように母に言われ、思わず脱力する。

「あのね、今は――」

「汗をかいてるでしょ。お風呂に入って、さっぱりしてきなさい」

母の顔を見て、反抗しても無駄だとあきらめる。

洗面所で服を脱いでいるとき、幸平から渡されたお守りの扱いに困った。深く考えずにズボンのポケットに入れたが、桃子が日記に書いたように、どう見ても蛇の皮で作ったように見える。彼は「ずっと身につけとくんや」と言っていたが、そんなものを風呂に持って入りたくない。第一このままでは濡れてしまう。

どうしようかと迷ったが、やっぱり幸平の忠告にしたがうことにした。洗面台の下の収納スペースを覗き、買い置きの洗剤の外装ビニールをはがすと、それでお守りを何重にも包む。これなら濡れずにすむだろう。

湯舟に浸かっていると、心身ともにリラックスしていくのが分かった。ひょっとすると母は、この効果を見越したのだろうか。これから息子が喋り、説明し、考えを述べなければならない異様な話の前に、少しでも楽にしてやろうと願う親心だったのかもしれない。

風呂から上がってパジャマに着替える。またしてもお守りの扱いに困ったが、パジャマの胸ポケットに仕舞うことにした。

二階の自室に行き、桃子の日記を持って、急いでリビングへ下りる。

父、母、桜子、祖母が、すでに座って待っていた。みなが心持ち緊張しているのが分かる。まだ自分のほうが平常心に近いのではないか、と翔太は思った。ただし、ひとりだけパジャマ姿なのが、とてもマヌケに見えて仕方ない。そんなどうでも良いことが、妙に気になる。やはり緊張しているのかもしれない。

しかし、母に優しくうながされ、幼いころの体験から訥々と、どうにか話しはじめることができた。

やがて翔太の長い話が終わり、池内桃子の日記を全員が読んだところで、リビングに静寂が訪れた。そこには重苦しく、禍々しい気配が漂っていた。

「うーん」

まず父がうなってから、

「この時間からホテルに、全員で移るわけにもいかんか」

次いで母が、

「今夜はひとまず、この家で寝るしかありませんね」

「今日明日のことはともかく――」

祖母が続けて、

「子どもたちは夏休みの間、岡山の家でばぁ、あずかろうか。昧子さん、あんたもいっしょに来たらええ。住むとこが落ち着くまで、昌之は単身赴任ばぁすればどうじゃ」

大人たちが話し合いをはじめた。

「桜子と翔太は、もう寝なさい」

しばらくして、子どもに聞かせる話ではないと気づいたのか、父がそう言った。

「もう心配いらないから、今日は寝なさい」

母にもうながされ、まず桜子が立ち上がる。仕方なく翔太も姉のあとに続き、リビングを出て二階へ上がった。

自分の役目は終わったのだ。父と母、祖母が信じたかどうかは分からないが、少なくともこの家に住むべきではないと判断したらしい。

階段を上がり、二階の廊下で姉と別れる際、ふと訊(き)いてみた。

「僕の話、信じる?」

自分の部屋へ向かいかけていた桜子は、そこで立ち止まると、

「こういうことは、大人に任せておきなさい」

彼のほうを振り向きもせず、さっさと行ってしまった。

すぐに相談しなかったから、怒ってるんだ。

姉の後ろ姿を見ながら、翔太は思った。しかし、桜子は引っ越しを喜んでいた。そのときに打ち明けたとして、果たして親身になってくれたかどうか。

部屋に入ると、ベッドに潜り込む。枕元のスタンドだけを点(とも)し、あらためて桃子の日記を読む。

この家で池内家の人々が暮らしたのは、結局三週間にも満たなかったのではないか。

日比乃家が引っ越して来るまで、三年で三家族が住んだことから、ほぼ一年ごとに住人が代わったと見なし、三家族の滞在月数の平均は十ヵ月と考えていた。だが、それは逆だったのかもしれない。つまり空家であった期間のほうが長かったのだ。

それにしても――と翔太は考えた。

日記の最後に記された「山の家に住んじゃダメ！　今すぐ、にげて！」のメッセージは、いったい誰に宛てて書かれたのか。自分たちの次に引っ越して来る家族へか。三番目に住んだ人たちは、桃子の日記を目に留めなかったのか。いや、そもそも彼女の日記を、なぜ扇婆が持っていたのか。桃子が託したのか。

分からないことだらけである。ただ、この日記のおかげで自分たちは助かったのだから、池内桃子には感謝しなければならない。

山の家に住んじゃダメ！

せっかく引っ越した家だったが、夏休みの残りは岡山の祖母のところで、どうやら過ごす羽目になりそうである。

今すぐ、にげて！

とりあえず明日は、どこかのホテルにでも泊まるのだろうか。

いつしか翔太は、うとうとしていた。スタンドの明かりを消そうと思いつつ、半ば眠り半ば覚醒している状態が、ずっと続いている。

そのうち本格的な睡魔に、とうとう見舞われ出した。次第に意識が遠退いてゆく。あぁ、このまま気持ち良く眠れるなぁ……と感じたそのときである。

ベッドの側に誰か立っている。

そんな気配を覚えた。半眼の瞳に、ぼうっと黒い人影が映っている。それがジッと自分を覗き込んでいるのが分かる。

ゾッとしたとたん、目が覚めた。

「ひぃ……」

思わず悲鳴を呑み込んだのは、それが李実だったからだ。

「な、なんだ……。脅かすなよ」

「お兄ちゃん……」

「うん？　トイレか」

そう言ったものの、彼女が一階の和室で祖母と寝ていることを思い出した。トイレなら祖母が連れて行くはずだ。どうして、わざわざ二階の自分の部屋に来たのか。

寝ぼけ眼で時計を見て驚いた。もう午前二時になろうとしている。だが、李実の次の言葉で、彼の眠気は完全に吹き飛んだ。

「ヒヒノがね、来てるの」

「えっ……」

「ヒミコもね、いるの」

「お、お祖母ちゃんは――」

李実は首を振ると、ヒヒノとヒミコはリビングにいると言った。

「それにね、キッコも出たの」

新顔だった。ヒヒノとヒミコとキッコ、そこに桃子の妹の梨子が会った、ドドツギとドドーとヒヒコを加えれば、ちょうど六人になる。李実が聞いたという、この奇妙な存在の全員の人数と合うことになる。

でも、なぜ梨子にはドドツギとドドーとヒヒコの三人が出て、桃子にはヒヒノとヒミコとキッコの三人が現れたのか。どうして、それぞれに半分の人数なのか。

いや、そんなことよりも、今、やつらはリビングにいるんだ！

翔太の感情が高ぶった。もちろん怖かったが、それ以上に興奮していた。

「兄ちゃんも、会えるかな」

こくりと李実がうなずく。

翔太はベッドから出ると、日記を机の上に置き、妹の手を引きながら廊下へ出た。父と母、または桜子を起こすべきか迷ったが、その間に相手がいなくなることを心配し、覚悟を決めて一階へと向かう。

「モモ、寒い……」

階段を下りようとしたところで、李実にパジャマの上着を引っ張られた。夏とはいえ山の中は冷える。上を脱ぐと妹に着せかける。

真っ暗な階段を慎重に下り、廊下を玄関のほうに進む。途中でダイニングに入ると、家の外で点る常夜灯の仄(ほの)かな明かりが、窓越しにリビングへと射し込んでいる。まるで日没寸前のように薄暗い、なんとも無気味な空間に、それはいた。

微(かす)かな光源を背後から浴び、黒々と浮かび上がった人影が、ヌッと立っている。

李実の手をにぎる拳(こぶし)に、自然と力が入る。一歩ずつ、少しずつ近づいて行く。ダイニングの空間を通り、リビングとの境へ進んで行く。

あと一歩で、とうとう相手の姿が見えそうになったとき、

「はじめまして、ヒヒノです」

それが口を開いた。

翔太の目の前に立っていたのは、父だった。

二十一　異変

「お、お、お父さん……」

訳が分からず翔太が呆然としていると、後ろから声がした。

「はじめまして、ヒミコです」

慌てて振り向くと、キッチンの暗がりから母が現れた。

「お、お母さん……」

次いで和室の襖が開く物音がして、ホールから名乗られた。

「はじめまして、キッコです。女の子よ」

「お姉ちゃん……」

桜子がホールの扉を開け、リビングとの境目に立っている。

「モモ、どういうことなんだ？」

切迫した翔太の口調とは対照的に、眠たいのか李実は間延びした声で、

「だからぁー、お父さんの中に棲んでるー、別の人がぁー、ヒヒノなの……。このお家が気に入ってぇー、出て来たんだって……」

「お母さんのヒミコと、お姉ちゃんのキッコもか」

「ヒミコが出て来たのはぁー、もっとあとだよ……。キッコはねぇー、ついさっき、急に……」

そこで翔太は、あることに気づいた。

李実がヒヒノに会ったのは、二十日の日曜日の夜だ。その次に来るのは、二十六日の土曜日の夜だと言っていた。つまり両日とも会社が休みで、夜の早い時間に——まだ李実が就寝する前に——父が家にいる日なのだ。

……待てよ。

梨子がドドッギと会ったのは、八月五日の土曜日の夜だった。ということはドドッギの正体も、桃子たちの父親になるのか。

ヒヒノは山に、ドドッギは家に棲んでいると、それぞれ口にしたという。確かに両方とも嘘ではない。

翔太は頭の中が混乱した。李実は父たちの遊びだと思っているようだが、これは絶対に違う。そんな気楽なものではない。

「モモちゃん、こっちへおいで」

父が、いやヒヒノが、そう呼びかけた。

「…………」

しかし李実は、ほとんど立ったまま寝ているような状態で、まったく聞こえていないらしい。

「モモちゃん、早くこっちへ」

ヒヒノの口調が、少し変わった。

翔太は妹の手をにぎり直すと、ゆっくり後ずさりをはじめた。だが、背後からはヒミコが迫っていた。

「モモ、こっちへ来い」

ヒヒノの声が、急に険しくなる。と、後ろからヒミコの手が伸び、李実に着せかけた彼のパジャマをつかんだ。

とっさに翔太は李実の身体に腕を回すと、そのまま廊下に連れ出そうとした。だがヒミコはつかんだパジャマを離そうとしない。ぐいぐいと引っ張り続けている。その様子が妙だった。李実を捕まえたいというよりも、まるでパジャマを脱がせたがっているかのようである。

まさか……。

そのとき翔太は、ヒミコの狙いが読めたような気がした。彼女が欲しているのは李実ではなく、パジャマなのではないか。正確には胸ポケットに入っている、幸平から渡されたお守りである。

すぐさまポケットに手を入れ、お守りを取り出す。そのとたんヒミコは、つかんでいたパジャマをあっさり離した。

やっぱり……。

李実が寒いと口にしたのも、もしかするとヒヒノの差し金ではないか。妹想いの翔太がパジャマを脱いで、着せることを見越したのだとしたら。すると昨夜、やや不自然に入浴しろと言われたのも、彼の身からお守りを離すためだったのか。風呂に入っている間に盗もうとしたが、衣服のどこを捜してもなかった。もちろん彼が風呂場に持って入っていたからである。

翔太たちが廊下に出ると、玄関のほうからキッコが迫っていた。ヒヒノはリビングから、すでにダイニングに入っている。

裏口から逃げるしかない。

李実を抱えるようにして、廊下を奥へ進む。外に出たら自転車を使おうと思ったが、マウンテンタイプでは二人乗りできない。

走るしかない。

だが、ぐったりしている李実といっしょに、果たしてどこまで逃げられるか。

家から脱出する前に、早くも絶望的な気分に囚われたときだった。裏口に続く廊下の角から、ゆっくりと人影が現れた。

「はじめまして、タタエです。お水をちょうだい」

その影は、祖母だった。

お祖母ちゃんまで……。

しかも彼女の後ろには、キッチンを回り込んだらしいヒミコの姿がある。

翔太は李実を左手で抱きつつ、階段のほうへ後ずさりし出した。前からはタタエとヒミコが、右手からはヒヒノとキッコが、ゆっくりと近づいて来る。

階段の下に追いつめられたところで、仕方なく後ろ向きに上りはじめる。二階に上がってしまえば、もう絶対にこの家からは逃げられない。そう思うのだが、半ば寝ている妹を連れたまま、この場を突破するのは不可能だった。玄関であれ裏口であれ、とても辿（たど）り着けるものではない。

やつらは、ヒヒノ、キッコ、タタエ、ヒミコの順番で、階段を上がりはじめた。たちまち折り返しの踊り場で追いつかれそうになる。

「お父さん！　僕だよ、翔太だよ！」

一心に呼びかけるが、無表情なヒヒノの顔のまま、一段ずつ上がって来るだけで、まったく何の反応もない。

とっさに翔太は、岡山の祖母の家で観たテレビドラマ「水戸黄門（みとこうもん）」のワンシーンのように、右手にお守りをつかんだまま前へと突き出した。その瞬間、ヒヒノが少しだけ身を退いたように見えた。が、それも長続きはしなかった。どうやら我が身を守るのが精一杯で、やつらを退散させるような効き目はないらしい。

翔太は両腕で李実を抱え直すと、残り半分の階段を必死に上り出した。一気に駆け上がりたいところだが、さすがに妹を抱えては無理である。やつらの足取りがゾンビのように鈍いことが、唯一の救いだった。

ようやく階段を上り切る。ベランダに逃げようかと考えたが、飛び下りるわけにはいかない。それに廊下の扉は鍵（かぎ）がかからないうえ、桜子の部屋からでもベランダには出られる。その姉の部屋も、両親の寝室も、入ってしまえば袋のネズミである。ならばと自室に逃げ込んだ。同じ状態に陥るのなら、少しでもなじみのある場所のほうが良い。

扉にすぐ鍵をかけると、ひとまず李実をベッドに寝かせた。

ガチャガチャ。

すかさずノブを回す音が、扉の向こうから聞こえてきた。

コン、コンッ。

次いでノックの音が響く。

翔太が黙ったまま、身動きせずにジッとしていると、

「翔太、お父さんだ」

父の声がした。まったく普通に聞こえる、いつもの父である。

「ちょっといいか。今夜の話の件で、聞きたいことがあるんだ」

やはり、いつも通りの父の声である。

「ど、どんなこと？」

「うん、ちょっとな。開けてくれ」

「こ、ここで聞くよ」

「おいおい、扉越しに話をするっていうのか」

「はっきり聞こえるよ」

「そういう問題じゃないだろ。いや、少し話が込み入ってるんでな。ちゃんと顔を合わせて話さないと」

「………」

「翔太？　聞いてるのか」

「………」

「翔太！　ここを開けなさい！」

「翔ちゃん、どうしたの」

母の、いやヒミコの声が聞こえる。

「お姉ちゃんも、お祖母ちゃんも、ここにいるわよ」

「………」

「さぁ、あなたもこっちへいらっしゃい」

その言葉を耳にしたとたん、全身が粟立った。と同時に、李実が言っていた「全員で六人」の意味が分かった。

自分とモモを入れて、六人なんだ……。

つまり翔太も李実もヒヒノたちのようになる——違う、ならされてしまうのだ。

もしかすると自分が風呂に入る前は、お姉ちゃんもお祖母ちゃんも、まだキッコとタタエになっていなかったのかもしれない。翔太が入浴している間に、桜子はキッチンでヒミコに、祖母は和室でヒヒノに、それぞれ感化されたのではないか。

ドン、ドンッ！

扉がたたかれる。

ドン、ドンッ！　ドンドンドンッ！

このまま扉がたたかれ続けると、いずれは破られてしまうだろう。

李実を抱え起こして椅子に座らせると、翔太はベッドを扉の前まで押した。幸い扉は内開きである。これで少しは補強できる。

ドンドンッ！　ドンドンッ！　ドンドンッ！

しかし、ベッドが塞（ふさ）いでいるのは扉の下部だけである。上部に穴を開けられると、そこから腕を差し込まれ、施錠を解かれてしまうかもしれない。あとは扉を外から押し続ければ、ヒヒノの力ならベッドを動かすことも、きっと難しくないだろう。

急いで部屋の中を見回す。まず机が目に留まるが、ひとりではベッドの上まで運べそうにない。洋服箪笥（だんす）や本棚も同じである。他に扉を塞げるものは何もない。

ドンドンドンッ！　ドンドンドンッ！

ますます扉をたたく音が激しくなる。ヒヒノだけでなく、全員が打ちつけているように聞こえる。いや、もはや人間の手で打っているとは思えない、何とも言えぬ気色の悪い物音が響いている。

やつらが入って来たら……。

終わりである。翔太も李実も同じような存在になってしまう。その瞬間、日比乃家はまったく別の家族に変化(へんげ)する。

もう一度、部屋の中を見回す。バリケードになるものが本当に何もないのか、必死の眼差(まなざ)しで部屋中に目を凝らす。机、箪笥、本棚……どれも駄目だ。

あっ、本だ！

翔太は本棚の前に行くと、綺麗(きれい)に並べた本をすべて取り出し、棚を空っぽにした。それを担いで、なんとかベッドの上に載せる。本棚の裏面が、ぴったり扉に接するように置く。それから少しずつ、出した本を再び棚に並べはじめた。

一冊ずつなら大したことはないが、本棚いっぱいに集まると本はとても重くなる。引っ越し作業を通じて、彼が学んだことである。

ベッドと本棚のバリケードが完成したとき、翔太は全身にびっしょりと汗をかいていた。箪笥からタオルを出してふく。

これで当分は大丈夫だ。

とりあえず安堵(あんど)する。だが、このままでは、当たり前だが逃げられない。せいぜい今晩を乗り切れるだけだろう。

北側と東側の窓から下を覗くが、とても下りられそうにはない。ロープ代わりになるものはと、箪笥の中をすべて見る。何もない。仮にあっても、無事に下りられるかどうか。それに李実はどうなる。残して行くことはできない。

「うるさいなぁ」

眠そうな声に振り向くと、李実が椅子から立ち上がっていた。扉をたたく物音に、さすがに目が覚めたのだろう。

「お兄ちゃん……」

「うん、ちょっと待って」

幸いまだ半分は寝ているようで、今の状況がほとんど分かっていないらしい。

「モモ、とにかく椅子に座って――」

そう言いながら、彼が近づいて行くと、

「これ、どうしたの」

李実が机の上から、それを取り上げ差し出した。

「そうだ！　花火があったんだ」

彼女が右手に持っていたのは、幸平がくれた花火セットだった。すぐにロケット花火だけ三本を取り出し、東側の窓に行く。

「あっ……」

そこで翔太は、肝心なことに気づいた。マッチがない。そもそも家にマッチがあったかどうか。父は煙草をのまない。蚊取り線香も電気式のものだ。

「これじゃ役に立たないよ」

絶望的な気分に陥っていると、

「お兄ちゃん……」

李実が使い捨てライターを手に持ち、差し出している。どうやら花火セットの中に入っていたらしい。幸平が入れておいてくれたのだ。

幸ちゃん、やっぱり凄いよ。

ロケット花火を南の方角に向け、点火する。

ピュウゥゥゥゥ……。

次々に火をつけ、南の夜空へと放つ。

ピユウゥゥゥゥ……、ピユウゥゥゥゥ……。

幸平！　気づいてくれ！

そのとき急に、扉をたたいていた音が、ピタッと止んだ。

幸平は夢現の中で、薬缶がピーッと鳴り、湯が沸いたことを知らせる音を耳にした。

ああ、湯が沸いた……。スイッチを切らんな……。

そう思って目が覚めた。でも、薬缶をかけた記憶がない。

……寝ぼけてるんか。

もう一度うつらうつらしかけて、ガバッと起きた。今のは、ロケット花火の音だったのではないか。

奥の部屋の窓際で、彼は寝ずに頑張っていた。しかし十二時を過ぎたころから、こっくりと何度も船をこぎはじめた。そしてついに、本格的に寝入ってしまったらしい。

窓は開けているが、南向きである。山の家はコーポの北側になる。もしかするとロケット花火の音が聞こえないかもしれない。そう心配した彼は、ずっと起きているつもりだったのだが、睡魔には勝てなかったようである。

今のは確かに……。

いや、よう分からんな。

ジッと耳をすましながら、幸平は迷いに迷っていた。

もしそうなら翔太、もう一本だけでええ、火をつけるんや。

そう念じながら、ひたすら幸平は窓の外に耳をそばだて続けた。

唐突に扉を打つ音が止み、思わず翔太の動きも固まった。ロケット花火の音に、もしかすると驚いたのかもしれない。

李実に声を出すなと注意しようとして、机に突っ伏し寝ている姿が目に入る。そのまま朝まで起きないで欲しいと切に願う。

朝まで……。

もちろん夜が明けたからといって、この悪夢が好転する保証は何もない。父も母も姉も祖母もみんなが元に戻り、家族そろって百々山から逃げ出すためには、いったいどうすれば良いのか。

扇婆なら知ってるかも……。

しかし、まともに話ができるとは思えない。果たして普段の生活で、正気でいる時間がどれほどあるのか。

苅田という占い師は……。

ただし、あまり幸平は信用していないようだった。それに苅田も、幸平の母親の相談に乗ったあと、どうもこの地から距離を置いたような感じがある。

誰に助けを求めるにしろ、まずこの家から逃げ出さなければならない。

翔太は忍び足で扉に近づくと、廊下の様子をうかがおうとした。だが本棚が邪魔をして、扉に耳を当てることができない。仕方なく静かにベッドの上に乗り、本棚越しに聞き耳を立てる。

二階の廊下は深閑としていた。先ほどまで扉の向こうに感じた、やつらの気配が消えている。

本棚だけのけてみようか。

一瞬そう考えたが、かといって扉の前から、やつら全員が本当に立ち去ったとは限らない。向こうも息を潜めて、こちらの動向を探っているのかもしれない。

とはいえ、やつらが動きを止めている今が、チャンスであることは間違いない。

幸平！　早く来てくれ！

やっぱり、空耳やったんか……。

南に面した窓辺で、しばらく静かに座っていた幸平は、立ち上がると伸びをした。母親が帰って来るのは、きっと夜が明けてからだろう。それまで少し寝ておいたほうがいい。そう思うのだが、どうしても翔太のことが気になる。

山の家まで行ってみるか。

ところが、あの坂を真夜中に上がることを考えたとたん、怖じけづいた。ロケット花火の合図があれば、何のためらいもなく日比乃家まで走るだろう。しかし、わざわざ様子を見に行くとなると、また別である。夜の山に入る危険を、どうしても意識してしまう。なかなか決心がつかず、幸平は怖さと情けなさで、何とも言えない気分だった。

翔太……、大丈夫なんか。

耳をすませているうちに、翔太は階下で動き回っている何かの気配を感じた。やつらに違いない。やはり一階に下りたのだ。とりあえずホッとする。

この隙に、なんとかしなきゃ……。

そう焦るのだが、何をすれば良いのか分からない。いや、何ら打つべき手がないとしか思えない。
やがて――、
とほうに暮れる彼の耳に、ゾッとする音が聞こえてきた。
それは、やつらが階段を上がって来る足音だった。

知らぬ間に幸平は、窓辺でうとうとしていた。

もちろん眠るつもりはなかった。服も着替えていない。そのままだ。とはいえ睡魔に勝つことなど、誰にもできない。まして彼は、まだ子どもだった。とっくに限界を超えていた。

彼の頭は下がり続け、ついに身体が横になり、深い深い眠りへと落ちていった。


ガンガンッ、ガッガッ！　ガンガンッ、ガッガッ！

扉の向こうから、物凄い音が聞こえはじめた。ノミやカナヅチなどの道具を使って、扉を破ろうとしているのだ。

ロケット花火の音に驚き、やつらは静かになったわけではなかった。むしろ逆に刺激したようである。不自然な真夜中の花火を不審に思い、誰かがここに来る前に、二人を仲間にする必要がある。そう考えたのかもしれない。

翔太は箪笥（たんす）から夕オルケットを出すと、部屋の隅に広げた。苦労して椅子から李実を抱え下ろし、ひとまずその上に寝かせる。

何度か深呼吸を繰り返し、心を落ち着かせる。それから机をベッドの側へと、渾身(こんしん)の力で動かし出した。

バリケードを補強するくらいしか、今の彼にできることはなかった。

………。

ん……？　今、何か聞こえたか……。

幸平が寝ぼけ眼を開けると、コーポの南側に広がる田圃(たんぼ)から、にぎやかなカエルの鳴き声が聞こえてきた。

カエル……？

……いや、そうやない。

ドーン！　パンパンパン！

ガバッと幸平は起き直り、窓の外を見た。

「花火や！　それも打ち上げ花火――」

ほんの一瞬だけ訳が分からなかったが、すぐに飛び起きると玄関まで駆けた。

ロケット花火ではなく、打ち上げ花火を上げたということは、どう考えても緊急事態に違いない。

そのまま扉を開けようとして、慌てて奥の部屋に戻ると、押し入れから金属バットを取り出す。前に母親が「お土産や」と言って、持って帰ってきたものだ。もちろん客からもらったのだろう。

幸平はバットを右手に持つと、再び玄関まで駆け、扉から飛び出したところで、急に止まった。

階段の上に、人影が立っていた。

それは、香月希美だった。


立て続けに打ち上げ花火に火をつける。

ドーン！　パンパンパン！

手に持つのは怖かったが、思いっきり腕を窓の外に伸ばして、どうにか我慢する。

ガンガンッ、ガッガッ！

花火の音に交じって、扉を打ちつける衝撃音が鳴り響く。

幸平、気づいてくれ……。

そう祈りながら、翔太は一本ずつ打ち上げ続けた。ただし、大きな花火は三本しか入っていない。あとは合図には使えないものばかりである。

でも、これなら町の人も目を覚まして――。

と思ったが、無駄な期待は持たないほうが良いと首を振った。仮に山の家の異変を察知しても、おそらく放っておくに違いない。触らぬ神に祟(たた)りなし、である。

バリッ！　バリバリバリッ！

三本目の打ち上げ花火が終わったところで、ひときわ大きな物音が扉の向こうで轟いた。

しばらく、しーんとする。いや、ガサゴソと物音が聞こえる。そのうち微かに、カチャという小さな音が耳朶に伝わってきた。

それは、扉の鍵を開けられた音だった。

ユラユラッと香月希美が前に出た。

とっさに幸平が後ずさると、ズズズッとそのまま迫って来る。

思わず金属バットを振り上げたが、構わず彼女が突っ込んで来るのを見て、さらに彼は後ろに下がってしまった。

ズルズルッと希美が近づく。ジリジリッと幸平が後退する。

いつしか二階の廊下の奥へと、二〇六号室の前へと、彼は追いつめられていた。

ガタガタッ……ドン！　ガタガタッ……ドン！

扉を本棚とベッドにぶつける物音が、繰り返し室内に響く。

「お兄ちゃん……」

李実が目を覚まし、たちまち泣き出した。

「お母さんはぁ？　お父さんはぁ？」

「うん……」

「お姉ちゃんはぁ？　お祖母ちゃんはぁ？」

「うん……」

「ねぇ……怖いよぉ」


後ろを向くと、もう廊下の端の手すりまで、わずかな距離しかない。このままでは手すりを背に、あの女に捕えられてしまう。

そしたら、どうなるんや……。

考えただけで、幸平は怖気をふるった。あの女に組み敷かれながら、必死にもがいていた翔太の姿が、鮮明に蘇る。

手すりまで追いつめられたら、身動きがとれんようになる。もう終いや。

一瞬で決心をつけた幸平は、金属バットを槍のように突き出した状態で、香月希美に向かって突っ込んで行った。


ベッドと本棚と机のバリケードは、さすがに強固だった。しかし、少しずつ動いていた。遅かれ早かれヒヒノが、いや、彼よりも細身であるキッコが、扉から入れるくらいの隙間ができるに違いない。

翔太は抱きしめていた李実を離すと——嫌がって離れようとはしなかったが——洋服簞笥をベッドのほうに押しはじめた。

机の後ろにつけたのでは、あまり効果は望めない。ベッドの上に載せられれば一番良いのだが、それは無理である。そこでベッドの上に、なんとか倒そうと考えた。

ドン！　ドン！　ドン！

今や、かなり扉が開くようになっているのが、本棚やベッドに当たる音で分かる。もはや一刻を争う事態だった。

翔太が渾身の力で簞笥を押していると、横に李実が来て手伝いはじめた。ただならぬ彼の様子を目にし、兄を助けたいと思ったのだろう。

もちろん彼女の力では、一ミリたりとも簞笥は動かなかった。しかし妹の気持ちは、ひしひしと伝わってくる。それが翔太自身に、多大なるエネルギーを与えた。簞笥が一気に動き出し、たちまちベッドの側まで移動させることができた。

ホッとしたのも束の間、
ドンッ！

ひときわ大きな物音が響き、扉の隙間からニュウッと一本の腕が現れた。

金属バットの先が希美の胸を突き、相手がグラッとよろけたところで、幸平は彼女の横をすり抜けた。つもりだったが、左腕をつかまれる。

ヌルッとしてひんやりしながらも、どこかザラッとした感触が、まるで蛇の鱗に被われた皮膚を連想させ、全身に鳥肌が立つ。

「離せよぉ！」

だが、その嫌悪感が皮肉にも彼を助けることになった。あまりの気色の悪さに、無我夢中で左腕を振り回した結果、ズルッと希美の手から抜けたのだ。

その拍子に、二人とも廊下に倒れてしまった。

両手をついて起き上がろうとした幸平の後ろで、ズルズルズルッと音がした。振り向くと、彼女が全身を左右にくねらせながら迫って来ていた。

慌てて立ち上がり、走り出す。

廊下を駆けるタッ、タッ、タッという幸平の乾いた足音を追って、ズルズルズルッと希美の這う粘着質の物音が、信じられないくらいの速さで近づいて来る。

あかん、追いつかれる！

彼が階段に達したところで、背後のそれがガバッと起き上がり、こちら目がけて跳んだのが分かった。

「モモ、兄ちゃんが箪笥を持ち上げるから、その下に本を入れてくれ」

ベッドの上で翔太は、箪笥の上部を自分のほうに倒そうとした。一気に倒せれば良いのだが、それは無理だった。まず少し傾け、床との隙間に詰め物を入れる。それを何度か繰り返し、あとは梃子の原理を使う。

幸い部屋には、フローリングの床を掃除するハンドクリーナー——モップのような棒状の用具——がある。それを箪笥の底と床の隙間に入れ、箪笥をベッドのほうに倒す。とっさに翔太が考えた方法である。

これが上手くいった。本の詰まった本棚と箪笥の載ったベッドと、それに寄せた机というバリケードを、翔太は扉の前に完成させることができた。

「これで当分は大丈夫だ」

李実を安心させようと声をかける。

「大丈夫なものか」

すかさず扉の隙間から、ヒヒノが話しかけてきた。

「そうよ、翔ちゃん。そんなところに閉じ籠っちゃいけません」

次いでヒミコの声が聞こえる。

「こっちに出て来なさいよ」

それにキッコが続き、

「モモちゃん、お祖母ちゃんのところへお出で」

タタエが李実を呼びはじめた。

「みんな家族じゃないか。さぁ——」

ヒヒノの右手が扉の隙間から伸び、ユラユラと揺れている。掌がお出でお出でを繰り返している。

「も、もうすぐ幸平が、と、友だちが来るからね。そうしたら、た、助けを呼びに行ってもらうから……」

そのとたん、スッと右手が引っ込んだ。


階段を下りる寸前、幸平は手すりの支柱をつかむと、向こう側へと跳躍した。

ほんの数秒、彼は宙に浮いた。宙に舞った。

胃のあたりがキュッと痛み、全身が総毛立つ。

もちろん、そのままでは地面に落ちてしまう。彼は支柱を軸にして、素早くクルッと回った。いったん手すりから外へ身を投げ出しながら、再び二階の廊下へと戻って来たのだ。

と同時に、凄まじい物音があたりに轟いた。その物凄い響きは、香月希美が階段を転げ落ちて行く音だった。

幸平が見下ろすと、彼女が階段の下に倒れていた。まったく動かない。

駆け下りるつもりが、両足がガクガクする。下手をすれば二階から落ちていたのだから、無理もない。一段ずつ慎重に下りる。

最後の段から彼女をまたぎ、地面に足をつける瞬間が一番恐ろしかった。今にもガバッと足をつかまれ、自分が引き倒される光景が、頭に浮かんで仕方ない。

だが、それは杞憂に終わった。彼女の側に立っても、相手はピクリともしない。

……死んでもうたんか。

そう思うと、あらためて別の恐怖に包まれる。だが今は翔太の身のほうが、はるかに心配だった。

ゆっくりと後ずさりしつつ、香月希美から離れる。そして充分に距離ができたところで、幸平は踵を返すと、脱兎のごとく山の家に向かって走り出した。


片手が入るだけ開いた扉から、翔太は廊下を覗いた。

明かりが点っていないので確かではないが、誰もいないように感じる。それに先ほどゾロゾロと階段を下りて行く足音を、どうも耳にした気がする。

あきらめたのかな。

静かに聞き耳を立てる。すると階下で、何やら動き回っている様子が伝わってきた。

今度は、いったい何をするつもりなんだ？


坂道を駆け上がりながら、幸平は足元ばかりを見ていた。

暗くて転ばないように注意するためもあったが、それ以上に山の上を見るのが怖かった。厭だった。

もしも山の天辺に何かが立っていて、自分を手招きして呼んだら……それに逆らって日比乃家へ向かう自信が、彼にはなかった。

翔太は扉の隙間に耳を入れると、じっと階下の様子を探った。

しばらくすると、どこかで扉の開け閉めをする物音が、次々と聞こえてきた。その中には、和室や裏口もふくまれている気がした。

何をしてるんだ？

やつらの動きの意味が分からないため、とても不安になる。

あっ、まさか幸平を迎え撃つ準備をしてるとか……。

彼のことを軽率に喋（しゃべ）るべきではなかった。そう翔太が後悔していると、

……タン、タン、タンッ。

階段を上がって来る足音が聞こえてきた。

坂から脇道に入ったところで、幸平は顔を上げた。あとは一気に、あの家まで走るつもりだった。

が――、

次第に日比乃家が近づくにしたがい、彼の走りは鈍りはじめ、ついには家を目の前にして立ち止まってしまった。

二階に上がって来る足音を耳にし、翔太は急いで扉から離れた。

ところが、その人物は彼の部屋には来ずに、廊下を桜子の部屋のほうへと歩いて行ってしまった。

えっ、どうして？

疑問に思った彼は、慌てて扉の前に戻った。そして再び隙間に耳を入れ、全神経を家の中の気配に集中させようとしたとき、

「しょぉぉーたぁぁぁっ！」

物凄い幸平の絶叫が、家の前で響き渡った。

「しょぉぉーたぁぁぁっ！」

幸平は叫び続けた。叫ばずにはいられなかった。

驚愕（きょうがく）と戦慄（せんりつ）と恐怖と悲嘆に包まれながら、彼は声を上げ続けた。

「こぉぉっへぇぇぇぇっ！」

翔太は東側の窓から身を乗り出すと、家の表に向かって叫び返した。

ところが、幸平は自分の名を叫ぶばかりで、その他の反応をまったく示さない。こちらの声が聞こえていないはずがないのに。

「幸平……」

李実に目をやると、部屋の隅に敷いたタオルケットの上で眠っていた。起こさないように、彼女のパジャマの胸ポケットに、静かにお守りを入れる。

苦労して作り上げたバリケードを、翔太は少しずつ崩しはじめた。部屋から出て安全かどうか、まだ分からない。だが、あの幸平の叫び声は尋常ではない。早く彼の元に行ったほうが良い。そう本能が囁いている。

どうにか通り抜けられるほど扉を開くと、翔太は廊下へ出た。

すぐに両親と桜子の部屋、それと階段に目をやる。部屋から誰かが出て来ることも、階段を何者かが上がって来ることも、ない。

それでも二階の廊下に注意を払いつつ、ゆっくりと階段を下りる。折り返しの手前に来たところで、今度は階下の気配を探る。

……何も聞こえない。

まず顔だけ折り返しから出すと、階段の下を見た。それから一段ずつ下りて行く。一階の廊下に立つ。キッチンと玄関に延びる廊下を、素早く交互に確かめる。

……誰もいない。

ダイニングとリビング、それに和室から誰かが飛び出して来た場合を想定しつつ、静かに足音を忍ばせながら、できるだけ速く玄関へ向かう。その途中でだった。開け放たれたリビングの扉越しに、とんでもないものが目に入った。

母が宙に浮かんでいる。

思わず立ち止まり、しげしげ見つめると、母が二階の廊下の手すりから延びたロープの先で、首を縊っていた。

ハッとして和室の襖を開けると、箪笥の一番上の取っ手から延びた紐の先で、祖母が首を縊っていた。

声にならない叫びを上げながら、玄関から外へ駆け出ると、目の前に桜子がぶら下がっていた。二階のベランダから、姉が首を縊っていた。

あとで翔太は知ることになるが、裏の擁壁から垂れ下がった黒い根の先では、父が首を縊っていた。

終章

翔太と李実の二人が、福岡に住む母方の祖母の家に引き取られて、一週間が過ぎようとしていた。

父と母、姉の桜子、それに岡山の祖母の首吊(くびつ)りを、あの山の家で発見したあとの出来事を、翔太はとても鮮明に覚えている、それなのに、もう遠い日の出来事のような感覚が、すでに芽生えつつあるのが不思議だった。

警察の事情聴取、李実の世話、駆けつけた福岡の祖母に対する説明、新聞や雑誌記者の執拗(しつよう)な取材、通夜と葬儀、世間の好奇に満ちた眼差(まなざ)しなどに、翔太はひとりで立ち向かわなければならなかった。

もちろん祖母の喜和子が来てからは、ほとんど彼女が仕切ってくれた。しかし、もっとも事情を知るはずの当事者として、どうしても翔太が表に立つ必要が少なからずあった。事件の異様さを考えると、それは仕方のないことだった。

警察の見解は一家心中である。翔太と李実も巻き添えにしようとしたが、それが叶(かな)わず残りの家族で自殺した。そう見なされた。

ただし、動機は謎とされた。現場検証の結果、父や母が企んだ無理心中ではなく、四人がそれぞれの意思で首を縊ったことが判明したからだ。つまり、ほとんど同時に、いっせいに四人が自ら首を吊ったのである。

当然ながら、翔太の奇っ怪な話はすべて退けられた。信じたのは、祖母の喜和子と幸平、それに彼の母親、あとは三流の週刊誌くらいだろう。

ちなみに幸平によると、あの夜、山の家が建っているはずの区画には、巨大な四角形の黒い箱があったという。彼にもそれは、大きな重箱のように見えたらしい。まるで山に棲む何かにお供えする、あたかも器のように思えたという。

幸平の母親は、とても親身に翔太と李実の面倒を見てくれた。特に喜和子が福岡から来るまでは、二人の保護者として振る舞った。彼女の存在が、どれほど翔太の助けになったことか。

今になって振り返ると、母の首吊りを目にした瞬間、すべてが分かったのかもしれない。あの無気味な現象が何を意味していたのか、ようやく理解できたような気がした。残念ながら彼は、それまで完全に勘違いしていた。まったく見当違いの対応策を考えていた。

あの現象とは、もちろん山の家で目撃した人影である。

翔太と池内桃子が見たのは、あの家で過去に死んだ者の幽霊ではなかった。これから死ぬ自分たち家族の、実は未来の姿だったのだ。

それが影だったため、ベランダに立っていたのが少年（桃子の兄）か少女（桜子）かの区別がつかず、和室にいたのが老人（桃子の祖父）か祖母（多江）かの違いも分からなかった。出没した場所が同じだったことから、自分と桃子の目にした影は同一人物に違いない、と翔太が思い込んだのも無理はない。

桃子は二段ベッドで、黒くて小さな二つの人影を目撃しているが、あれは彼女自身と妹の梨子の未来の姿だったのではないか。

どうして彼女の祖父ひとりだけが首を縊ったのか、いつ池内家が引っ越したのか、なぜあの家を出たのか。もちろん翔太は何も知らない。しかし、そのまま山の家で暮らしていたら、いずれ父も、母も、兄も、そして彼女と妹も首を縊ったはずだ。おそらく桃子と梨子は、二段ベッドで首を吊ることになっていたのだろう。

首を縊る……。

思えば次々と不審な死を遂げた辰巳家の人々も、みな首にまつわるような死に様だったのではないだろうか。

ある者は朝食時、煮た里芋を喉に詰まらせて窒息死した。

ある者は蔵の中で、蛇に首を巻かれた状態でショック死した。

ある者は夕刻時に、辰巳家の前の田圃の中に顔を突っ込み溺れ死んだ。

ある者は山の三つ目の区画の家の骨組みから、ぶら下がって首を吊った。

ある者は町のマンションの建設現場近くで、上から落ちてきた鉄骨の下敷きになって圧死した。

ある者はタクシーに乗っていた際、急カーブでいきなりドアが開いて道路に落ち、後続の車に轢(ひ)かれた。

ひとり目の窒息死も三人目の溺死(できし)も、喉に関わっていると言える。五人目と六人目は調べてみれば、それぞれ首の骨でも折っているのではないか。それとも、すべてこじつけだろうか。やはり考え過ぎなのだろうか。

父たちが口にした例の不思議な名前に関しても、翔太は自分なりの推理をしていた。彼は少しでも時間があると、あれらの名について考えた。何か意味があるのではないかと、ずっと悩み続けた。何度もノートに書き出して、国語辞典も使い、その結果ついに発見したと思った。

切っ掛けは岡山の祖母の名前である。彼女は「多江」というが、この漢字を分解すると「タ」と「タ」と「さんずいへん」と「エ」になり、「タタエ」と読めることに気づいたのだ。ただし「さんずいへん」が残ってしまうため、ただの偶然かと思ったが、あのときタタエが口にした「お水をちょうだい」という台詞(せりふ)を思い出した。あれが「さんずいへん」の代わりだったのではないか。

同じ推理が姉の名前にも当てはまると分かったとき、翔太は興奮した。「桜子」という漢字は、「木」と「ツ」と「女」と「子」に分解できる。ここから「女」をはぶくと「キッコ」になる。残った「女」はタタエの「さんずいへん」と同様、「女の子よ」と断わることで処理をしたのではないか。

祖母と姉に比べると、両親は簡単だった。父は「昌之」で、「日」と「日」と「之」だから「ヒヒノ」。母は「昧子」で、「日」と「未」と「子」だから「ヒミコ」。

日記に書かれていた桃子の家族の名前にも、この推理は可能である。

父は「圭次」で、「土」と「土」と「次」だから「ドドッギ」。母は「昌子」で、「日」と「日」と「子」だから「ヒヒコ」。兄は「圭一」で、「土」と「土」と「一」になるが、「一」は音引と見なして「ドドー」。

そんなふうに名乗った理由は、もちろん分からない。しかし、父たち各人の中に別の人格が生まれたのは、間違いなく百々山のせいだろう。蛇神様の影響に違いない。その過程で、それぞれの変な名前が誕生したのではないか。

桃子の妹が「お姉ちゃんは、まだなの？」と言ったのは、ドドッギたちは姉の部屋にまだ現れないのか、と尋ねたわけではなく、「お姉ちゃんの別人格は、まだ出てこないのか」という意味だったのではないだろうか。

あの厭なドキドキ感は、日比乃家の惨劇を自分に教えていた……。

そう思うと翔太は、たまらない気持ちになる。過去の三回のうち、少なくとも一度は桜子を助けた。母と父は関係なかったかもしれないが、もしかすると母も救った可能性はある。だが、それがすべて無駄になってしまった。

そう泣きながら祖母に訴えると、意外なことを言われた。

翔太が昔から両親と姉に対して疎外感を抱き、そのくせ李実にだけは深い親愛の情を覚える。この非常に特殊な感覚を持ち続けたのは、今のこの運命(さだめ)を見越していたからではないだろうか。

祖母の言葉に愕然(がくぜん)とした。事件後、そんなふうに考えたことは一度もなかった。しかし、そう指摘されれば、なるほどと思える。もちろん、だからといって気が休まったわけではない。だが、この祖母の意外な解釈は、時が経つにつれ彼に不思議な効果をもたらした。

すべては運命だったのかもしれない——。

そう考えてすませるのが、果たして良いのか悪いのかは別にしても、少なくとも翔太が事件を乗り切る端緒にはなった。

——一刻も早くその場を離れて逃げ、二度と関わらないようにしなさい。

かつて祖母に諭された通り、あの町からも、あの山からも、あの家からも離れ、翔太たちは今、とても遠くにいる。もう二度と近づくつもりはない。

問題は李実だった。まだ幼いゆえに真実を伝えることは無理であり、かといって何も分からないほどの幼児ではないため、完全に誤魔化すこともできない。どう彼女に対処すれば良いのか、それがとてつもない難問だった。

福岡に来てから李実は、おねしょをするようになる。いつも泣いていたが、特に夜になると母を呼んで泣き続けた。家の中でする物音、映る影、何かの気配など、ちょっとしたことを異様に怖がった。

もっとも祖母は、とても自然に接した。日々の暮らしの中で孫娘と遊びつつ、家事の手伝いをさせ、様々なことを学ばせている。時間はかかるだろうが、きっと祖母なら李実を悪夢から救い出してくれるに違いない。そう翔太は希望を持っている。

今は、数日後に迎える盆の準備のため、祖母も翔太も李実も忙しい。田舎独特の風習があるうえ、今年は本格的にやると祖母が張り切っている。ここ数年はひとりで準備をするのが大変で、簡略化していたらしい。

昔のやり方を復活させるのは、言うまでもなく孫たちの意識を、盆の行事に向けるためだろう。しかも祖母は、そこに盆ならではの効果も考えているようだった。

お盆には祖先の霊が還って来る。

翔太と李実が、父、母、桜子、岡山の祖母と再び会える特別な日が、お盆なのだ。おそらく祖母は、そのへんも充分に配慮しているのだろう。

いや、それだけではなかった。盆には仲南幸平が遊びに来るのだ。

祖母の招待ということで、旅費を送ることになっていた。母親宛てにすると「パチられる（盗られる）かもしれん」ので、必ず自分宛てにしてくれと、幸平からは言われている。夏休みの宿題をいっしょにすることを条件に、新学期がはじまるまで滞在しても構わないという許可を、祖母からも、彼の母親からも得ていた。

ちなみにコーポ・タツミ二〇六号室の香月希美は、階段を転げ落ちたにもかかわらず軽傷ですんだらしい。その後、田舎から両親が迎えに来て、彼女を連れ帰ったという。助かって本当に良かったと、翔太は心から思った。

幸平が遊びに来れば、きっと李実にも良い影響を与えるはずだ。盆の準備が進むにしたがい、少しずつだが妹も落ち着きを取り戻しはじめている。

ただ、今朝だった。起きて来た李実の様子がおかしいので、どうしたのかと尋ねると、妙なことを口にした。

翔太の顔をジッと見て、彼女はこう言ったのだ。

「お兄ちゃん、昨日の夜、羊のハネタが出たよ」

本書は二〇〇八年九月、光文社文庫より刊行されました。

きょうたく
凶宅
みつだしんぞう
三津田信三

角川ホラー文庫 20657

平成29年11月25日　初版発行
令和7年5月15日　8版発行

発行者――山下直久
発　行――株式会社KADOKAWA
〒102-8177　東京都千代田区富士見2-13-3
電話 0570-002-301（ナビダイヤル）
印刷所――株式会社KADOKAWA
製本所――株式会社KADOKAWA
装幀者――田島照久

ISBN978-4-04-105611-0 C0193

角川文庫発刊に際して

角川源義

第二次世界大戦の敗北は、軍事力の敗北であった以上に、私たちの若い文化力の敗退であった。私たちの文化が戦争に対して如何に無力であり、単なるあだ花に過ぎなかったかを、私たちは身を以て体験し痛感した。西洋近代文化の摂取にとって、明治以後八十年の歳月は決して短かすぎたとは言えない。にもかかわらず、近代文化の伝統を確立し、自由な批判と柔軟な良識に富む文化層として自らを形成することに私たちは失敗して来た。そしてこれは、各層への文化の普及滲透を任務とする出版人の責任でもあった。

一九四五年以来、私たちは再び振出しに戻り、第一歩から踏み出すことを余儀なくされた。これは大きな不幸ではあるが、反面、これまでの混沌・未熟・歪曲の中にあった我が国の文化に秩序と確たる基礎を齎らすためには絶好の機会でもある。角川書店は、このような祖国の文化的危機にあたり、微力をも顧みず再建の礎石たるべき抱負と決意とをもって出発したが、ここに創立以来の念願を果すべく角川文庫を発刊する。これまで刊行されたあらゆる全集叢書文庫類の長所と短所とを検討し、古今東西の不朽の典籍を、良心的編集のもとに、廉価に、そして書架にふさわしい美本として、多くのひとびとに提供しようとする。しかし私たちは徒らに百科全書的な知識のジレッタントを作ることを目的とせず、あくまで祖国の文化に秩序と再建への道を示し、この文庫を角川書店の栄ある事業として、今後永久に継続発展せしめ、学芸と教養との殿堂として大成せんことを期したい。多くの読書子の愛情ある忠言と支持とによって、この希望と抱負とを完遂せしめられんことを願う。

一九四九年五月三日

のぞきめ

三津田信三

読んでは駄目。あれが覗きに来る――

辺鄙な貸別荘地を訪れた成留たち。謎の巡礼母娘に導かれるように彼らは禁じられた廃村に紛れ込み、恐るべき怪異に見舞われる。民俗学者・四十澤が昭和初期に残したノートから、そこは〈弔い村〉の異名をもち〈のぞきめ〉という憑き物の伝承が残る、呪われた村だったことが明らかとなる。作家の「僕」が知った2つの怪異譚。その衝撃の関連と真相とは!?　何かに覗かれている――そんな気がする時は、必ず一旦本書を閉じてください。

角川ホラー文庫

ISBN 978-4-04-102722-6

十三の呪

三津田信三

死相学探偵 1

死相学探偵シリーズ第１弾！

幼少の頃から、人間に取り憑いた不吉な死の影が視える弦矢俊一郎。その能力を“売り”にして東京の神保町に構えた探偵事務所に、最初の依頼人がやってきた。アイドル顔負けの容姿をもつ紗綾香。ＩＴ系の青年社長に見初められるも、式の直前に婚約者が急死。彼の実家では、次々と怪異現象も起きているという。神妙な面持ちで語る彼女の露出した肌に、俊一郎は不気味な何かが蠢くのを視ていた。死相学探偵シリーズ第１弾！

角川ホラー文庫

ISBN 978-4-04-390201-9